茅盾研究
八十年書系

錢振綱・鍾桂松◎主編

丁亞平◎著

19

一個批評家的
心路歷程

花木蘭文化出版社

國家圖書館出版品預行編目資料

一個批評家的心路歷程／丁亞平 著 — 初版 — 新北市：花木
蘭文化出版社，2014〔民 103〕

目 4+166 面；19×26 公分

（茅盾研究八十年書系；第 19 冊）

ISBN：978-986-322-709-0（精裝）

1. 沈德鴻　2. 學術思想　3. 文學評論

820.908　　　　　　　　　　　　　　　103010241

中國茅盾研究會《茅盾研究八十年書系》編委會

主　編：錢振綱　鍾桂松

副主編：許建輝　王中忱　李　玲

特邀顧問：

邵伯周　孫中田　莊鍾慶　丁爾綱　萬樹玉　李　岫

王嘉良　李廣德　翟德耀　李庶長　高利克　唐金海

茅盾研究八十年書系
第十九冊

ISBN：978-986-322-709-0

一個批評家的心路歷程

本書據上海文藝出版社 1990 年 11 月版重印

作　　者　丁亞平
主　　編　錢振綱　鍾桂松
總 編 輯　杜潔祥
副總編輯　楊嘉樂
編　　輯　許郁翎
出　　版　花木蘭文化出版社
社　　長　高小娟
聯絡地址　235　新北市中和區中安街七二號十三樓
　　　　　電話：02-2923-1455／傳眞：02-2923-1452
網　　址　http://www.huamulan.tw 信箱 hml 810518@gmail.com
印　　刷　普羅文化出版廣告事業
初　　版　2014 年 7 月
定　　價　60 冊（精裝）新台幣 120,000 元　　　　版權所有·請勿翻印

一個批評家的心路歷程

丁亞平　著

作者簡介

丁亞平，博士。現任中國藝術研究院電影電視藝術研究所所長、研究員，博士生導師。著作入選國家哲學社會科學成果文庫、國家社科基金中華學術外譯項目。發表學術文章 400 餘篇。已出版個人著作《藝術文化學》、《中國現代文學批評史論》、《影像中國（中國電影藝術 1945 ～ 1949）》、《中國當代電影史》（兩卷本）、《在歷史的邊際》等 15 部。專著《中國電影簡史》先後被譯爲俄文版、英文版出版。多次應邀赴香港大學、香港電影資料館講學，曾赴美國、德國、丹麥、盧森堡、日本、韓國訪問並進行學術研討活動。丁亞平現爲國家社科藝術學重大項目首席專家。亦曾任文化藝術出版社總編輯、傳記文學雜誌社社長及主編。

提　　要

　　茅盾是中國現當代文學史上重要的作家、批評家。他的作品影響了無數的讀者，見證了一個世紀的歷史，他的文學批評，在磨礪中生成，於迴漩中前行，光華流彩，折射出 20 世紀中國文學批評的歷史發展和一代知識份子的心路歷程。本書以茅盾的社會的文學批評爲主要研究對象。從茅盾的文學批評及其心理研究這一核心命題出發，分別對茅盾文學批評的社會心理、個性心理、思維品質、思維模式和縱向維度下的批評發展心理展開詳細考察。對時代發展的脈絡中，選擇茅盾批評心理及其不同歷史時期有代表性的文學批評與個體生命歷程，描述茅盾文學批評的審美個性、批評意識心理、批評思維心理、批評發展心理，進而探詢中國現代文學批評史的發生、發展和分化，以及在此過程中批評文化演進史。從中考察不同歷史時期，茅盾文學批評的個性風貌和決定茅盾「批評表演」方式的社會文化背景與時代主題變遷。

目
次

引　言

　　在二十世紀中國文學的歷史進程中，文學批評是和文學創作一起走向現代，走向世界的。雖說其間有曲折艱辛、陣痛熬煉，然而帶著時代的智慧、現實的投影、社會的使命，在磨礪中生成，於回旋中前行，卻更有光華流彩，穎然風神。新文學的批評家們，獲致歷史大潮推助，接受時代勁風吹拂，殊態異姿，各臻其妍。他們是其所是，非其所非，以不盡相同的審美理想、批評模式和殊異的主體意識、心智趣味，共同促進新文學創作的繁盛和新文化的鮮活氣氛。

　　在這些文學弄潮兒中間，茅盾，是一個令人矚目的重要的名字。

　　從二十年代初到八十年代初，整整六十個年頭，他執新文學批評界牛耳，成現代文學批評大家，其獵獵雄風和非凡氣度，其巨大成就及其宏闊久遠的影響，並不在他作爲一個著名作家之下。茅盾的文學批評，是一種社會的文學批評，同時也是一種審美批評，有其獨特的審美個性、批評風格和豐厚的心理內容。本書中，我借助於心理研究的視角，在批評意識心理、批評思維心理、批評發展心理及批評心理比較與文化探詢方面，闡釋論析、描述展呈的，正是茅盾文學批評的這種獨特而深在的個性風貌。

第一章　讓現代意識的理性光芒照亮一切——論茅盾文學批評的社會心理

　　爲了便於論述，在展呈茅盾作爲一個文學批評家的「精神個體性」的獨特風貌，研究茅盾批評的審美意識和心理內容之前，我想有必要先來談談文學批評。

　　什麼是文學批評呢？這是一個古老而又年輕的問題。古往今來，許多美學家、文學理論家、批評家爲之思索、探尋不已。所作的批評定義和把握，眞是林林總總，沉沉夥頤。概括說來，大致有兩種傾向：一種認爲，文學批評是對於作家、作品和文學理論問題的理性思考。它包含著兩個層次的研究，即具體作家作品的評論和基礎理論的研究，既指涉文學作品評論，又涵括探討文學的發展軌迹、文學的社會意義、時代因素，以及研究文學的內部構成和藝術規律等等基礎理論問題；另一種認爲，文學批評就是對文學作品，亦即現實而具體的文學現象進行闡釋和判斷。英國文學批評家艾略特和蘇聯美學家卡岡等人的見解就是這樣。在他們看來，文學批評與文學理論研究是有區別的。這種區別主要在於，批評家所關注的直接對象是個別的、現實存在著的具體的作品、具體的文藝現象，而理論家所研究的直接對象則是一般的規律和原則——種類、體裁、風格、方法或整個文藝活動的藝術秩序和法則，等等〔註1〕。

〔註 1〕參見《現代西方文論選》第 278 頁，上海譯文出版社 1983 年版；卡岡：《美學和系統方法》第 143 頁，中國文聯出版公司 1985 年版。

確實，在我看來，批評就是批評，不同於文學理論與美學理論研究。文學批評，就其主要而確定的特性而言，是對具體而現實的運動中的文學現象，亦即對作家作品及與之有關的具體文學現象，進行及時的分析和研究、解釋和評斷，從而用現代智慧、社會意識的理性光芒觀照、照亮作家作品以及讀者和批評者自己。前面關於文學批評的第一種見解，雖然不失爲一種廣義而寬泛的理解和把握，但是，無限制地拓寬、延展概念的內涵與外延，廣泛以至無窮無盡，囊括一切，包容萬有，也就無意中等於取消了特定概念的確定涵意和存在意義。將文學批評涵蓋文學研究的一切領域，取代文學理論研究以至文學史研究，於是，文學批評也就相應地變成了一個大而無當，失卻其特殊規定性的空泛名詞。

我這樣說，當然並非認爲文學批評與美學理論、文學理論和文學史研究全然不生關聯。事實上，儘管我認爲文學批評同抽象的文學基本理論研究並不能劃等號，而只能把它界定爲對具體的文學現象價值特性的闡釋、確定與判斷，但是，評論具體的作家作品，卻勢必要涉及文學的本體論及其內在、外在的關係、原則和規律等理論問題。批評家們所努力追尋的，並不止於對個別、具體作品的賞鑑、品評，而在於通過作家作品的評論，進而上升到對文學的一般性和世界性的文化的、審美的把握與評價，從而達到把品評作品與廣泛論證文學的本質以及評價這種本質的原則相結合。因此可以說，傑出的批評家，必然也是了不起的文學理論家。而茅盾，就是這樣的文學批評與理論大家。這裡討論茅盾的文學批評，雖然重點放在考察茅盾有關作家作品和具體文學現象的評論及其內在心理機制上，但同時也要關涉批評家對於文學、美學、哲學等問題的一系列思想見解和理論思考。這樣，我們筆之所之的文學批評，也就變得富有彈性和張力了。確定的是它的主要特性，模糊的是它的廣袤邊界。任何概念都是如此。理論的科學性質與勃勃生機，亦在乎此。

一、歷史使他別無選擇：文學批評現代意識構成。取精用宏的開放眼光。主體性的高揚與批評意識的自覺。爭取清新自由的民主對話空氣。寬容意向與多元趨求。

我們把目光投注到二十世紀的新文學進程中去，檢視優秀的文學創作和文學批評，便不難發現其中有一種新的質素在震蕩流湧。這種質素的主要構成和具體表現，便是文學的現代意識。

　　什麼是現代意識呢？按其一般的理解，現代意識是代表著現代中國以至人類根本利益的社會歷史的心理流向和時代生活的精神風貌。它是現代歷史和社會發展的必然產物，涵括政治、經濟、道德、藝術等各個領域，包孕著社會意識、哲學意識、文學意識、審美意識等心理內容，而以現代價值觀念、思維方式、文化心理、美學趣味爲基礎。可以說，現代意識是現代社會歷史的心智工程，是現代中國社會文化等心理內容的集中體現。

　　毋庸置疑，現代意識是一個時間概念。現代意識就是「現代」的意識，是有著特定的時代意識心理內容的。誠然，並非所有過去存在過的意識都不能成爲現代意識的融匯組成部分，但是，對於剛從傳統思想文化和封建意識觀念中逐步走出來的現代中國社會而言，封建思想文化傳統是亟待、也必須打破和否定的精神桎梏。因之，從整體上看，過去的思想傳統中是不可能保有作爲「五四」以來時代標幟，並爲現代中國社會所需要的現代意識的。現代意識與人們通常所說的時代性、時代意識的區別，就在這裡。兩者的差異，正在於現代意識是動態的、具體的，寄寓著特定的涵意，有現代中國的社會歷史文化作心理背景。因而，它之成爲現代新文學創作和批評的社會心理的重要表徵，是很自然的。

　　在中國現代新文學批評史上，茅盾的文學批評，是最具有現代意識的文學批評。其價值取向的現代意義的突出表徵，既體現於對現代中國的歷史認知和對時代流向的敏銳把握之上的現代批評觀念，也表現在具有現代性和時代色彩的文學評價、價值判斷的主體意向的獨特選擇性上。這種爲歷史賜予的獨特選擇性，實際上也就是對現代新型批評意識和價值觀念的主觀把握特徵，具有豐富的社會心理內容。

　　茅盾文學批評的這種帶有時代社會心理取向的現代意識，是在打破封閉系統和傳統思維定勢，在走向世界的艱難歷程中生成的。封閉的民族文化和傳統文學系統，絕對蘊育不出現代意義上的批評家。只有在開放的心態下，才能走向現代化，實現現代意義上的文學批評。所以，世界意識的自覺，開放眼光的形成，是茅盾文學批評具有現代意識的首要標誌。

　　「五四」是一個新舊嬗遞的大時代，也是中國近現代以來東西方文化大撞擊、大交匯的熱點。當閉鎖已久的國門被帝國主義的大炮轟然轟開的時候，伴隨著政治、經濟的世界性震盪和歷史性抉擇，進步的智識者驚奇異常、欣喜萬分地發現：一個世界性的文學與文化交流的時代已經來臨！他們不能不

額手稱慶，縱情歡呼。「五四」前後，許多報刊雜誌普遍地意識到：沒有任何東西是孤立的，眞正的孤立是死亡！因而紛紛努力使自己成爲觀察、了解世界的窗口，競相譯介外國社會科學、文學思潮和文學作品。在這方面，《新青年》雜誌是影響最大、倡導最力的前驅。早在 1915 年創刊伊始，它就開始逐一翻譯介紹了屠格涅夫、王爾德、赫胥黎、叔本華、法蘭克林、岡古兄弟、莫泊桑、陀斯妥也夫斯基、柏格森、易卜生、安徒生、托爾斯泰等外國名家，並大力譯介了許多外國文學作品，一時震撼了萬千讀者的枯寂心靈和死水般平靜的學界文苑。

當時，茅盾也一無例外地被五四運動的驚雷所震醒。他和許多人一樣，讀到了苦苦追求人生意義的十九世紀俄羅斯現實主義文學，接觸到了熙熙攘攘流湧進來的五光十色的舶來品，感到異常振奮。面對著各色各樣的外來思潮和西方文學，茅盾立足中國現實，用「現今想要參與世界上的事業的中國人的心裡的尺來量」〔註2〕，覺得一切外來文學作品的介紹與引進，對於中國的民族文學的崛起和新文學系統的構建，都是有間接的助力的。因而他自己並不是嘗一臠輒止，而是窮本溯源，從古希臘、羅馬開始，經中世紀、文藝復興，橫貫十九世紀，直到「世紀末」，都進行了廣泛的研究和介紹。僅從 1921 年 1 月到 1924 年 6 月，他就爲《小說月報》海外文壇消息一欄，撰寫了有關外國作家、作品、文學思潮評介文字二百餘篇。同時，他還發表了《腦威寫實主義前驅般生》、《波蘭近代文學泰斗顯克微支》、《法國文學對歐洲文學的影響》、《俄國文學研究》等幾十篇有關外國文學評介的重要文章。茅盾是懷著中國的新文學一定要加入世界文學的歷史進程中去，趕上世界文學的步伐的抱負與胸襟，參與這中外文化融匯、世界文學大合唱的前奏曲的。茅盾曾多次表白，他之進行外國文學和思潮的傳播工作，立足點是民族的文藝的新生，「最終目的是要在世界文學中爭個地位，並做出我們民族對於將來文明的貢獻」〔註3〕。這樣的世界性眼光和新型的民族氣派，與其說是在追求中國文學的世界化，毋寧說是在追求文學的現代化。

本來，茅盾的這種文化和文學上的世界視野和開放眼光，本身已透示著現代意識的光照，然而，值得注意的是，茅盾在文學的世界性視野的拓展中，

〔註2〕魯迅：《當陶元慶君的繪畫展覽時》，《魯迅全集》第 3 卷第 550 頁，人民文學出版社 1981 年版。
〔註3〕茅盾：《我走過的道路》上冊第 167 頁，人民文學出版社 1981 年版。

表現出了現代意識的自覺：在引進、評介外國文學中他注重、汲取的，乃是涵蘊其中的西方眞正的現代意識成分。茅盾的外國文學研究、譯介和評論的方法與原則是——廣泛地誦讀國外各派各家的名著，然後「從中擇取最博大精深最有現代價値的名著」〔註4〕來品評與研究。在《新文學研究者的責任與努力》一文中，他還曾特別地指出：

　　　　介紹西洋文學的目的，一半果是欲介紹他們的文學藝術來，一
　　半也爲的是欲介紹世界的現代思想——而且這應是更注意的目的。

這裡的「現代價値」、「世界的現代思想」，正是茅盾取精用宏、吸取他人的精粹化爲自己的血肉的本意與主旨所在。他評介、肯定俄羅斯現實主義文學，注重的是它的平民的呼籲和人道主義的鼓吹，以及它的不但要表現人生，而且要有用於人生的現代特質。他介紹尼采的學說，肯定尼采的最好見解是要把哲學上的一切學說，社會上的一切信條、一切人生觀道德觀，重新稱量過，重新把它們的價値估定，並且認爲，「這便是尼采思想卓絕的地方」〔註5〕。顯然，這裡的橫向審視與移植，已全然與「五四」時代的社會宗旨和強烈而迫切的歷史要求高度一致了。茅盾就是這樣，和他那個時代一起，從狹仄的本位主義轉向國際的交叉的世界文化網絡，將封閉凝固的民族意識與傳統的視域，化作現代意義的比較文學意識和流動開放的世界性眼光。在對多種形態各異的文化與文學進行選擇性綜合中，變歷史認同爲世界性適應，從而眞正走向世界，走向現代。

　　正是在這樣的走向世界與現代的歷史進程中，茅盾以開放的心態，宏濶的視野，努力使自己的文學評論達到了主體意識的高揚和批評意識的自覺。這既與他自己關於文學批評是一種個性化的人爲的選擇的批評觀念相吻合，也與「五四」時代的主潮和現代文學精神的歷史走向成同一步趨。人的覺醒，人的發現，人的價値與尊嚴的肯定和恢復，是「五四」時期思想文化的時代主題，它標示著中國古代封建社會的解體，傳統思想文化受到挑戰，反映了現代意識的自覺和社會、歷史、文學的現代化進程的開始。歷史的必然要求使每個人都別無選擇：要從封建意識形態和僵化封閉的思想禁錮中獲得徹底解放，就必須首先解放人的頭腦，發揮人的個性，發展人的獨立自主的人格，

〔註4〕茅盾：《創作的準備》，《茅盾論創作》第 452 頁，上海文藝出版社 1980 年版。
〔註5〕參見茅盾：《俄國近代文學雜譚》，《小說月報》第 11 卷第 1～2 期；《尼采的學說》，《學生雜誌》第 7 卷第 1～4 期。

恢復個體的價值、尊嚴。馬克思說過,「任何人類歷史的第一個前提無疑是有生命的個人的存在。」〔註6〕確實,生命、個體的存在,人的價值的實現,主體意識的自覺,構成了歷史發展的基本前提和重要契機。「五四」,正是達到了這種歷史的自覺。五四運動,是一個徹底的反對封建的文化革命運動,是把人的頭腦從幾千年來封建思想的桎梏、束縛中解放出來的運動,因而,實際上也就是一個「人的自覺」的運動——每個人都必須有自己獨立的人格、個性,能夠獨立地思想,能夠破除一切封閉、朽腐的教條成見,而用清明的理智與科學的眼光來檢驗、批判,重新評價一切事物。無疑地,「五四」所要求的這種「人的自覺」,正是當時民族自覺和歷史自覺的一種反映。在這種時代思想潮流和社會心理氛圍中,現代新文學循此應運而生,以表現這種「人的自覺」的新型時代與社會心理流向。早在 1918 年,周作人便率先作了積極的回應,對「人的文學」發出了歷史的呼喚,從而在文學上起了催化、促生的新意義。郁達夫作為「五四」文學革命的參加者,曾深有體會地這樣來總結「五四」文學主體意識潮流的意義。他說,五四運動的最大的成功,第一要算個人的發見、自我的發見,而「自我的發見之後,文學的範圍就擴大,文學的內容和思想,自然也就豐富起來了」〔註7〕。

茅盾和郁達夫一樣,也敏銳、直捷地把握到了這一歷史脈動和文學主流。1931 年,他不無總結意味地說:

> 人的發見,即發展個性,即個人主義,成為「五四」期新文學運動的主要目標,當時的文藝批評和創作都是有意識的或下意識的向著這個目標。〔註8〕

處於這樣的歷史自覺和社會、文化、思想的背景之下,茅盾很自然地使自己與時代達到了一致。不拘是創作抑或是批評,他都努力向著這個目標運動,而以人為思維中心。他是主張文學為人生,倡導「人的文學——真的文學」的,自然就很注重組成廣大人生和整個社會的元素——人了。

有一位年輕人曾這樣問過茅盾:「現在我們的生活豐富極了,可寫的東西太多;究竟寫什麼好呢?」茅盾的回答是:「寫人。」年輕人認為人不過是構

〔註6〕《馬克思恩格斯全集》第 3 卷第 23 頁。

〔註7〕《郁達夫文集》第 6 卷第 171、261 頁。花城出版社、三聯書店香港分店 1983 年版。

〔註8〕茅盾:《關於「創作」》,《北斗》創刊號。

成時代社會場面的條件之一，因而作品應寫時代的大場面，只是不知道何者是其中核心的東西非寫不可？茅盾回答道：「還是應當寫人。」在茅盾眼中，人是時代舞台的主角，是現實社會生活的主宰，所以，應該把人當人，把人作爲一切藝術描寫的中心。他自己寫小說時的第一個目標就是人，因之異常重視研究被譽爲萬物靈長的豐富複雜、深邃多義的「人」。茅盾一貫地認爲，總得有了人，然後文學作品方有處下手。而文學批評呢，也一樣，必須抓住人，才可以進行眞正的批評。

　　人的發見與把握，是茅盾具有現代意義的批評主體意識覺醒的突出標誌。在被「五四」時代高揚起來的文學批評意識和思維心理結構裡，茅盾既重視藝術描寫中心亦即作品中的人物，也關注作爲藝術生產者的作家和作爲藝術接受者的讀者，呈示出鮮明的主體特性。我這樣說，是不是符合茅盾實際的批評意識內容和審美心態特質呢？回答是肯定的。茅盾在四十年代曾以《紅樓夢》爲例，來說明人物在作品中的主體位置。他說，大家都讀過《紅樓夢》，我們一提起這本書，立刻便想到賈寶玉、林黛玉等等栩栩如生的人物形象，至於寧榮二府的許多瑣碎故事，我們多半是記不清的。「從這個簡單的例子，我們就可以明白文藝作品的重心在人，事只是由人所造出，要一篇文藝作品有價值，便須把人物描寫得深刻。」「所以一篇好的文學作品，也必須是能深刻地寫出人與人的關係，人從歷史方面所承受的一切，生活環境對於個人的影響，及人怎樣改造生活這四方面。」〔註9〕一切都圍繞著人、人物輻射出去：作品，由人物生發出故事，由人物描寫決定藝術成敗；批評，則也由是出發，走進藝術的堂奧，探及作品的底蘊……。

　　在這種以人爲本的文學批評價值尺度的實現和貫徹過程中，茅盾尤爲重視作家的主體創造意識和獨特的人格力量。黑格爾在《美學》第一卷中論述到藝術作品的獨創性時指出：藝術「獨創性是從對象的特徵來的，而對象的特徵又是從創造者的主體性來的。」茅盾深諳個中三昧，在文學批評中異常關注這創造者的主體性。二十年代前期，他很是欣賞法國丹納的文學批評法，對丹納的時代、環境、人種三要素說作了充分的肯定。但是他也敏銳覺出，當這位法國批評家在探討偏於客觀的文學三要素時，實際上把作家的異乎尋常的想像與才情，靈見與人格給抹煞得乾乾淨淨了。在介紹、闡述丹納學說的《文學與人生》一文中，茅盾於丹納的文學三要素之後，拈出了第四個也

〔註 9〕茅盾：《認識與學習》，《文藝先鋒》第 2 卷第 4 期。

是極其重要的文學要素：作家的人格。他堅信，真的作家，肯定「有他們的人格在作品裡」。茅盾在自己的評論中正是貫穿了這樣的思想見解。譬如，他評「五四」作家許地山的《論地山的小說》和《落花生論》等文字就透示著這種信念與識見。在評論中，批評家由作家筆名而及作家人格，來剖示、探析作家作品的審美風格特徵：「『落花生』，乍一聽，倒是飄飄然頗為浪漫蒂克的，然其內質卻相當簡單樸實。而作家呢？他是熱情的，然而他的熱情常為理智所約束，故不常見其噴薄；他對於人生的態度異常嚴肅，然而他表於外者又常是愛說笑愛詼諧」，並且「美髯加長袍大褂，很有風度」。──茅盾令人信服地指出，這一切不都可以在許地山那具有「浪漫主義風度而寫實的骨骼的作品」中找到象徵與投影所在麼？

茅盾以為，批評家評論作家作品時，勢必先須深入理解作者的性格和創作時的思想情緒，然後發言不至偏於主觀，不至因主觀所偏而曲解作者之心情和作品之意蘊。這一點，與魯迅主張文學批評要顧及作者的全人才較為確鑿的見解為同一機杼，與後來的巴人、胡風、李健吾等人的有關批評觀點也有相近之處。在巴人他們看來，作品是由人創造出來的，所以只要不是八股文，就沒有不滲透著作家的人格的。而且，作家的人格在作品裡滲透得愈深切，作品便愈具有藝術的魅力。不過，茅盾、魯迅、巴人以及胡風，認為作家的人格的社會性越大，那麼被作家的人格所滲透的作品的價值也就越高。而與李健吾「把一顆活動的靈魂赤裸裸推呈出來，做為人類進步的明證」比起來，卻更為倚重其社會意義和社會價值〔註10〕。不難看出，恰恰是在這裡，茅盾等人充分顯示了他們社會的文學批評的本色。

當然，茅盾高度的文學批評的社會意識並不只是表現在對作品人物和作家人格的掘發、研究、分析上，實際上也還表現在對文學藝術接受的一貫重視方面。二十年代末，茅盾在「革命文學」論爭中所表現出來的價值信仰與文學取向，就突出地反映了這一點。針對一些「革命文學」論者的錯誤言論，他指出：「什麼是我們革命文藝的讀者對象？或許有人要說：被壓迫的勞苦群眾。是的，我很願意我很希望，被壓迫的勞苦群眾『能夠』做革命文藝的讀者對象。但是事實上怎樣？請恕我又要說不中聽的話了。……你的『為勞苦

〔註10〕分別參見：茅盾《致徐雉》，《小說月報》第 13 卷第 6 期；魯迅《且介亭雜文二集·「題未定」草（七）》；《巴人文藝論集·人·作品與批評》、《胡風評論集》和《李健吾文學評論選》等。

群眾而作』的新文學是只有『不勞苦』的小資產階級知識分子來閱讀了。你的作品的對象是甲，而接受你的作品的不得不是乙。」〔註11〕儘管一些年輕的「革命文學」倡導者們懷著美好的願望和革命的情緒，然而，掃視新文學創作及其發展的實際，便能看出，它的讀者對象的確不是工農勞苦群眾，而基本上只是小資產階級的知識分子，是為「五四」時期的社會、思想與文化運動所震蕩著的包括青年學生和市民知識階層在內的小資產階級文學接受群體。這個讀者界和文學接受群體雖然不夠廣大而顯得狹窄，卻反映了「五四」以來新文學（尤其是其初期）的真實的讀者狀況。新文學的研究、批評者與倡導者們惟有正視這種歷史的特點，尊重讀者，尊重並理解作者們的文學選擇，才能作出有說服力的科學而正確的文學批評與導引。

馬克思說：「因為只是在消費中產品才成為現實的產品，例如，一件衣服由於穿的行為才現實地成為衣服；一間房屋無人居住，事實上就不成其為現實的房屋；因此，產品不同於單純的自然對象，它在消費中才證實自己是產品。」〔註12〕文學作品作為一種精神產品也是這樣。文學的社會意義與社會價值的實現，只有在讀者和批評者的接受、欣賞和品評之中才能完成。茅盾的文學批評，堅持的正是這樣的文學整體觀。在他看來，文藝的普遍發展與發達，一要有作者，二要有讀者。因而作者和讀者，創作與接受，共同組成一個完整的文學系統，而批評，在這個文學系統中處於中介位置。這種審美中介，茅盾在實踐中當然是非常重視的。現代文學發展初期，在新文學尚沒有廣大的讀者群的情況下，他努力而勤勉地進行文學選擇、品評與判斷，冀求用文學的闡釋和批評來「養成一般群眾的正則的欣賞力」，以提高整個民族的知識水平和文化素質。他意識到文學批評的任務在指出藝術的內在規律和發展走向，使作家從非自覺的創造進到有意識的自覺的創造活動，更在於揭出藝術的本來面目和意蘊世界而加以詮釋和判斷，使讀者知道怎樣去鑑賞和接受。因此，他的文學批評總是特別具有指向性和目標感，特別強調要同作家也要同讀者、要同藝術也要同現實發生聯繫和作用。而茅盾也知道，要做到這一步，與文學批評者主體方面所要求的特別多的條件與修養是有很大關係的。他在《文藝修養》等多篇文章中對此都曾有所論述。他呼籲，要作一

〔註11〕茅盾：《從牯嶺到東京》，《茅盾論創作》第39頁。
〔註12〕馬克思：《〈政治經濟學批判〉導言》，《馬克思恩格斯選集》第2卷第94頁，人民出版社1972年版。

個真正的文學批評家，就得稟具多元化的知識結構和文化準備，就得多讀文學作品，多研究藝術規律和文學史，多多研究人，研究社會經濟、政治等發展情況，同時，也要豐富自己的生活經驗……。這些認識，體現了茅盾文學批評的自覺。而茅盾自己則在這種自覺意識和自主意識中身體力行，以堅持不懈的實踐，努力恢復和樹立文學批評嚴正獨立的主體地位和現代風範。

有必要強調的是，我們說茅盾弘揚和高張文學批評主體意識，是指他在人的發現與覺醒的現代光芒照耀下，重視作品人物，尊重作家個性，注重文學接受和批評自身的構建與完善，從而達到現代文學批評意識的自覺，卻並不是說他以審判者的居高臨下之勢君臨一切，站到作者頭上。實際上，茅盾所嚮往的批評境界是，批評家與作家，站在同一地平線上，各以其獨立的自主意識，進行平等、認真、坦率的對話，其中充溢著理解、友好、清新自由的氛圍。在茅盾的審美和批評視境裡，這種作為對話的文學批評的建立，首先基於對批評家批評自由和主體意識的確證與肯定之上。他在《「文學批評」管見一》中寫道：「我們現在常聽人說：『要新文學發皇，先得提倡自由創造的精神』；這句話在別一方面看來，是否也對，現在不論，只是何以不聞人說『要文學批評發達，先得自由』呢？請不要錯認『批評』二字是和司法官的判決書相等的呀！更請不要誤認文學批評家就是『大主考』！」文學批評家，並不是雄視闊步、昂首天外的審判官，相反，他必須降心以從，以一片清新的良知和一顆自由而溫暖的靈魂，貼近、感受作家作品，平等坦誠，剔精抉微，對作家加以親切而謹慎的闡揚、導引與指向。同時，通過自己的選擇、批評，在努力接近、走向作家作品的世界的行程中，確證和實現著自己的追求和價值。茅盾深深懂得，批評家是以尊重別人的自由為自己的批評自由的。他在《自由創作與尊重個性》、《〈小說月報〉改革宣言》、《自然主義與中國現代小說》等文章中都曾屢次申述過必須「尊重自由創造的精神」這一重要思想。這是發自批評家內心深處的真誠呼喚，也是「五四」以來社會和時代的嶄新要求，浸染著現代觀念和新型價值意識內容。在這心靈呼喚和歷史要求的統一中，茅盾展現出了全新的批評態勢，取得了現代意義上的審美風範與批評方式。

茅盾早年在研究了外國文學創作和文學批評之後，認識到西洋文藝之興蓋與文學上的批評主義相輔而進，因而竭力倡導新文學界大家開誠相見，切磋琢磨，相互批評，於相激勵相攻錯中達到批評和藝術的進步。在這樣的文

學對話和批評選擇中，他總是從不隱蔽自己的觀點，公開說出自己的所見所想，對蔣光慈、陽翰笙這樣的左翼作家，對魯迅這樣的大家，都是如此。同時，他還倡導和鼓勵不同意見的自由辯論與批評。他要人們明白，每個人都是一個宇宙，一個獨立自足的存在，都有被尊重的資格和尊重別人的義務。平等而自由的對話、交流和論爭，必然給新文學創作和批評帶來生機、繁榮和進步。「爭論雖然不息，進步卻仍在進步，而且也可以說：正惟其多紛爭，不統一，文學批評才會發達進步。」〔註13〕也就是說，通過批評和反批評，辨明是非，發揚眞理，促進團結。這樣，在這種對話的「親愛空氣」中，不但作家可以從批評家「指出表現的不夠眞實的地方以及技術上的缺點」和其他富有啓發性的思想火花中獲得幫助，不斷成長，而且，批評家也可以在批評論辯中進行及時調整，實現自我超越，最終，經過誠懇的互相督促，坦白地交換意見，熱誠的互助，在批評家和作家之間，打通隔離、封閉的批評莊園和創作莊園的通路，形成一種精神默契和心靈交流，從而共同促進文學系統的建設與發展。

　　誠然，文學批評的對話精神，建構於新型的批評與對話的主客體及其相互關係之上，但是，正如一切意識莫不訴諸其他意識，而「我們是生活在與他人的和合中，生活在我們的多種關係中」〔註14〕，所以意識也有它的社會性前提一樣，文學批評要進行對話，先決條件是民主、平等的現代觀念和社會、文化意識氛圍。如所周知，作爲一種時代精神和歷史流向，科學與民主正合於現代中國生活之需要，對新文藝則更具有一種全新的現代意義。單就民主意識而言，就不光對剛掙脫封建專制的現代中國社會有著重要意義，而且，對文學創作和文學批評也具有不可低估的作用。可以說，民主意識和自由氣氛，乃是文學批評的基礎。歸根結底，要使蓓蕾開花結果，要使新文學多姿多彩，保有生機勃勃的多向發展勢態，清新自由的社會、文化空氣是必要的。因此，茅盾強調說，文學創作界和批評界的「首要之圖，必須努力爭取清新自由的空氣」〔註15〕！這種清新自由的空氣，是民主意識的外化，於創作重要，對批評更爲關鍵。試想，沒有這種民主意識和自由空氣，何來對

〔註13〕茅盾：《「文學批評」管見一》，《小說月報》第13卷第8期。
〔註14〕魯一士：《近代哲學的精神》，《西方現代資產階級哲學論著選輯》第114、115頁，商務印書館1982年版。
〔註15〕茅盾：《如何加強我們的抗建文藝》，《大眾生活》新8期。

話與選擇的可能？又怎能與作家建立親和誠摯的關係？因而，高揚民主意
識，創造對話氛圍，在文學批評中充滿信任、理解，以一團溫熱，一腔精誠，
對作家作品做真誠的疏導論評，成為茅盾現代新型文學批評突出而重要的取
向和趨求。

　　與創造對話式的民主意識和氛圍相聯繫，茅盾文學批評呈現出多元化的
審美態勢和寬容的批評意向。早在二十年代初，青年茅盾便主持了當時國內
影響頗大的《小說月報》的編輯工作。在《〈小說月報〉改革宣言》中，他宣
告：「譯西洋名家著作，不限於一國，不限於一派；說部，劇本，詩，三者並
包。」從而鮮明地體現出一種審美的開放心態和恢弘的氣度。大家知道，茅
盾文學活動伊始就高張現實主義和為人生而藝術的大旗，並成為其傑出的代
表，但他的文學批評價值取向卻並不是單一、狹窄、封閉的，而總是呈現出
多元的審美勢態。他主持《小說月報》時公開主張，為了創造中國新文藝，
對世界盡貢獻的責任，「不論如何相反之主義咸有研究之必要。故對於為藝術
的藝術和為人生的藝術，兩無所祖」，「寫實主義在今日尚有切實介紹之必要；
而同時非寫實的文學亦應充其量輸入，以為進一層之預備。」〔註16〕基於這
種指導思想，茅盾自己率先以身作則，努力實踐。他的外國文學研究、評介
與評論所及，範圍異常廣泛，既有西歐英美文學，東方印度、日本文學，也
有俄蘇文學、北歐被壓迫弱小民族文學；既有寫實主義、自然主義、批判現
實主義，也有浪漫主義、新浪漫主義、象徵主義、唯美主義、未來主義，等
等。這種兼容並蓄的多元價值取向和全面的引進、接受工作，說是「五四」
時代提供的開放眼光和世界視野所致誠然對，但卻不能忽視這恰恰也是在時
代精神濡染感奮下茅盾的審美多元趨求和寬容意向的集中表現。

　　「五四」時期，新文學創作壇還比較冷寂，一些新式小說、詩歌、戲劇，
帶有從舊的思想與形式脫胎、蛻變、轉換的印記，尚處於較為稚嫩、不成熟
的境地。在這種情況下，茅盾意識到自己作為一個批評家的歷史使命，除了
從域外博采眾芳、擷英集萃之外，還應以寬容為原則，正面倡導文學多元化。
他是現代中國現實主義文學發展的積極倡導者，幾十年來，他為推動現實主
義文學向前發展，作出了巨大的努力和貢獻。新文學發展初期，他是作為具
有現實主義傾向的為人生而藝術的文學研究會的主要理論家和代言人，出現
在繁富複雜、異彩紛呈的「五四」新文壇上的。但是，如前所說，茅盾並沒

〔註16〕茅盾：《〈小說月報〉改革宣言》，《小說月報》第 12 卷第 1 期。

有懷著狹隘的排斥心理，以封閉性的批評視界和思維模式，去簡單化地要求、規範別人，而是在一種寬容的價值取向和選擇意向中，竭誠而熱情地呼喚新文學的盎然生氣和鮮活局面。他論述為人生的文學主張時說：「文學的目的是綜合地表現人生，不論是用寫實的方法，是用象徵比譬的方法，其目的總是表現人生，擴大人類的喜悅和同情，有時代的特色做它的背景。」〔註 17〕顯然，茅盾這裡倡導的是在文學為人生的普泛前提下求文學的多元發展。而這一點，恰可以視為新文學繁榮發展、具有蓬勃生機的重要動因。

　　三十年代「兩個口號」論爭時，茅盾還曾經大聲呼籲並極力倡導「在民族利益的大前提下」謀創作自由和批評寬容。他認為，在中華民族生死存亡關頭，個人沒有「超然」的自由。不過，這並不意味著作家會因此喪失了他的創作自由，也不是說在「國防文學」這一口號下只許有劃一的某種題材和某種作風，更不是說「作家們的筆除了服務於那偉大的目標之外，就絕對不許觸及現實的其他形相」。茅盾對當時「國防文學」論者所謂國防的主題應當成為漢奸以外的一切作家的作品之最中心的主題、國防文學的創作必須採取進步的現實主義方法之類的高調，就很不贊成。在他看來，假使按照這種批評標準，那沒有採取進步的現實主義的方法的作品，不就被拒之門外？那些不用「國防」的主題，而用別的如日常生活，或戀愛為主題、題材進行創作的作家，豈不都成了漢奸作家？茅盾一針見血地指出：「此種意見，在今日以前，卻頗普遍，然而這是關門主義和宗派主義！」〔註 18〕可以想見，如果讓這種極左論調盛行蔓衍下去，其最終結果，必然如魯迅所說，在大一統的範圍閾限之下，文學批評流於標準太狹窄，看法太膚淺，而文學創作則勢必要近於出題目做八股了。

　　在新文學批評中，茅盾並不只是從新文學的建設與發展上著眼，對各色各樣正當的審美感知方式和藝術探索、文學內容和描寫手段，予以最大限度的理解、寬容和鼓勵，而且，為培養文學的新生力量，為愛護有希望的新進作家計，他對文學新人新作更是力主容忍原則，在會心的理解和衷心的支持中報以寬容的微笑。他說：

〔註 17〕茅盾：《文學和人的關係及中國古來對於文學者身份的誤認》，《小說月報》第
　　　　12 卷第 1 期。
〔註 18〕參見茅盾：《進一解》，《文學》第 6 卷第 6 期；《關於引起糾紛的兩個口號》，
　　　　《文學界》第 1 卷第 3 期。

在批評家方面，倘使只以尺度提得高高爲不失其批評家的尊
嚴，雖然主觀上是執行「自我批評」，而客觀上是削弱了前進文藝作
品在廣大群眾中的影響。特別是對於一個新進作家的處女作，或是
最初的幾篇作品，這種求全的責備是違背了戰略的笨辦法。〔註19〕
在中國新文學批評史上，這般對新文學的戰略考慮和對文學新人的熱誠關
愛、寬容的拳拳之心，除了魯迅，茅盾可以說是最突出的了。

郁達夫在《批評的態度》一文中，把「寬容」列爲文學批評家的「四德」
之一，是很有見地的。棍子式的批評家，既不具文學的宏通的戰略識見，也
全然沒有對批評客體的充分理解和尊重，因而缺乏作爲一個眞正的批評家的
品格與修養。茅盾文學批評中的寬容意向，之所以顯得難能可貴，主要的一
點，還因爲這是出於對作家審美個性和創作自由的尊重。伏爾泰在他的《哲
學辭典》中解釋什麼是寬容時，說這是天然權利的第一原則，實際上也包涵、
指涉了這樣的內容意蘊。寬容，意味著尊重別人的無論哪種可能有的信念，
意味著容許別人有行動和判斷的自由，意味著對不同於自己或傳統觀點的見
解的耐心公正的容忍〔註20〕。簡言之，寬容意味著對別人的徹底而充分的尊
重。正因爲如此，所以我們說，茅盾並不是那種「反覆無常地發號施令，制
定禁令」的專橫的批評家，也不是那種吹毛求疵專事於批「病」的批評家，
相反，他是一位充滿藝術良知和博大愛心，卻又不乏科學品格的公正客觀的
批評大師。他總是努力創造寬鬆的親和氣氛，對不同流派、風格的作家作品，
對新人新作持寬容原則，作公允批評，因而被許多作家引爲知己，譽爲知音。
茅盾的這種寬容精神，與新文學的發展和藝術領域的開拓關係極大。因爲，
創作家愈堅持己見，執著於自己的價值意識目標和藝術審美追求，則愈有益
於新文學創作園地的百花齊放和萬紫千紅；相反，批評家愈堅執於一己的偏
見和信條，並以之來繩度一切，拒斥異己，則愈弄窄了藝術的審美認識和表
現領域，導致藝術的單一化、模式化的肅殺景況。所以，寬容取向與弘揚作
家個性，發展新文學之間存有緊密的聯繫。

然而，我們又必須看到，茅盾文學批評的寬容意向與多元趨求的深刻動
因不惟在乎此，實質上，還在於多樣化的生活和創作、批評的因果聯繫。對

〔註19〕 茅盾：《想到什麼就說什麼》，《文學界》第 1 卷第 1 期。
〔註20〕 參見《愛因斯坦文集》第 3 卷第 106 頁；房龍：《寬容》第 19 頁，三聯書店
1985 年版。

此，茅盾也有清楚的認識。1928 年，他批評蔣光慈登在《太陽月刊》創刊號上的一篇宣言式論文所顯示出的唯我獨「革」、排斥一切「舊」作家的傾向時，說：「文藝是多方面的，正像社會生活是多方面的一樣。革命文學因之也是多方面的。」他不同意蔣光慈那樣的文學批評和理論取向，因為，它將革命的文學引進了「一條極單調的仄狹的路」。在茅盾眼中，文學的多樣化只能受制於現實生活的豐富性，而文學批評的多元化取向，也完全是為多樣化的生活本身所規定的。每一滴露水都在太陽的照耀下閃耀著無窮無盡的色彩，何況是作為精神現象的文學創作和文學批評呢？多樣性，或者說多元化，是「生活的妙諦」〔註21〕，也是文學批評的真諦所在。

二、茅盾文學撰擇的兩難境地：將外在規範化作內在自覺。個人與時代俱進，小我融入大我之中。批評每每不忘社會。社會背景、社會意識與社會價值。社會使命、群體心理與導向意識。

很明顯，茅盾文學批評的人本尺度、民主意識和寬容意向，是高張主體意識的批評家個體自由選擇的心理張力所致，也是「五四」以來的現代意識光芒照耀的結果，反映了宏觀意義上的歷史選擇的必然。不過，歷史的必然卻猶如一隻手的兩面，具有不盡相同的兩種形態：個體與群體，小我與大我，主體意識與社會使命。而這，構成了現代中國思想文化發展以及茅盾文學批評選擇的兩難境地，亦即西方心理學家勒溫所說，由「內驅力」和「普遍性的意志中心目標」組合而成的不斷傾斜變異的心理場〔註22〕。李澤厚在《批判哲學的批判》中論述到這個問題時說：「哲學——倫理學所講的個體的主體性不是那種動物性的個體，而剛好是作為社會群體的存在一員的個體。包括他的各種心理建構也如此。」所以，「儘管如何強調個體的人是目的，強調個性自由與發展，等等，但人總受客觀歷史規律所支配，想超越歷史掙脫時代的限制，正如想抓著頭髮離開地球一樣，是辦不到的事情。」人是社會的動物、歷史的產物。設若誰不需要社會，誰就只是獸或神，而不是人。人只可能存在於他的時代，他的社會環境裡，只可接受而不可超越社會現實和時代生活的種種規定，懸想超社會、超歷史，實在是心造的幻影。在中國現代歷

〔註21〕 車爾尼雪夫斯基：《美學論文選》第 62 頁；參見馬克思：《評普魯士最近的書報檢查令》，《馬克思恩格斯全集》第 1 卷第 7～9 頁。

〔註22〕 《西方心理學家文選》第 356 頁，人民教育出版社 1983 年版。

史和思想文化史上，人的發見、個性主義、主體意識的高揚，始終是與集體主義、群體趨赴、社會革命相結合的。人的主體意識和自我意識蘊涵著現代社會觀念和現代歷史精神，浸透著和廣大人民及整個社會共同命運、為社會解放與人類進步不懈鬥爭的新內容。像現代許多進步的知識分子一樣，茅盾在強大的社會時代勁風的影響下，感得了科學與民主的迫切需要和歷史的神聖召喚，自覺投入反封建和反帝的社會鬥爭中去，將外在的影響與規範化作內在自覺，把個人的自由、主體意識的心理欲求融匯進社會解放、民族解放和時代進步中去。

　　在這樣的歷史與心理基點上，茅盾文學批評的個人選擇與社會選擇達到了統一。誠然，能夠看得出來，茅盾在他的批評實踐中並沒有全然否認文學批評個人選擇和主體方面的重要意義。這不光可以從他文學批評的人本尺度、民主意識和寬容意向裡覓得形跡，而且可以由他的文學批評透視其表象後面湧動著的潛在意識之流。這種潛意識，是一種人的個體意識和自我意識，這在茅盾早期以發散著強烈鮮明的主體色彩而呈示顯意識，二十年代以後則漸漸退而變為潛在意識和深層心理形式，內在地左右著茅盾的文學批評。從四十年代茅盾評論魯迅、評論蕭紅的文章中，我們可以清晰地窺見這一點。但是，在具體言論和理性自覺上，茅盾則傾向於使個人的選擇從屬於社會的選擇，將文學批評的主體意識的心理張力規範於時代進步和社會發展之中，從而讓個人與時代俱進，小我融入大我之中，個體服從整體需要。這樣的自覺意識，是隨著時間的推移逐漸強化起來的。那麼，它是不是以犧牲個人、小我和個體為其代價的呢？是，又不是。說是，是因為整個時代走向、社會規範使每個人不得不如此。說不是，乃因為在茅盾的心理的深處，小我與大我是具有同樣價值和光彩的，只是他更加善於調整自己、平衡自己而達到理性自覺罷了。關於這個問題，我在後面第二章中還要進一步論證。

　　這裡，可以肯定的是，茅盾確乎愈來愈清楚地認識到了人的發見，人的主體性的張揚是和社會改革緊緊相聯的。他的文學批評作為一種社會的文學批評，就表現出這種思想與心理取向。我們不妨說，茅盾的社會的文學批評的個人選擇是在社會選擇的基礎上得以完成的。他和魯迅一樣，反對作「身邊批評」，具有敏銳的現實觸角和強烈的社會使命意識與歷史責任感。在進行新文學批評時，他努力做自己社會和自己時代的兒子，體會社會的利益，把自己的追求同社會發展趨赴融為一體，使自己的心靈成為「多數互相聯結的

心靈組成的世界」〔註23〕，把文學批評當作一種社會性的活動，把自己當作時代社會的進步的審美要求和審美理想的代言人。誠如卡岡所說：「不論批評家是否意識到，客觀上他總是在充當代表：他的世界觀、他的心理、他的趣味是被社會所決定，在社會上表達的。」〔註24〕茅盾的顯著特點在於，他不是無意識地客觀上「充當代表」，而是自覺地有意識地充當進步的審美理想、審美趣味的代表，去檢視、判斷藝術作品的社會意義和作家靈魂的社會價值。作為文學研究會主要理論批評家，作為為人生的現實主義文學倡導者，作為進步社會意識和審美意識的代表的他，一貫都是如此。別林斯基曾把批評界定為「時代的支配意見通過其代表人物的表達」，「闡明並傳播自己時代美文學的支配概念的一種努力」〔註25〕。在二十世紀以來的現代中國文學史上，茅盾就是這樣的用文學批評作著自己可貴努力的「代表人物」。他為現實社會解釋作家作品，代表時代說出對作家作品的感受體悟和評價判斷，自覺闡明、發揚時代美文學的進步流向，帶著鮮明的社會的審美傾向性。太陽社的主要批評家錢杏邨是現代文學批評史上的社會批評的代表。他也很重視文學批評「促進社會的進步」的功能，但他說「文藝批評家的職任就是一個革命家的職任」，「真正的大批評家，不但讀者忘不了他們，就是社會運動史也是忘不了他們的」〔註26〕，卻不免過分誇大了批評的政治、革命和社會的功利效用，而使文學批評等同於非文學性的政治批評、社會批評了。與錢杏邨不同，茅盾把文學批評視作一種基本的社會精神力量，目的是對文學作出及時、深刻和準確的審美評價和價值判斷，使命在於充當社會文化系統中的審美中介，充當藝術和社會之間的「傳動機」，因之仍是一種文學的批評，審美的判斷，只不過在進行批評的時候每每不忘社會而已。

應該看到，中國新文學從一開始就和民族解放運動密切地聯繫著，這個聯繫貫穿了新文學的全部歷史。一個國家的文學的特點是不能離開那個國家的民族的和社會的特點而表現的。現代中國的半殖民地半封建國家的地位，以及人民為要擺脫這個不幸的地位而進行的不懈的鬥爭，不能不在文學上打下印記。在充盈著濃厚政治氛圍的現代中國社會裡，面對著民族社會解放這一偉大目

〔註23〕　《西方現代資產階級哲學論著選輯》第 115 頁；參見《別林斯基選集》第 3 卷第 598 頁，上海譯文出版社 1980 年版。
〔註24〕　卡岡：《美學和系統方法》第 139 頁。
〔註25〕　《別林斯基選集》第 1 卷第 323 頁，上海譯文出版社 1979 年版。
〔註26〕　錢杏邨：《批評的建設》，《太陽月刊》1928 年第 5 期。

標，作家、藝術家的筆、調色板和五線譜，勢必要自覺不自覺地為社會「普遍性的意志中心目標」所規定、制約，而作出既是自己的也是民族的、社會的選擇。況且，文學本來就是一種社會性的實踐，它以語言這一社會創造物和文化符號系統作為自己的媒介，成為傳達時代和社會的信息載體。因而，新文學具有社會功能特性，是一種歷史的必然，也是文學的必然。在茅盾眼中，文學是為表現人生而作的，而文學家所欲表現的人生，「決不是一人一家的人生，乃是一社會一民族的人生」〔註27〕。——他的著眼點是社會。由是出發，茅盾特別注重檢視文學的社會背景和社會意識、社會價值。在《文學與人生》一文中，他肯定了「文學的背景是社會的」這一命題；在《社會背景與創作》中則強調「在被迫害的國裡更應該注意這社會背景」。他對於郁達夫《沉淪》的批評，就是基於這樣的觀點：「《沉淪》描寫青年的苦悶，可謂『驚才絕艷』的了，然而我們試分析主人公苦悶的背景，便要驚訝於所含的社會性何其太少！」〔註28〕對文學社會性的倚重，已構成了茅盾審美期待視界中的重要內容。倘若他所論及的文學作品忽視或無視這種社會性，批評家總不免驚訝、不滿或失望。當然，茅盾關注文學表現人生，又並不止於單單表現社會背景。他對這一命題尚有深一步的理解：「文學中所表現的當代人生實在是經過作者個人與社會的意識所揀選淘汰而認為合式的。」這所謂「社會的意識」是什麼呢？茅盾解釋為「時代精神的集中的表現」。因此，他特別重視文學的時代性、思想性，注重審度、掘發作品的社會意識與社會價值，對那些「毫不注重文學於社會的價值」的名士派作法極端反感，對托爾斯泰、契訶夫等現實主義大師「都有絕強的社會意識」則表示親和、欽佩〔註29〕。

正因為對文學批評的社會使命自覺意識，對文學創作的社會背景、社會意識和社會價值極為關注，所以，茅盾在文學批評過程中，總是努力以進步的、革命的立場，從社會理想和審美理想的高度，根據時代的需要和群體審美趨求，分析作家作品的深厚意蘊思想和內在價值，並予以及時的導引。如果可以說文學批評的職能和手段不外乎闡釋與判斷兩種的話，那麼，茅盾無疑是偏重後者。這方面，他與後來的李健吾的文學批評的審美追求和風格個性截然不同。顯然，他們是朝著兩個不同甚至相反的方向運動的：李健吾進

〔註27〕 茅盾：《現在文學家的責任是什麼？》，《東方雜誌》第 17 卷第 1 期。
〔註28〕 茅盾：《讀〈倪煥之〉》，《茅盾論創作》第 228 頁。
〔註29〕 參見茅盾：《告有志研究文學者》，《學生雜誌》第 12 卷第 7 期；《俄國近代文學雜譚》，《小說月報》第 11 卷第 1～2 期。

行文學批評，猶如開了一輛流線型汽車，馳進作家所創造的藝術世界，抓住人物靈魂的若干境界，不斷作著自己的整體直觀、批評賞鑑。通過這種心靈深處的「冒險」活動，獨具隻眼地推呈自己的「速寫」、自己的結論與解釋。因而，李健吾重體味、感悟、頓悟，側重藝術賞鑑、直觀批評與詮釋品評。茅盾卻不是這樣。他重視價值判斷和審慎而細緻綿密的深入分析，並且自覺地結合現代社會發展的特定情勢，充分發揚文學批評的導向功能。他憑著自己敏銳的政治嗅覺和藝術感受力，依據社會、時代、階級的文化趨赴與審美要求，從社會思想和美學藝術的角度，全面審視、剖析作家作品，同時，注意指導文學創作，以使新文學沿著正確的道路發展。在李健吾那裡，批評的目的讓人覺得似乎就在於文學批評本身；批評家的目光所投注的，好像除了作品，還是作品。比較而言，茅盾的批評眼光、批評意向和批評風格，有自己鮮明的個性特點：他並不是為批評而批評，也不拘囿和滿足於闡釋作品本身，他具有明確的判斷趨求和導向意識，表現出一種宏大的批評氣派：

> 當今批評創作者的職務不重在指出這篇好，那篇歹，而重在指出（一）現在的創作壇（從事創作的人們）所忽略的是哪方面，所過重的是哪方面。（二）在這過重的方面，──就是多描寫的那方面──一般創作家的文學見解和文學技術已到了什麼地步。〔註30〕

由這樣的批評意向、途徑與方式，既指導著作家創作，同時，也引導著讀者接受、欣賞，從而校正、引領他們的審美理想和審美趣味朝正確的方向運動。文學批評的這種導向功能，曾受到過許多批評家的重視和肯定。賀拉斯把批評比作「磨刀石」，別林斯基、克羅齊、周揚等人把批評論為「教師」，萊辛、盧那察爾斯基則說批評是給「同時代人充當向導」〔註31〕。可見，導向、導引，是文學批評的本質特性，而在有著複雜的社會文化背景和發展勢態的現代中國文學，尤其是在其初始的年輕的新文壇和讀者界，這恰恰是最為需要的批評品格。因此，茅盾文學批評的社會意識與導向意識，反映了批評的主要功能特質，也透示出深厚的社會選擇的現代精神和歷史意蘊。

〔註30〕茅盾：《評四、五、六月的創作》，《小說月報》第 12 卷第 8 期。

〔註31〕分別參見《詩學‧詩藝》第 153 頁，人民文學出版社 1982 年版；《別林斯基選集》第 1 卷第 326 頁；克羅齊《美學原理‧美學綱要》第 275 頁，外國文學出版社 1983 年版；《周揚文集》第 1 卷第 265 頁，人民文學出版社 1984 年版；鮑桑葵：《美學史》第 283 頁，商務印書館 1986 年版；盧那察爾斯基：《論俄羅斯古典作家》第 21 頁，人民文學出版社 1958 年版。

　　綜上所述，在中國現代歷史上，人的覺醒與發見、個性解放與發展，同民族解放、社會進步這兩個思想系統和歷史流向是緊緊融爲一體的。茅盾的文學批評意識和審美意識，凝聚著豐富的社會心理內容，準確地反映了這種時代信息和歷史特徵。開放眼光與取精用宏、主體意識與人本尺度、民主意識與多元趨求，以及社會使命意識、群體心理與導引傾向，是茅盾接受現代意識的理性光照而映射出來的帶有個性特徵的色彩。伴隨著現代中國的艱難歷程，茅盾的文學批評，不斷在這抹著自己濃重的個性色彩的個人選擇與社會選擇之間進行調整、平衡，從而成爲一種極具現代意識而又光澤不一、色調豐富的社會的文學批評。說茅盾是新文學批評的開拓者，是無產階級文學的倡導者也罷，說他是作家的知音，是青年的伯樂也罷，說他的批評有時切近感有餘，超脫感不足也罷，統統可以從這種調整與平衡中得到解釋。歸根結底，歷史使茅盾別無選擇。

第二章　交織在雙重網絡系統裡的審美心態——論茅盾文學批評的個性心理

　　說明茅盾文學批評爲客觀歷史所選擇、規定，蘊涵豐富的社會心理內容，呈露現代意識的理性光芒，當然還遠不足以讓人們充分認識他文學批評的個性風貌。因爲，茅盾的批評意識作爲一種現代意識，雖然有其獨特的個性化表徵，但卻更多時代的制約和歷史、社會的投影，所以，要探尋、認識茅盾文學批評表象背後的殊異個性，就還必須由茅盾的現代批評意識，切入他審美個性的心理結構和批評心態，以便深入地把握其更具個人特點的批評選擇的內在機制和個性心理內容。誠如恩格斯所說：

　　　　事實上，世界體系的每一個思想映象，總是在客觀上被歷史狀
　　　況所限制，在主觀上被得出該思想映象的人的肉體狀況和精神狀況
　　　所限制。〔註1〕

就茅盾文學批評來說，也是這樣。毋庸置疑，茅盾評論任何具體文學現象，絕不是用空白的頭腦去被動地接受、賞鑑，相反，總是帶著客觀的時代環境、歷史狀況所決定的意識成分和自己的主觀情智、閱歷經驗、心理定向來積極選擇、審視作家作品的。這種文學批評選擇，並不具有隨機性。批評家不是信手拈來一個作家、一部作品，不是隨便選擇、說出自己的結論與判斷，而是基於特定審美心理結構之上進行的有機批評。沒有這種重複出現、已形成

〔註1〕恩格斯：《反杜林論》，《馬克思恩格斯選集》第 3 卷，第 76 頁。

定勢的個性心理機制，批評就沒有立足地和一貫性，就會出現離散無序狀態，就會導致批評家審美個性分裂、批評風格失落。

一、茅盾就是茅盾：性格類型與構成——立於作品旁邊的思想者。傳統性格與民族文化認同——巨大的歷史和心理平衡感。嚴正的藝術良知與深邃的理性精神、歷史意識。

茅盾文學批評審美心理定勢的生成，是以一定的生理和心理素質為依憑的。巴甫洛夫按照第一信號系統的使用情況及其強弱，把人的心理素質分為三種類型：藝術型、思想型和中間型。他認為，藝術型和思想型有著明顯的差別。藝術型的人完全、徹底、整個地占有外界現實，主體與客體渾然一體；而思想型的人則有著較強的哲學意識和科學傾向，他們細分外界，似乎要吃掉外界，把外界分隔得像骨骼，然後再把其合攏起來，使之蘇醒。蘇聯當代美學家奧夫相尼科受巴甫洛夫學說的啓發，從審美心理學的角度，相應地把文學創作分為兩種類型：經驗型和觀察型。經驗型作家根據自己所需要的方向把各種人物形象和事件重新加以綜合、組織，好似對現實生活進行某種心理實驗；觀察型作家則以客觀地觀察和表現各種生活現象和社會現象為基礎，對現象之中的比例關係不作任何歪曲、改變〔註2〕。這種見解，無疑是符合文學創作實際的正確的觀點。中國古代詩論云：「咏物詩二法：一是將自身放頓在裡面，一是將自身站立在旁邊」〔註3〕，恰恰就是說的這兩種創作類型。大體說來，現代文學史上的郭沫若、巴金等人屬於前者，而茅盾等則屬後者。具體到文學批評活動，巴甫洛夫這一見解也是富有啓迪意義和認識價值的。我們不妨還以個性殊異的李健吾和茅盾為例作一對照說明。李健吾是偏於藝術型、經驗型的批評家。與二十年代的周作人（著有《自己的園地》）、四十年代的李廣田（著有《讀文學批評》）一樣，他也很是欣賞、傾慕法國的法朗士、勒麥特等的印象批評和主觀批評的。他在閱讀、闡釋文學作品時，倚重體會、感悟，獨具隻眼，一直剔爬到作者和作品的靈魂深處；他接受一切，一切滲透心靈，批評文字成了靈魂的冒險，成了較少思辨色彩的頓悟式賞鑑品評。茅盾則是另外一種情況。他的文學批評常常細緻地分析、判斷作品的思想性和社會價值以及美學上的得失，揭示人物性格的特點和產生的條件，

〔註2〕《外國現代文藝批評方法論》第469頁，江西人民出版社1985年版。
〔註3〕《清詩話》下冊第930頁，上海古籍出版社1979年版。

往往把作品的形象上升為理性的歷史認知，顯出重思想、重分析、重判斷的價值取向。朱光潛曾把看戲者分成分享者和旁觀者兩種。他認為，真正能欣賞戲的人大半是冷靜的旁觀者。因為，這樣的人既有冷靜的思考、分析、揣摩，也有體驗、感受，所以更能把握形象，獲致美感，掘發美點和缺點。別林斯基說「批評是哲學的意識」，是一種判斷，而「判斷需要理性」，則無疑也是肯定思想型、旁觀型之於文學賞鑑批評的重要〔註4〕。由是看來，茅盾心理素質的先天稟性，成全了作為批評家的茅盾。天生我材必有用。茅盾真可謂得天獨厚了。

偏於思想型和旁觀型的茅盾，性格結構中有兩大元素非常突出：一是思想清醒、冷靜、深沉，重客觀，反對靈感，偏重理性；二是堅定執著、自主自信，具有韌性精神和巨大的歷史平衡感。

茅盾在《自然主義與中國現代小說》一文裡，針對陷於「瞞和騙」的大澤中的傳統舊文學，主張：文學家對於人生，應「完全用客觀的冷靜頭腦去看，絲毫不攙入主觀的心理」。這話不無偏頗，因為要文學創作者絲毫不攙入自己的主觀心理，純然客觀地寫，怕實在是不可能的。然而，它卻真實地透露了茅盾自己固有的心理素質和審美定向的重要特質：一副深炯的眼光和冷靜的頭腦。茅盾最早發表的一篇政論性文章是《學生與社會》。在這篇文字中茅盾展呈和預示了自己的心態勢況。文章認為，當局者昏，旁觀者清，事理之常。一切物事用清醒的眼光，「以冷靜的頭腦觀察之，自不致迷」。顯然，茅盾從事文學活動，就貫穿著這種鮮明的特點。他後來談到自己的創作時說：「自然我不缺乏新題材，可是我從來不把一眼看見的題材『帶熱地』使用，我要多看些，多咀嚼一會兒，要等到消化了，這才拿出來應用。這是我的牢不可破的執拗。」〔註5〕在他看來，題材經過這樣的「冷處理」，就有一種距離感，而使之能夠客觀地反映社會的本來面目；同時也就一定會耐人咀嚼，具有深刻的思想性。帶著這種意識和追求，他寫《幻滅》和《動搖》時，就

〔註4〕朱光潛語參見《馬克思恩格斯文藝批評理論研究》第 325 頁，四川文藝出版社 1985 年版。別林斯基語參見《別林斯基論文學》第 259、258 頁，新文藝出版社 1985 年版。

〔註5〕茅盾：《我的回顧》，《茅盾論創作》第 10 頁。實際上，茅盾的藝術氣質和審美趨求（「冷」）與他的現實態度、社會意識（「熱」），構成了創作活動上的二律背反。但必須看到，茅盾的客觀、冷靜、富有理性，卻是一以貫之的，並使他的「冷」、「熱」兩極統一了起來。這一點，我後面要論述到。

只注意一點:「不把個人的主觀混進去,並且要使《幻滅》和《動搖》中的人物對於革命的感應是合於當時的客觀情形。」〔註6〕創作如此,分析、研究則更是這樣。他早年撰寫《尼采的學說》,就是拿極冷靜的頭腦,極公平的眼光來評尼采的學識,對於可稱道的地方稱道,可攻擊的地方攻擊,顯得深邃而敏銳,清醒而客觀。茅盾的冷靜、清醒和倚重客觀的「尖銳的理性」與郭沫若全然不一樣。郭沫若曾直捷表白自己是一個偏於主觀的人。想像力比觀察力強,同時又是個衝動性的人,作起詩來,好像一匹脫韁的馬,任一己衝動、跳躍、奔馳。茅盾對郭沫若這樣的主觀性異常強烈的氣質個性,骨子裡恐怕是大不以爲然的。他曾不無嘲諷地說道:「我素來不善於痛哭流涕劍拔弩張的那一套志士氣概。」〔註7〕其實,茅盾與郭沫若、創造社持異論爭,與魯迅親和接近,都可以從他們的性情氣質上找到深層原因。譬如對待靈感,郭沫若由自己的主情主義傾向和偏於主觀的心理素質出發,極力張揚推崇;而茅盾則和魯迅一樣,對靈感沒有好印象。他明確反對那種「視小說爲天才的火花的爆發的一閃,只可於刹那間偶然得之,而無須乎修煉」的見解。他認爲,只在抓掇片斷的印象,只在一味冥想天時神助,只在空蕩蕩的腦子裡搜求所謂靈感,而忽視深入觀察、冷靜分析和縝密構思,不著意去表現時代現象和社會生活,是一種皮相的不可取的浮面作法。他指出:「『靈感主義』及『身邊瑣事描寫』的『即興』式小說之所以有大群青年的模仿,就因爲無須苦心地選擇題材與冷靜觀察,所以結果就成爲創作的『偷懶主義』了。」〔註8〕現在我們重新審視文學創作中之實有的靈感現象及其特性作用,自然不會完全同意茅盾那時的看法。但是,倘若從當時新文學特殊的歷史背景和茅盾的審美個性和性情氣質上細加思量,便會發現這恰似風行水上,自然成紋,是不足怪的。

茅盾的理性心理素質,除了這一副深烱審慎的目光和冷靜清醒的頭腦外,還表現爲堅定、執著、自矜自主而自信的性格特徵。茅盾是位比較深沉、內向的批評家,在他豐富的批評實踐的背後,躍動著的是一顆獨立自主、執著追求、具有新型價值意識的靈魂。在他心目中,作爲一個現代人,尤須有

〔註6〕茅盾:《從牯嶺到東京》,《茅盾論創作》第 30 頁。參見李岫編《茅盾研究在國外》第 624~625 頁,湖南人民出版社 1984 年版。參見葛浩文《漫談中國文學》第 189 頁,香港文學研究社版。

〔註7〕茅盾:《從牯嶺到東京》,《茅盾論創作》第 31 頁。

〔註8〕茅盾:《關於「創作」》,《北斗》創刊號。這話頗有意思,值得注意。

自主心，以造成高尚之人格，切用之學問，而汶汶然唯人之是從，則不啻為
奴隸道德四字作注解。茅盾舉過這樣的例子來說明不自主之害：「齊人年老不
遇，而哭於路，人問之，曰：吾少年習文學，長而仕，人主好用老，吾又學
老，學成而主死；後主好用武，吾又學武，好武主又亡。少主始立，好用年
少，而吾年已老，是以終不一遇也。」〔註9〕茅盾從心底裡是蔑視這種人的。
他自己給日本增田涉的第一印象就是一個「有頭腦的人」。茅盾自主意識很
強，自稱是素來不輕易改變主張的。數十年來，摸索而碰壁，跌倒了又爬起，
迂迴而再進，始終顯示出一種堅定、自主的韌的理性精神。

　　這樣的自主、自信、堅韌的理性精神，使得茅盾的性格，充滿著執著和
追求，也蘊含著和諧與平衡，體現了對傳統性格和民族文化的認同。就某種
意義而言，這種認同感，是由傳統思想文化塑造成的，基於使自己能認識到
自己與群體、傳統一致或相似的價值、規範和觀念，也基於個人的遺傳性的
差異所造成的氣質，以及經驗和生活情形的獨特性。通過不斷實現對傳統與
自我的認同，而使人們感到自己一生的連續性並保持人格體系的象徵性界
限。每個人到這個世界上來，無可避免地帶著世世代代積澱下來的民族心理、
素質和精神。黑格爾說：一個民族的這種精神乃是一種決定的精神，它「構
成了一民族意識的其他種種形式的基礎和內容」〔註10〕。茅盾的文學批評，
正映照著這種民族精神和民族意識，凝結著他從漢民族文化遺產中提煉得來
的這種精髓。幾乎可以說，他是自覺不自覺地用民族和傳統的全部智慧來為
他的批評作準備的。

　　據李澤厚研究，無論是孔子孟子，還是荀子韓非，都共同對人生保持著
一種清醒、冷靜的理智態度，表現出實踐理性的基本精神。這一套文化思想，
在綿延久長的古代中國社會裡，已滲入人們的行為模式、生活方式、思維習
慣、情感狀態和習俗觀念之中，從而構成了漢民族共同的心理狀態和性格特
徵，亦即形成了民族和傳統的文化心理結構。很明顯，茅盾心理個性和性格
結構中帶有民族文化心理結構的沉重投影。這種投影，最突出的就是李澤厚
所說的「實踐理性」。關於這一點，李澤厚在他的《中國古代思想史論》中闡
述道：「所謂『實踐（用）理性』，首先指的是一種理性精神或理性態度。……
不是用某種神秘的熱狂而是用冷靜的現實的合理的態度來解說和對待事物和

〔註 9〕茅盾：《學生與社會》，《學生雜誌》第 4 卷第 12 期。
〔註10〕黑格爾：《歷史哲學》第 93 頁，商務印書館 1963 年版。

傳統；不是禁欲或縱欲式地扼殺或放任情感欲望，而是用理智來引導、滿足、節制情欲；不是對人對己的虛無主義或利己主義，而是在人道和人格的追求中取得某種均衡。」不難看出，茅盾服從理性的清醒態度，對待生活的積極進取精神以及巨大的韌性和均衡感，正是對這種民族性格的認同、承續和契合。茅盾一生非常注重人格、思想修養，總是那麼謙遜、謹慎，具有深謀遠慮的自我克制精神，同時又特別執著於歷史，有著高度的歷史意識，並且努力使歷史意識、社會意識、使命意識成爲建立自己主體意識結構的重要內容，不斷於各種張力和內在外在諸因素之間尋求動態性的協調、和諧與均衡，從而將外在的需要、限制與影響化作內在自覺的心理欲求，表現出容忍、宏闊、博大而深邃的精神氣度和巨大的歷史與心理平衡感。這種性格——思想——行爲模式，是存在於「時間的深度上的」，它的產生自然「也是根據了過去」〔註11〕，滲透著長期以來孕育成的種族記憶，寄寓著漢民族集體無意識的文化符碼。而恰恰是這一點，使茅盾的文學批評超出了評論表象和評論自身，取得了更爲深在的歷史意蘊和較爲普泛的文化意義。

　　因爲茅盾的文學批評包蘊著這種深層的民族意識和歷史意識，浸透著帶有個人與傳統色彩的實踐理性精神，所以表現出透徹的堅實與冷靜、嚴正與公允。茅盾堅決反對文學批評的「浮而不實」，主張批評家要綿密深致，堅實科學。他以爲，唯其如此，才有新文學創作和新文學批評產生的希望。因此，他眞切地呼喚：「現在眞正需要的，還是切切實實的不說大話不目空一切而且不搽鍋煤的批評家。」〔註12〕他在給《文藝陣地》雜誌提意見時，說：「我主張每期所登作品，以不超過總字數之半爲原則，而論文之中，每期須有堅實的書評一二篇。我們要打破批評界的沉默，也要糾正公式主義的批評，尤其要從作品的批評中提倡深思好學的風氣。」〔註13〕茅盾文學批評孜孜以求的，亦在於斯。他憑著自己深邃敏銳的眼力和謹嚴的科學精神，以大量堅實中肯的評論文字，努力塑造著自己作爲切切實實、深思好學、富於哲學意識的批評家形象。這裡值得強調的是，在進行文學批評時，茅盾顯得特別謹嚴、仔細與認眞，表現出難能可貴的審愼態度與科學風範。李健吾早先評論茅盾作

〔註11〕　《湯因比論湯因比》，《現代西方史學流派文選》第 142 頁，上海人民出版社1982 年版。
〔註12〕　茅盾：《批評家的神通》，《文學》第 1 卷第 2 期。
〔註13〕　茅盾：《我對於〈文陣〉的意見》，《文藝陣地》第 7 卷第 1 期。

品時，十分讚賞茅盾「以一種科學的自然的方式」去把握現實，以科學的精神從事創作。對此或許我們難以全然贊同，但李健吾的這種感受，用來概括茅盾的文學批評卻是恰當不過的：

> 科學，讓我重複一遍這兩個字，科學。〔註14〕

茅盾一次在談到文學批評尺度時，強調這尺度「並不是主觀的好惡，而是客觀的眞理」〔註15〕，就反映出科學、嚴謹、客觀的批評作風。「五四」時期，他對於各色各樣紛然流湧進來的文藝新說，所持的正是這種嚴謹的科學態度。在《對於文藝上的新銳應取的態度》一文中，茅盾說，一種新奇的東西初次出現，往往要逢到兩種待遇：一是贊美，一是詛咒。他不同意這兩種態度和取向。因爲，不曾認清那事物的眞相，不曾眞了解它，便貿然贊美，不免近於盲從；而不曾認清那事物的眞相，不曾眞懂得它，而驟施詛罵，更是看輕自己言語的價值，降低自己的責任心。他認爲正確的態度應是：「沒有將對象研究透徹，決不肯貿然說一個『是』或『否』。」這種嚴謹的態度與魯迅拿來主義的直截了當的價值取向，形成了鮮明對照。兩種取向都不失爲開放的姿態，然而，茅盾的這種心態出自內在心理平衡的審慎欲求，魯迅則顯得直落大膽，全無羈絆，激烈而深刻。茅盾作爲一個大批評家，魯迅作爲一個大思想家，其觀點見解、態度取向都是不難理解，也是都值得肯定的。

　　茅盾文學批評謹嚴的科學態度與價值取向，也表現在無成見，無偏見，公正坦率的質直心地上。歷來文學批評家常有囿於先入之見、門戶觀念、深刻偏見而妄加論評的事。在西方，這類化妍爲嬡、投清於濁的情況就很多。譬如，伏爾泰稱莎士比亞是「野蠻行爲之父」，托爾斯泰說歌德的三十二卷著作中只有兩三卷尚可卒讀。岡察洛夫把屠格涅夫稱作抄襲者，而屠格涅夫則斷定涅克拉索夫的名字將很快被人遺忘。雨果認爲司湯達是個枯燥無味、文理不通的寫作狂，而司湯達則索性把雨果歸入打油詩人之列。這類眼力不濟、嗜好各別，甚至互相詆毀攻訐的評論，顯然不能算是公正、嚴謹、科學的文學批評。茅盾的文學批評與之截然不同。他以嚴正的批評風範和批評良知，努力恢復文學批評的應有尊嚴和主體性獨立位置，從而呈露出可貴的批評品格。

〔註14〕劉西渭（李健吾）：《清明前後》，《咀華二集》第 136～137 頁，文化生活出版社 1947 年版。

〔註15〕茅盾：《關於小說中的人物》，《抗戰文藝》第 7 卷第 2、3 期合刊。

　　遺憾的是，在中國新文學批評史上，有些文學評論卻多少失卻這種品格。譬如二三十年代一些人關於魯迅的評論就是如此。有的評論，帶著左傾有色鏡，高呼「阿 Q 時代」已經死去，並斷言魯迅「不但不曾超越時代，而且沒有抓住時代；不但沒有抓住時代，而且不曾追隨時代」，因而作品「大多數是沒有現代意味」。還有的評論家，猶如一匹「黑馬」，猝爾操觚，任性盡興地下斷語，說什麼魯迅作品似乎大都是「半個世紀前或一世紀以前的一個作者的作品」，《孔乙己》、《藥》、《明天》「都是勞而無功的作品，與一般庸俗之徒無異」，《阿 Q 正傳》「是淺薄的紀實的傳記」，《一件小事》「即稱為隨筆都很拙劣」。也有的人更因了自己的偏狹和膚淺，認定魯迅作品「看過了就放進了應該去的地方」。作為一個嚴肅認真而又不乏良知和識見的批評家茅盾，從來沒有作過這種輕率、不負責任的批評文字。對待魯迅，對待其他作家作品，不拘是自己同道抑或是與自己審美趣味有異，他自信總還能不雜意氣，客觀地看一件作品，因而褒不溢美，責不加過，臧否軒輊均有客觀事實作依據，真正做到了如古人所說的「豎起脊梁，撐開慧眼，舉世譽之而不加勸，舉世非之而不加詛」，而沒有「美則牽合歸之；疵則宛轉掩之」〔註16〕的宵小行徑。福斯特在《小說面面觀》中談及批評時說：「一個從事創作的作家常常允許存有偏見，而批評家則無此權利。」〔註17〕茅盾深深地意識到這一點。他對批評界中說好的地方未必真好，說不好的地方未必中肯，反而把作者弄糊塗的不正常現象大有感慨，極為不滿。三十年代初，蔣光慈的長篇小說《麗莎的哀怨》和《衝出雲圍的月亮》剛問世，太陽社的成員馮憲章便在蔣光慈主編的《拓荒者》上發表評論，將《麗莎的哀怨》捧到了天上，說它政治價值有如一部布哈林的《共產主義 ABC》，在藝術價值上則是「詩的散文，散文的詩」〔註18〕。茅盾對這種頌詞洋洋乎盈耳的吹捧非常反感。針對這類閉起眼睛瞎吹的不嚴肅的批評和蔣光慈的公式化作品，茅盾在稍後的為華漢（陽翰笙）的《地泉》作批評性序言和評論沙汀的《法律外的航線》時，用了大量的篇幅，對此做了嚴正、尖銳的分析、批評。他令人信服地指出，這些作品，以抽象概念替代形象塑造，用標語口號充當情感表現，因而是不可能具有深切

〔註16〕　《清詩話》下冊第 687 頁。劉勰《文心雕龍·知音》：「無私於輕重，不偏於憎愛，然後平理若衡，照辭如鏡矣。」茅盾亦然。
〔註17〕　福斯特：《小說面面觀》第 5 頁，花城出版社 1984 年版。
〔註18〕　馮憲章：《〈麗莎的哀怨〉與〈衝出雲圍的月亮〉》，《拓荒者》第 1 卷第 3 期；參見《中國現代文學研究叢刊》1982 年第 3 期，第 122～123 頁。

感人的藝術力量。茅盾這樣的批評，實事求是，客觀嚴謹，很富有說服力。與當時文壇上的那種不是罵殺便是捧殺的批評全然不一樣。

其實，真正的批評並不在於如何討人喜歡，也不怕別人不高興。因為，文學批評的要義在於客觀、公正、嚴謹、科學。戲劇家熊佛西在《論劇評》中就認為批評家必須富有「公正心」，而絕不能成為「一個無聊的捧角者或專事攻擊他人的人」。對此，李健吾也深有體會，他說：「批評最大的掙扎是公平的追求。」〔註19〕茅盾在進行他的文學批評時，也努力以這種「公正心」，用公平的眼光作「公平的追求」：對作家作品，唯唯固非，否否亦非，不溢美，不飾惡，不誇張，不舖排，有好說好，有壞說壞。除了剛剛述及的批評蔣光慈，他評論葉聖陶、沙汀等的創作也是這類明顯的例子。對葉聖陶的長篇小說《倪煥之》，茅盾一方面充分肯定它作為「扛鼎之作」的突出成就和文學史地位，同時另方面又從藝術角度指出了作品「結構上的缺憾」和人物形象描寫上的草率與「空浮」。沙汀的第一個小說集《法律外的航線》剛問世，茅盾就對這位文學青年的「好書」予以熱情褒讚和深入剖示。在肯定之餘，他又嚴肅認真地揭櫫了其中幾篇作品蹈襲當時文壇上的「革命文學」公式，潛存著標語口號的非文學傾向。像這樣的切實分析，嚴正批評，顯得較為辯證、中肯而切中肌理，壓根兒沒有簡單化的毛病。

實際上，茅盾這種可貴的批評品格，幾乎貫穿於他的絕大部分文學批評。從他初登評壇的重頭評論文字《春季創作壇漫評》、《評四、五、六月的創作》，到他六十年代的著名宏觀整體批評《一九六○年短篇小說漫評》，都可見出這種批評品格在熠熠閃光。在《春季創作壇漫評》中批評田漢劇作時，茅盾本著坦率誠篤的態度，指出，「田君於想像方面儘管力豐思足，而於觀察方面尚欠些工夫。」《評四、五、六月的創作》也不迴避、諱言新文學初期在創作取材、人物塑造方面的單一、類型化缺陷。而他的《一九六○年短篇小說漫評》，為了當時整個文學水平的鞏固和提高，仍直言批評，在肯定成績的同時也抉發出「若干相當普遍的缺點」。可以看出，茅盾的文學批評，尊重科學，堅持真理，有膽有識而絕不腹誹，直刺入內心卻又杜絕那種非謾罵即皮相的稱讚的作法。而嚴謹的批評風度和科學的批評風範，在他身上則是一以貫之的：茅盾，畢竟就是茅盾。

〔註19〕熊佛西：《佛西論劇》，北平樸社 1928 年版；《李健吾文學評論選》第 2 頁，寧夏人民出版社 1983 年版。

二、醒著的茅盾有一個現實的世界。真實——批評的核心範疇：事實感、意蘊世界與時代尺度。生活——批評的最大參照系：生活修養與社會科學知識儲備。未來意識——透過現實對未來的關聯；超前意識——時代意志的預測；批評趨赴——人道意識與階級意識交叉撞擊。

　　西方有這麼一句名言，頗耐人尋味：醒著的人們有一個共同的世界，但每一個睡眠者卻只有他自己的世界。茅盾無疑屬於醒著的人們：他清醒、冷靜、客觀地諦視廣大人生，堅持不輟地從事著謹嚴科學的批評活動。雖說內中不乏傳統性格和民族文化的投射映現，但這種歷史的投影、映象卻並不是一種超驗的圖式系統，而是在流動不居的現實背景中不斷傾斜變異的、充滿張力和建構活動的心理場。面對著一個共同的世界——時代生活潮流和現實社會圖景，醒著的人們如茅盾，其審美認知結構和批評心靈歷程，不可能是一成不變、封閉靜止而無所變更和衍化的，也不可能只對傳統、過去、民族一味認同承續，而不面對現實、未來和世界。

　　新文學批評之所以有別於文學的基本理論，就在於它和時代、現實、社會一起，以同樣的速率、同樣的方向不停地朝前發展、運動。茅盾的新文學批評，就是這樣的「運動著的美學」。科學與民主的「五四」時代精神，反帝反封建的社會與思想革命指向，都在他的一長串的文學評論中留下了深深印痕。可以說，與現實生活和時代社會以同一節律、步調運動發展，正是茅盾文學批評最重要的特色。中國現代社會的動盪空前激烈，民族矛盾和階級鬥爭複雜尖銳，社會現實以前所未有的速率向前推進，從而在人們的實踐活動與文學家、批評家的文化活動中形成了一種急劇強烈的功利欲求，使他們的社會活動和文化活動在實踐理性傾向的基礎上，加上了一種緊迫而切近的社會取向與現實力量。在這樣的社會心理背景之下，一個批評家如果看不見時代最重要的思想，不關注現實發生的情況，而一味象蜘蛛吐絲一樣從自己的心中吐出主觀臆造的東西，那他批評所包涵的思想實質的內在價值就會很少以至沒有。「個人的真正的精神財富完全取決於他的現實關係的財富。」〔註20〕文學批評家更是概莫能

〔註20〕馬克思、恩格斯：《德意志意識形態》，《馬克思恩格斯全集》，第3卷第42頁。列寧也曾說過，現實永遠比最優秀的思想，甚至比最優秀的黨的思想都更要機智。（轉見《盧卡契文學論文集》，第1冊，第459頁，中國社會科學出版社1980年版。）茅盾文學批評的現實取向，與他的現實的人生觀是一致的。他曾在比較希臘神話和北歐神話的命運神時，闡述了希臘人和北歐人所表現

外。可以肯定，批評家的審美意識和批評活動本身，只有深深紮根於時代、社會生活之中，才能具有極大的思辨力量和現實力量。

恩格斯在談到文藝復興時說，這是一次人類有史以來從來沒有經歷過的最偉大的進步的變革，是一個需要巨人而且產生了巨人──在思維能力、熱情和性格方面，在多才多藝和學識淵博方面的巨人的時代。這些巨人，「他們的特徵是他們幾乎全都處在時代運動中，在實際鬥爭中生活著和活動著，站在這一方面或那一方面進行鬥爭，一些人用舌和筆，一些人用劍，一些人則兩者並用。因此就有了使他們成為完人的那種性格上的完整和堅強。」〔註21〕和這些巨人相似，茅盾活動於社會實際鬥爭之中，筆和劍兩者並用，成為「五四」以來著名的文學活動家和文學批評巨子。他是一個批評家，同時也是一個不倦的戰士：少年時代便以天下為己任，關注歷史與家國；青年時期更與那種和社會淡焉相忘的傾向扞格不入。他從事文學活動不久，便真誠地坦白：自己對於文學並不是那麼忠心不貳。他說：「那時候，我的職業使我接近文學，而我的內心的趣味和別的許多朋友──祝福這些朋友的靈魂──則引我接近社會運動。我在兩方面都沒有專心；我在那時並沒想起要做小說，更其不曾想到要做文藝批評家。」〔註22〕紛繁複雜、生生不已的現實生活對於茅盾太有吸引力了，使他難以安心於書齋思辨，而不能不探頭於小天地之外，置身到社會現實之中。處於現代中國這社會環境之內，但凡不曾閉了眼聾了耳，怎麼能無動於衷或者蹈入虛空而神遊靈境呢？茅盾文學批評形諸筆端，沒有法子不流露出現實生活的敏銳觸角。

「現實──這便是現代世界的口號和結論！現實存在在事實中，知識中，感情的信念中，理智的判斷中。」〔註23〕歸根到底，文學批評是同它所觀照、審視、判斷的現象相一致的，所以，它既是對於現實的一種獨特的認知，就勢必要帶著現實的觸角。茅盾的文學批評，和他的創作一樣，有著基

出的不同的原始的人生觀，而對作為北方民族的北歐人緊緊抓住「現在」頗為欣賞。他這樣來敘述自己的人生觀：「真的勇者是敢於凝視現實的，是從現實中體認出將來的必然，是並沒把它當作預約券而後始信賴。真的有效的工作是要使人們透視過現實的醜惡而自己去認識人類偉大的將來，從而發生信賴。」他認為，不僅應該凝視現實，而且要「分析現實，揭破現實」。（《寫在〈野薔薇〉的前面》）

〔註21〕　《馬克思恩格斯選集》第 4 卷第 445～446 頁。
〔註22〕　茅盾：《從牯嶺到東京》，《茅盾論創作》第 29 頁。
〔註23〕　《別林斯基選集》第 3 卷第 571 頁；參見第 575 頁。

於這種現實觸角之上的高度事實感。事實感之於批評確乎重要。因為說到底，「批評總是根據文學所提出的事實而發揮的」〔註24〕，所以，倘若失卻這種事實感，那批評本身就得打上一個不小的問號。茅盾自覺到這一點。他對事實感的高度重視，集中體現在求「眞」的批評觀和「眞實」的批評範疇上。他說：「我們先曉得，文藝是人生的反映，是時代精神的縮影，一時代的文藝完全是該時代的人生的寫眞。」因而「須要忠實的描寫人生，乃有價值。即如個人抒情寫懷，亦必啼笑皆眞，不為無病之呻，然後其作品乃有生命」〔註25〕。這樣，通過求「眞」、「眞實」，茅盾就把事實感、事實認識和文學的價值判斷聯繫了起來。茅盾抱著文學以求「眞」為唯一目的的審美觀念，發現自然主義最大的目標便是「眞」，左拉的描寫方法「最大的好處是眞實與細緻」，因此對自然主義大加弘揚與倡導，對與之相近的現實主義懷著近乎虔誠的捍衛熱情。他並不像後來的胡風那樣，以主觀戰鬥精神去一般地反對文學創作中的所謂「客觀主義」，而是正視殘酷現實，直面光明與黑暗並存、莊嚴與卑鄙雜陳的人生，呼籲作家努力暴露社會生活的黑暗面。在他看來，客觀並不可怕，只要指導思想正確就行，只要眞實就可以。在這裡，「眞實」成了一個重要的批評範疇。

不過，茅盾的「眞實」，非特與胡風有異，而且與馮雪峰、周揚、以群、邵荃麟等人之謂的「眞實」的側重點也有不同。茅盾所強調的眞實，指涉作品符合生活邏輯，關乎作家捕捉現實和傳達現實的特徵，因之特別注重作家生活經驗的重要與必要。面對著「五四」時期新文壇創作方面的貧弱現象，茅盾這樣鞭闢入裡地分析道：「國內創作小說的人大都是念書研究學問的人，未曾在第四階級社會內有過經驗，像高爾基之做過餅師，陀思妥耶夫斯基之流過西伯利亞。印象既然不深，描寫如何能眞？」〔註26〕這種研究問題，批評創作的「眞實」的思維邏輯起點和側重點，與馮雪峰等人的確不一樣。馮雪峰這派左翼批評家眼中的眞實，係指藝術形象揭示了社會的本質，展呈了政治的眞理。馮雪峰曾明確地肯定藝術的眞實就是「客觀的眞理」、「社會歷史的眞實」，甚至是「政論或歷史科學等等所追求的眞實」，從而用政治、歷

史，用社會科學代替了藝術本身，混淆了藝術真實與社會本質反映的界限。
周揚在談到文學的真實性時則說：「文學的真理和政治的真理是一個，其差
別，只是前者是通過形象去反映真理的。」雖然這話較為強調文學的自身規
律與特性，但就其根本之點而言，似乎與馮雪峰的見解仍是相近的。在這個
問題上，以群說得倒頗為簡括：「真實即是真理。」而邵荃麟，也說得很顯豁：
「藝術的真實性事實上也就是政治的（階級與群眾的）真理，文藝不是服從
於政治，又從哪裡去追求獨立的文藝真實性呢？」〔註27〕相形之下，由這「真
實」的批評範疇，我們可以清晰地看出，馮雪峰等人當時受蘇聯左翼文藝理
論影響深厚，不同程度上作了抽象的政策、原則和具體政治運動的代言人與
傳聲筒，因而顯出把握的偏差。而茅盾呢？卻是腳踏堅實大地，矚目當下現
實，大抵是由現實的法則來構成自己的「真實」的批評觀，所以顯得較為準
確深入，而特別地具有理論生命力。

　　這裡有必要指出，茅盾在重視「真實」這一批評範疇時，關注的作品所
顯示的真實程度，是與其思想性的高低成正比的。因為，歸根結底作品的意
蘊思想也原生於生活與現實之中。而現實對茅盾文學批評的深刻啟迪與內在
要求，莫過於重視作品思想與內容的意蘊世界了。雖說這種意蘊世界是交融
匯合在文學作品結構之中而被審美地組織在一起的，但茅盾目之所向、筆之
所之的，似乎更多的還是放在作品的風神韻致（「神韻」）與內面精神上。他
說，「文藝作品的形式與內容，猶之一張紙的兩面，是不能截然分離的。不但
不能截然分離，並且就兩者的關係而論，倒是內容決定了形式的。」〔註28〕
可見，重視的還是內容。他的關於魯迅的大量評論，就明顯地反映了批評家
對作家作品的現實意蘊和意義世界的探究與倚重。在《評四、五、六月的創
作》中，他對自己「最佩服」的魯迅的《故鄉》，便是著眼於它的「中心思想」；
而他的《讀〈吶喊〉》，則敏銳地抓住這個作品集的豐厚現實內容來進行評論，
深入闡述了魯迅小說在反封建禮教吃人本質、作舊中國灰色人生的真實寫
照、總結辛亥革命的經驗教訓等三個方面的思想意義。四十年代寫的《論魯
迅的小說》等文也具有這種注重作品意蘊來進行評論的鮮明特徵。看得出來，

〔註27〕分別參見馮雪峰：《論文集》上冊，及《重慶師院學報》1986年第1期朱丕智
　　　　文；周揚：《文學的真實性》，《周揚文集》第1卷；以群：《文學與真實》，《以
　　　　群文藝論集》；邵荃麟：《文藝的真實性與階級性》，《邵荃麟評論選集》上冊。
〔註28〕茅盾：《關於「創作」》，《北斗》創刊號。

茅盾在這些論文中已更爲自覺地把魯迅作品同中國革命與世界革命，同作家的思想發展軌迹聯繫起來理解、詮釋它們的現實意義了。

茅盾文學批評中的「眞實」範疇，還突出地體現在對文學時代性的關注與把握上。茅盾曾明確說過，「眞的文學也只是反映時代的文學」〔註29〕。在他的批評視域中，凡能表現現實，不違背時代要求，具有社會價值的作品，都是眞實的，值得肯定的。他期望的詩人形象是這樣的：像對於時代的風雨有著預感的鳥一樣，不爲幻影迷糊了心靈而正視現實，不曾閉眼冥想夢中的七寶樓台而牢記著自己的時代使命，是現實的鬥士，又是時代的號角。基於這種爲現實所強化了的心理背景，茅盾在進行文學批評時，愈來愈注意把時代性作爲一個重要範疇，來考察、評論作家作品。這方面，其他且不列說，我們只要看一下他在評張資平、許欽文等人描寫戀愛心理的作品時所透露出的批評取向便可得知。茅盾評論說，許欽文的《趙先生的煩惱》和張資平的《苔莉》，純從戀愛心理描寫而言，寫得不可謂不成功，卻可惜並沒有帶上時代的烙印，「不能很有力地表現出這是『五四』時代的彷徨苦悶青年的戀愛心理」，因而失卻了時代的特殊規定性，讓人看出假來〔註30〕。

由此可見，茅盾批評的核心範疇乃是「眞實」。雖然這裡邊蘊含著思想意義與時代性的價值取向，但無可置疑，它是現實所熔鑄的一把打開作品意義之門的重要的鑰匙。

實質上，文學批評也就是對現實運動和文學運動的一種追蹤、概括和把握。杜勃羅留波夫所謂「現實的批評」，克羅齊所謂「生活的批評」，以及別林斯基「運動著的美學」〔註31〕，強調的蓋也在乎此。「眞實」之爲文學批評的鑰匙，也是就這點而言的。然而，要取得這把鑰匙，卻並不容易。茅盾認爲，其中關鍵一點是深入生活，理解生活，咀嚼生活經驗。爲此，他多次呼喚「腳踏實地的批評家」出現。這種批評家，不僅要認識此時此地亦即現實的需要，不僅必須多研究、多探討創作上的實際問題，而且要努力向生活本

〔註29〕茅盾：《社會背景與創作》，《小說月報》第 12 卷第 7 期。

〔註30〕茅盾：《讀〈倪煥之〉》，《茅盾論創作》第 228 頁。

〔註31〕分別參見《外國現代文藝批評方法論》，第 582 頁；克羅齊：《美學原理·美學綱要》，第 288 頁；別林斯基語轉見列·斯托洛維奇：《審美價值的本質》第 283 頁，中國社會科學出版社 1984 年版；此外，馮雪峰也曾說過類似的話：「具體的文藝批評首先就是生活的批評。」但緊接著又說，文藝批評也是「社會的批評，思想的批評」。（《論文集》中冊，第 98 頁。）這倒也頗爲突出地顯示了他的批評心態特徵。

身學習。他在《論加強批評工作》一文中，曾對這個問題作了詳細的論述。
文章寫道：

> 有一個時候，我抱著這樣的意見，作家要向生活學習，這是批
> 評家的念念有詞，但批評家也得向生活學習，這卻不大敢有人說了。

茅盾舉例說，一個對於農民生活不熟悉或竟至無知的批評家，當然也可以從
書本子上從「理想」中，構成他自己頭腦裡的農民，但是，當他在別人的作
品中讀到了與他先前構想的不一樣的農民時，他就困惑了：哪一個對呢？困
惑之後，出於天生的自信與批評的權威，結果往往是被批評的那個不對。這
樣，很自然地，批評也就走向了公式主義和主觀主義概念化的泥沼。茅盾在
《公式主義的克服》這篇文章中切中肯綮地指出：「一位批評家如果對於他所
要批評的一篇作品的內容不能比那位作家有更多的理解，──換言之，就是
批評家所有的生活知識不能比作者更多的話，那他一個不留神就會寫出公式
主義的批評來。」因此，茅盾認為，批評家勸作家不要寫自己不熟悉的事，
也該自勸不要批評自己所不熟悉的事。而那些跳在半空中盡說海話的批評，
和使人不能引起對於現實的深思而反覺倒像喝了一大碗胡椒湯的批評則可以
休矣。文學批評的全部關鍵在於抓住對象說切實的話，在於向生活學習。也
就是說，批評家和作家一樣，必須走向十字街頭，擁抱現實，深入生活底層，
投身到變革現實的鬥爭中去，體驗廣大人民的生活，了解群眾的審美理想和
審美心理，在不斷運動著的社會實踐和文學活動中，及時校正自己的價值信
仰、批評觀念與批評方式。惟有如此，文學批評才能避免蹈入公式化、概念
化的境地，才會成為真正有積極的創造性建設性的真切的文學批評。在茅盾
的心目中，生活，是文學批評的最大、也是最重要的參照系。

　　然而並不止乎此，文學批評除了要有生活作參照外，茅盾還認為在批評
時尚須應用「所有的社會科學知識來參照」〔註 32〕。這個參照系確乎也很重
要。因為，正像有了食物，咀嚼食物不可缺少唾液一樣，有了生活，咀嚼生
活經驗，用生活作參照去批評作家作品的時候，也需要一種「唾液」，這就是
社會科學知識修養和進步的世界觀。有了它，便可以幫助批評家正確理解、
剖析文學作品，站在較高的視點上審視文學現象，從而發揮文學批評的導向
與反饋的文化、審美、社會諸功能。對於這樣重要的參照系統，茅盾是早就
自覺意識到了的。如前所述，從他青年時期初上文壇一直到解放後，幾十年

〔註 32〕茅盾：《雜談文學修養》，《茅盾論創作》第 495 頁。

來，他始終堅持認爲批評家和作家一樣，在刻苦地經驗複雜多方面的人生的同時，還要更刻苦地去學習和積累社會科學的基本知識。在好幾篇文章裡，他對作家，也對批評家強調，「最最要緊的，必須多讀書——文藝以外的書，可以幫助你更深刻更眞切地認識社會人生的書籍。而哲學與歷史尤其重要。」〔註 33〕只有這樣，才能培養自己對於現實社會與文學現象的科學分析力和哲學透視力，才能成爲有思想、有見地，也有根基、有威信的大批評家。在這方面，作爲批評家的茅盾自己，就是一個典型的例子。早在青少年時期，他就接觸到了大量的歷史、哲學、政治等古今中外社會科學書籍，從中他獲益匪淺，因而在長期的時代社會思想變動的漩渦中，能夠堅定地走自己的文學與批評之路。與茅盾接觸較多的孔另境在一篇談茅盾的文章中說：

> 茅盾的學識相當豐富，他不但於自己本位的知識有深湛的研究，他還對於社會科學下過一番研究的功夫，他懂得歷史發展的軌路，他能把握住前進的方向，他之所以能夠在文藝運動中起領導的作用，一半就得力於他從社會科學研究而來的前進思想和意識。〔註34〕

可見，茅盾之成爲新文學批評史上的批評大家，與其深邃、豐富的社會科學知識給他的助益的確是分不開的。魯迅曾把中國新文學的希望，寄託在出現「幾個堅實的，明白的，眞懂得社會科學及其文藝理論的批評家」〔註 35〕身上，而茅盾，正可以當之無愧地進入這樣的優秀的文學批評家之列。

茅盾注意社會科學修養，本身也意味著文學批評的一種自覺：他已清醒地意識到自己導引超越的社會使命，意識到新文學批評基於現實感之上的未來意識和超前意識。茅盾早年受《新青年》影響較大，並在 1921 年就參加了上海共產主義小組的活動。此後的一生，與實際的革命運動結下了不解之緣。周揚在談起茅盾的文學批評時，說：「因爲他又參加了革命，又懂得文學，寫出文章自然不同凡響。」「他的評論究竟比我們許多人都要高明得多。」〔註 36〕

確實，茅盾的政治活動和實際鬥爭，爲他的文學活動以及批評活動提供了一種必要的前提和基礎，使他傾向於在橫的方面把握社會生活的各個環

〔註 33〕茅盾：《個性問題與天才問題》，《茅盾論創作》第 548 頁；參見《創作的準備》，《茅盾論創作》第 464、463 頁。

〔註 34〕東方曦（孔另境）：《懷茅盾》，引見《中國當代文學研究資料·茅盾專集》第 1 卷上冊第 54～55 頁，福建人民出版社 1983 年版。

〔註 35〕《魯迅論文學與藝術》上冊第 406 頁，人民文學出版社 1980 年版。

〔註 36〕《茅盾研究》第 1 輯第 7 頁，文化藝術出版社 1984 年版。

節，在縱的方面則關心、注視著社會發展的方向和歷史歸趨。他希望於文學的，是能如實地表現現實人生而外，更指示人生向美善的將來；寄寓創作的，是一方面描寫現社會之內的生活，另方面又隱隱指出未來的希望，把新理想新信仰灌注到人心中。這種審美意識和審美理想，不滿足於文學的「鏡子」功能而寄寓「指南針」，眼光投注在將來，蘊涵和透示著批評家的未來感和超前意識。

在茅盾的性格系統中，未來是一個不可或缺的因素。他的文學批評的時間意識抓住的，與其說是對過去的關聯，不如說是透過現實對未來的關聯。濱田正秀說「人的最大宿願，就是超越現實、預示未來」〔註37〕，道出了人的本性中的一個基本心理指向。在有著深厚社會科學知識修養和豐富社會現實閱歷的茅盾，這種心理指向尤為突出。而這恰恰為他的文學批評的審美個性增添了一個重要而獨特的層面。如果說，茅盾文學批評審美個性是如勒溫所說的一個心理場的話〔註38〕，那麼，未來之維正是這個審美心理場的鮮明標幟，凝聚著新型文學批評的自覺精神。

一般說來，優秀的批評家，並不滿足於描述勾畫作家形象，探求作品寬廣的意蘊實在，而是通過創造性的思考，努力企求引導、校正作家的創作指向，使作品意義增殖，從而創造著新的審美實在之維。因為實際上，批評家除靠感受器系統接受客體刺激，靠效應器系統對刺激作出反應，還能靠超前預測系統，超越作家作品，探明、指導新的意蘊與審美趨向。畢竟，批評家不是工匠加乎藝術作品，而是哲學家加乎於藝術作品：收到的意向既要被保存下來，又要被超越，否則批評家的工作就沒有完成〔註39〕。茅盾與別的新文學批評家比起來，更具有社會意識、政治意識和哲學意識。他是兼具社會活動家、革命家（當然還有文學家）於一身的文學批評家。倘若我們把作家喻為汽車駕駛員，那茅盾就是坐在駕駛員旁邊的顧問與指導，倘若將作家比作深山叢林中拓荒的開山築路者，那茅盾就是與作家們同行的探險者和嚮

〔註37〕濱田正秀：《文藝學概論》第 31 頁，中國戲劇出版社 1985 年版；參見恩斯特‧卡西爾：《人論》第 67～68 頁，上海譯文出版社 1985 年版。

〔註38〕德國格式塔心理學家勒溫認為，個人的心理活動是在一種心理場或「生活空間」中發生的，這個心理場涵蓋著有可能影響個人的過去、現在和將來的一切事件，因為從心理學的觀點看，生活中這三方面的每一方面都能決定任何一個情境下的行為。參見杜‧舒爾茨：《現代心理學史》第 313 頁，人民教育出版社 1981 年版。

〔註39〕參見克羅齊：《美學原理‧美學綱要》第 280 頁。

導。他看著這路披荊斬棘不斷延展，判斷著路的價值，思量著哪些地方應改換方向，哪些地方要注意避免險坡……〔註40〕。茅盾在《論無產階級藝術》一文中，曾就創作題材問題談及文學批評超越作家作品的自覺意識。他說：「如何充實和增豐內容，便是無產階級藝術批評論所應首先注意的事。我們自然不能代作家去找題材專候作家來採取，但是我們可以隨時提出這個問題，促起作家的注意；可以隨時指出內容單調的毛病，促作家擴大他們的尋覓題材的範圍；我們並且應該注意每個例外（即於勞動者生活之外覓得了題材）的企圖，而詳加研究；如果這新企圖是失敗的，我們應搜求其失敗之故，如果是成功的——即使是極小的成功，我們便應指明其成功之可能性究何在，並且要研究它的可能的最大限度。只要有機會，我們還應該把無產階級藝術與舊藝術之同一目的者（這就是說他們想解決的問題是相同的），加以比較，從而指出雖然他們的題材似一，目的相同，但是因為觀點不同，解決方法不同，故一則成為無產階級藝術，而一則只是舊藝術。」這段話說的僅是在題材問題上批評家的導引與超越，但我們完全可以由此窺及茅盾關於文學批評的強烈而濃厚的超越意識。事實上，茅盾自己的許多評論文字，就站在較高的宏闊視點上，努力超越作家作品，鮮明地表現了一種自覺的批評意向與超前趨赴。他的《敘事詩的前途》一文，在評論了臧克家和田間的詩作的基礎上，指出：「田間太把眼光放遠了而臧克家又太管到近處。把兩位的兩個長篇來同時研究，是一件有意義的事；我們不妨說，長篇敘事詩的前途就在兩者的調和。」這裡很明顯，批評家在評論中已對詩人詩作構成了一種超越。

像這樣站得比作家高的情況，更多的還不是表現在這類藝術的美學眼光和審美形式上，而是表現於結合現實生活、時代流向與文學思潮所作的創作宏觀指向和文學發展趨勢的超越導引上。《評四、五、六月的創作》評到最後，批評家明確地向新文學創作者們擺出了自己關於「現今創作壇的條陳」：到民間去；先創造出「中國的自然主義文學」來，創作出有價值的「忠實表現人生的作品」來。這是「五四」時期。到抗戰，隨著現實感加強，批評家的超越更臻明顯和及時。「九・一八」事變和「一・二八」上海抗戰後，抗日戰爭的帷幕剛剛拉起，他就敏銳意識到文藝家的任務不僅在分析現實，描寫現實，而尤重在於分析現實描寫現實中指示了未來的途徑。所以，「文藝作品不僅是一面鏡子——反映現實，而須是一把斧頭——創造生活」。他熱情呼籲作家立

〔註40〕 參見老舍：《文學概論講義》第 145 頁，北京出版社 1984 年版。

於時代陣頭，拿起筆和紙，負荷起時代賦予的歷史使命，「喚起民眾間更深一層的反帝國主義的民族革命運動」〔註 41〕。在《向新階段邁進》一文中，他預言中國新文藝的前途將隨民族解放運動的展開而展開，因而文藝作品的美學理想和審美取向也應是大膽的粗線條的筆觸，衝鋒號似的激越的音調，暴風雨般的雄渾的氣勢。這樣的導引超越和取向尺度，現在看來也許有缺失，但茅盾出於時代使命感和對整個文學運動的責任感，不但走到了創作的前面，超越作家作品，而且站在時代大潮前列，某種意義上也超越了現實，卻是難能可貴的。黑格爾說：「誰道出了他那個時代的意志，把它告訴他那個時代並使之實現，他就是那個時代的偉大人物。」〔註 42〕茅盾立足現實，以其稟具的哲學意識和革命家的宏遠視界，憑著自己的敏感與自信，實現了對時代意志和歷史、文學流向的把握與超越，從而成為現代中國「五四」以來屈指可數的最為重要的文學、以至文化批評大家之一。

　　像「五四」這樣的標示著歷史轉機的新的思想潮流和社會運動，不可避免地伴隨著對新人物和新思想的呼喚。茅盾感受到這種時代的意志和歷史的呼喚，他的文學批評在兩個方面對「五四」時代走向作出了深刻的回應。這兩個方面，亦即人道意識和階級意識，構成了茅盾文學批評的審美趨赴與指向，形成一種消長滲透、潛顯對峙的審美意識系統。茅盾數十年的文學批評主觀方面所選擇、參照的，主要就是這樣的一個不斷建構、變化的價值系統。他早年（1925 年以前）的文學批評理論基礎呈多元化的勢態：進化論、民主主義、愛國主義、人道主義、社會主義（馬克思主義）等等都有，但以人道主義思想為中心，其他思想因素在人道意識統領之下，共處於同一個動態的思想價值系統之中。以 1925 年《論無產階級藝術》問世為標誌，茅盾的無產階級批評意識便取人道意識而代之，占了突出的中心地位。至三十年代，在左翼無產階級革命文學風潮日盛的情況下，他在馬克思主義經典作家的著作中找到了生活的真理，而在蘇聯文學中找到了藝術的真理，從而完成了人道意識向階級意識（包括國家意識、民族意識）的轉換。不過，這種人道意識和階級意識，在茅盾文學批評中雖有潛顯交叉和消長轉換，但作為存在於批評家審美意識本身的主觀尺度，作為一種具有不盡相同的價值取向的選擇體系卻牢牢支配、不時修正著茅盾文學批評的審美評價和審美判斷。他步入文

〔註41〕茅盾：《我們所必須創造的文藝作品》，《北斗》第 2 卷第 2 期。
〔註42〕轉引自《讀書》1984 年第 2 期第 5 頁。

壇不久，便期望文學能置於一個「全人類的背景」之中，使其所表現的情感
成為「全人類共通的情感」，從而讓文學成為「溝通人類感情代全人類呼籲的
唯一工具，從此，世界上不同色的人種可以融化可以調和」〔註43〕。當時的
這種文學理想，雖然難免失之空泛，但卻寄寓了茅盾對文學「要有人道主義
的精神」的呼喚，同時也給他的文學批評注入一股靈氣和生命的力量，賦予
了深厚的人道意識和主體意向色彩。關於魯迅的《阿Q正傳》，茅盾這樣評論
道：「阿Q這人，要在現社會中實指出來，是辦不到的；但是我讀這篇小說的
時候，總覺得阿Q這人很是面熟。是啊，他是中國人品性的結晶呀！」〔註44〕
阿Q的性格是一個複雜的綜合系統。茅盾在評論時並沒有把它抽象化，相反，
在自己個體感性經驗的基礎上，將它充分的具體化和人化，並進而把握到了
這個人物的獨特個性和社會、時代意義。顯然，在這裡，評論、判斷的審視
基點是人、人性和人類普泛情緒。這樣的堪稱「人」的批評方式，後來在茅
盾的幾個著名的作家論中表現得也很明顯。這些作家論，批評家論的是人，
透視發掘的，是人的心理、人的個性——他是把作家當人來研究的，雖然是
披上了現實的時代外衣。

　　誠如里爾·韋爾克所說，「當批評家述及普遍人性，述及抽象的人之時，
他所想到的人實際上只是他自己時代的人。」〔註45〕茅盾確乎如此。他二十
年代寫《魯迅論》，就沒有把魯迅神化，而是清醒地意識到，魯迅「不是站在
雲端的『超人』」，「也不是這樣的『聖哲』！他是實實地生根在我們這愚笨卑
劣的人世間！」——茅盾怎麼也不能首肯贊同張定璜把魯迅看做置身於世人
之外或凌駕於世人之上的冷漠的「戲劇看客」、「超人」、「聖人」的觀點：他
所想到的作家（魯迅），實際上只是他自己時代的作家；他所論評的作品和作
品中的人物，實際上也只是時代、社會、階級等現實背景之中的藝術和肖像。
寫《魯迅論》之前，他就在指出《故鄉》的題旨是「悲哀那人與人中間的不
了解，隔膜」的同時，又說「造成這不了解的原因是歷史遺傳的階級觀念」。
在最早那篇評《阿Q正傳》的文字中，他禁不住平添上這麼一句：「阿Q所代

〔註43〕 茅盾：《創作的前途》，《小說月報》第12卷第7期。
〔註44〕 茅盾：《致××》，《小說月報》第13卷第1期。
〔註45〕 轉引自朱狄：《當代西方美學》第342頁，人民出版社1984年版。盧卡契也
　　　　說過類似的意思：「作為一個全人，同時必須也是一個社會的人，個人生活的
　　　　問題的發生必然是和公共生活有關。」（《盧卡契文學論文集》第1冊第356
　　　　頁）

表的中國人的品性，又是中國上中社會階級的品性！」當然，即便如此，這些早期的評論，顯豁、清晰的還是人道意識，而階級意識卻多少顯得模糊和不確定。可是不久，茅盾的階級意識、國家意識和民族意識便將顯豁的人道意識排擠下去，由這認識中的一部分建立起更高的批評標準和選擇體系了。這種標準和體系，在無產階級革命文學的倡導時期，在左聯時期，魯迅、茅盾、郭沫若、周揚、馮雪峰等人都有相似、相通之處。這是中國社會現實與政治鬥爭折射於文學領域裡的突出現象，同時也是中國近代以來，社會政治性質集中鮮明的標誌。到抗戰時期，社會現實更迫使文學家、批評家們把自己的注意力投放到階級命運、國家前途上。而早就受馬克思主義思想影響甚深的茅盾，立於進步的無產階級立場，深諳人的本性畢竟是以大寫字母寫在國家、民族、階級的本性之上的，所以自覺不自覺地把政治思想、階級意識，把人民、國家的現實和未來，與自己的文學活動、批評活動連結在一起，從而形成他的文學批評突出而重要的表徵。自然，我們又必須看到，即便這種階級、民族等自覺意識成為茅盾文學批評主導的審美取向和批評趨赴，正如我前面已說，他的人道意識卻任何時候也沒有完全失落，而是始終以朦朧隱蔽的潛在形態或變異方式存在著。四十年代，他的《論魯迅的小說》就從人道意識的視角，論述了魯迅及其作品的深層意蘊；同期的《〈呼蘭河傳〉序》，則由人性、人情入手，剖示了女作家蕭紅寂寞的童年和她那寂寞的心靈、藝術的世界。只不過前者顯示了人道意識和階級意識（人道主義和社會主義）交匯合流的趨勢，後者則更多地情緒化罷了。馬克思在《資本論》中批判本傑明·邊沁的效用說時，提出了人性問題。馬克思說：人性可分為「人性一般」和「在不同歷史時期變化了的人性」。假如我們可以說早期茅盾理論批評的人道意識多少尚倚重「人性一般」的話，那麼，四十年代他的《論魯迅的小說》和其他一些評論所持的人道意識中的參照系，則已是「不同歷史時期變化了的人性」了。

　　茅盾在 1941 年 9 月寫的一篇紀念魯迅的文章（《「最理想的人性」》）中，透露出了這兩種文學批評趨赴和方式（尤其是後一種）的自覺意識。他認為，無論從最近幾十年社會思想運動的幾個階段，例如初期的啟蒙運動，「五四」期的新文化運動，「五卅」以後的社會思想運動，來研究魯迅和他的作品，抑或換一方式，從民主革命運動、民族解放運動等等，來研究魯迅，都不失為好的批評與研究方式。但是，除此而外，是不是就沒有別的（也是正確的）

研究與批評方式了呢？他不這樣認為。如果說，早年他還較多地感慨「在中國，因為傳統的觀念和習俗的薰染，人道主義的作品，幾乎完全不能得人了解」〔註46〕，那麼，在這裡，他就已不止乎感慨，而傾向於尋求人道批評的新型研究與批評方式了。他說，古往今來偉大的文化戰士，一定也是偉大的人道主義者。像伏爾泰、羅曼·羅蘭，像高爾基，像魯迅，等等等等，都是這樣的人道主義者。因之，從人道意識，由人性視角，或許更能把握他們思想的核心和創作的底蘊呢！

　　茅盾的這種批評見解，為文學評論活動架設了一條新的通路，自然不乏啓迪意義和範式作用。然而，更讓我們感興趣的是，這篇短文為我們研究他的文學評論以至整個新文學批評，開啓了意味深長的思路。譬如，茅盾文學批評的魅力是否與這種深層的批評趨赴有關？解放後茅盾未能達到本應達到的最高批評成就，是不是與這種批評趨赴受到非文學、非批評因素的干擾、掣肘、閾限有關？而越到後來他越偏重文學技巧分析，是否也是為尋得某種心理平衡，甚至也是這種批評趨赴的傾斜、變異、折射的結果與表現呢？

三、歷史平衡感、現實與未來意識統一於情緒機制。積澱著理智和意志的審美情緒。情緒的肯定性表現——審美誠意，扶持新人，《呼蘭河傳》評論；情緒的否定性表現——對不寬容的不寬容。

　　「人之為人的特性就在於他的本性的豐富性、微妙性、多樣性和多面性。」〔註47〕茅盾的本質特性和心理結構，其實也就是一個兼容並包、兼具多種層面多種元素的雜多的統一。他的文學批評心理動因所顯示的，正是這樣的豐富的多面性：除了傳統的、價值合理的和目標合理的三種質素外，還表現出情感、情緒的力量；換言之，除了對傳統性格、民族文化認同承續，對現實和未來的價值取向達到理性自覺外，批評家的審美心理結構中還沉潛著內在情緒機制。倘若我們可以把茅盾文學批評審美心理結構描述為過去、現在、未來的三維立體結構的話，那麼，這種內在情緒機制就是它得以支撐、構建的基礎。

　　實質上，這是理智、思想、智慧與情緒、情感、激情的交叉撞擊，也是個人選擇與社會選擇整合、協調、統一的結果。由這種情智所構成的文學批

〔註46〕茅盾：《致黃紹衡》，《小說月報》第 13 卷第 6 期。
〔註47〕恩斯特·卡西爾：《人論》第 15 頁。

評的兩個不可或缺的方向，相互補充，形成批評家特具的精神活動方式和審美心態結構。換句話說來，文學批評畢竟「是個人感情和鑑別能力的運用，又是道德與文學的反映」〔註48〕。在茅盾的文學批評裡，不僅擁有巨大的歷史平衡感，荷載著歷史文化與民族傳統的沉重投影，不僅指向極具引力的現實與未來趨赴，指涉二重組合的人道意識和階級意識的心理定向，而且，豐富、深邃的精神生活的感情潛流，總是情不自禁地湧動傾注於他的筆墨紙楮之中。因此，說他的社會的、審美的文學批評，凝聚著社會歷史的深刻規定性，還不全面，應該說，在某種更為本質的意義上，他的文學批評也是他的「個人生命力的表現」。把握這一點，也許我們就不難理解茅盾文學批評的生命力和不朽的魅力產生的內在機制了。

我在這裡拈出情緒機制來研究、闡釋一般人眼中全然理性化了的茅盾，是不是有生拉硬扯的失實之嫌呢？我的回答當然是否定的。黑格爾說：「假如沒有熱情，世界上一切偉大的事業都不會成功。」〔註49〕列寧也指出：「沒有人的『感情』，就從來沒有，也不可能有人對真理的追求。」〔註50〕熱情、感情，確乎構成了人類一切認知活動的基礎和內在情緒機制，這是為許多事實所證明了的。文學批評作為一種特殊的認知活動，作為一種倚重情感、情緒的審美活動，更是如此。事實上，批評家所由以出發的文學作品，並不只是形象的語言，而且也是感情的語言，情緒的符號，是「一種想像出來的情感和情緒，或是一種想像出來的主觀現實」〔註51〕，是作家主體情態、靈氣、靈性滲透灌注的結果。所以，當它一經成為審美客體和批評對象的時候，客體就是審美主體的客體，對象也便成為批評者主觀觀照的對象了，因而，必然地就要為批評家的靈智、情緒所充盈、浸滿和催化。於是，批評的過程，就成了灌注感情、滲透靈智、催生新機的過程，而批評家內蘊情感、稟具情緒機制也就是很自然的事了。這也正如濱田正秀所指出的那樣，「光憑否定感性的唯理主義的論理態度，是不能涉足絢麗的藝術世界的。」〔註52〕有一位

〔註48〕《外國現代文藝批評方法論》第 569 頁。

〔註49〕黑格爾：《歷史哲學》第 62 頁。

〔註50〕《列寧全集》第 20 卷，第 255 頁。

〔註51〕蘇珊・朗格：《藝術問題》第 109 頁，中國社會科學出版社 1983 年版。參見盧那察爾斯基：《論文學》第 246 頁，人民文學出版社 1978 年版；參見《茅盾研究》第 2 輯第 206 頁，文化藝術出版社 1984 年版。

〔註52〕濱田正秀：《文藝學概論》第 14 頁。

西方批評家叫勞倫斯的，對此也深有同感，他甚至不無偏頗地認為，既然批評活動主要是涉及個人的，而作品的價值又為科學所忽視，那麼，文學批評的試金石就只能是感情，而不是理智〔註53〕。對於這種看法，如果不是絕對化地去理解和接受，而是結合文學批評家評論活動的特殊心智狀態，予以科學、客觀地分析與考察，那我們就肯定會承認其中存有符合實際的合理內核。

看來，文學批評的確是少不了情感、情緒。偏於理性心理傾向的茅盾在進行文學批評活動時就具有這種鮮明特徵。他的評論，不拘是對作品的整體感知賞鑑、印象品評，抑或理性化的判斷和價值確定，無論是作家作品的微觀分析、研究，還是文學現象的宏觀把握、鳥瞰，都不能擺脫個人的選擇勢態和由此而來的個人的情緒色彩。而且關鍵在於，茅盾文學批評中的這種情緒，本質上乃是一種智慧的情緒，個中不乏意志、理性、理智的積澱和萌芽。所以，當他凝神觀照審美客體，全身心地審視、打量批評對象的深在層面和寬廣意蘊時，他實際上既是在作思想性的把握，同時也是在與情緒世界擁抱。茅盾在四十年代初寫的《雜談文學修養》中，夫子自道地談到閱讀文學作品時不但情感上受感動，也有「理智的感動」情況，就是指的批評與賞鑑活動中的這種審美現象。其間萌動、流湧著的，是一種感情、情緒，也是「意志力和欣賞力的一種感動」〔註54〕。像這樣的蘊含了理智內核和理性心理的情緒，包孕著人性、人情，也涵蓋著社會、倫理、道德、政治等寬泛的情緒因素。而正是這種多維、多向的情緒機制，構成了茅盾文學批評貫徹始終、振蕩全部評論的內驅力。

魯迅說過，「詩歌不能憑仗了哲學和智力來認識，所以感情已經冰結的思想家，即對於詩人往往有謬誤的判斷和隔膜的揶揄」〔註55〕。作為一個文學批評家，茅盾雖然偏於清醒、冷靜的理性心理素質，但感情並沒有冰結，相反，他總是對生活滿貯深情，對人生充滿熱愛，對現實投注關心。茅盾曾這樣評論過左拉和托爾斯泰：「左拉對於人生的態度至少可說是『冷觀的』，和托爾斯泰那樣的熱愛人生，顯然又是正相反。」他說，他雖然曾極力倡導過左拉，鼓吹過左拉的自然主義，但內心卻更近於托爾斯泰。——他心嚮往之

〔註53〕 《外國現代文藝批評方法論》第520頁。
〔註54〕 喬治·桑塔耶納：《美感》第33頁，中國社會科學出版社1982年版。參見李連科：《世界的意義——價值論》第64～65頁，人民出版社1985年版。
〔註55〕 魯迅：《詩歌之敵》，《魯迅全集》第7卷，第236頁。

的是俄國大文豪那摯愛人生的熱烈心腸！〔註56〕這般熱烈的心腸，熱惹惹的情緒，在批評家的茅盾身上，實際上已運動、衍化為一種獨異特具的批評內發情熱和審美情緒了。只不過如別人所說，他那火樣的熱情經常深藏於沉靜以至冷靜的外表之中，因而不是所有人都能看得見的。

茅盾文學批評的這種情緒化傾向，有肯定性和否定性兩種突出表現。

我先談情緒在茅盾文學批評中的肯定性表現。普希金說得好：「哪裡沒有對藝術的愛，哪裡就沒有批評。」〔註57〕茅盾滿懷著的，正是這樣一種對藝術的深深摯愛，以及對新文學的巨大熱情。他幾十年如一日，竭誠倡導、支持新文學，扶持、提攜文學新人，滿腔熱忱地關心著新文學的成長與發展。他對那種「什麼都看不入眼」的所謂「徹底」的批評家和「殺錯了人」的所謂「勇敢」的批評家非常反感。因為，這些批評家們，幾乎完全成了「冷酷可怕、專在吹毛求疵的『批病』家」了。茅盾以為，一個優秀的批評家，他的愉快乃在得佳作而讀之，而推薦之，決不是在罵倒了一切〔註58〕。在這方面，魯迅和茅盾一致，他也很憎惡這類「在嫩苗地上馳馬」的「惡意的批評家」。這些眼界極其「高卓」的人，常見的是「對於青年作家的迎頭痛擊，冷笑，抹殺，卻很少見誘掖獎勸的意思的批評」〔註59〕。茅盾與這樣的惡意的批評家全然不同。他對新鮮事物和新人新作具有天生的敏感、同情和關愛，總喜歡「鼓吹鼓吹」。幾十年來，被他發現、關心、「鼓吹」為文學新星，而被推舉到文學史上應有位置的人，簡直就像夏夜晴空中的星星一樣，多得數不勝數：這是好幾代人、好幾代作家啊！「五四」作家葉聖陶的短篇小說《母》，被主持《小說月報》革新號的茅盾印出來，並加了幾句「表示獎贊」的評論，使作家幾十年後還難以忘懷那種「受寵若驚的感覺」；三十年代一對文學新人沙汀、艾蕪，也是歷十數年、數十年念念不忘茅盾對他們的鼓勵和「誘導之功」；四十年代于逢、易鞏的《鄉下姑娘》剛問世，茅盾就寫了《讀〈鄉下姑娘〉》，作「鼓吹」，表支持。于逢深有體會地說：「茅盾真是待人以誠，對於青年人更是熱情如火。」〔註60〕這種對青年作者關心幫助的如

〔註56〕茅盾：《從牯嶺到東京》，《茅盾論創作》第 23 頁。

〔註57〕普希金：《論批評》，《古典文藝理論譯叢》第 2 輯，第 154 頁，人民文學出版社 1961 年版。

〔註58〕茅盾：《批評家辨》，《申報・自由談》1933 年 12 月 13 日。

〔註59〕參見魯迅：《並非閒話（三）》，《魯迅全集》第 3 卷，第 152 頁。

〔註60〕參見《中國當代文學研究資料・茅盾專集》，第 1 卷上冊，第 281、85、241頁；《憶茅公》第 231 頁，文化藝術出版社 1982 年版。

火熱情，在解放前解放後是一貫的。他對茹志鵑的褒揚獎掖，就是一例。像茅盾這樣的為發展新文學計，傾全部熱情和心血，甘作栽植、培育奇花和喬木的泥土的意識，誠為難能可貴的批評品格，應該為每一個文學評論家引為範式的楷模。

當然，茅盾文學批評的熱情，並不單單投注在扶持文學新人上，而更多的往往傾注於大量的作家作品的評論上。「五四」初期，新文學創作界還相當貧弱，但茅盾卻熱情地關注著，並時時給予必要的助力。撇開他當《小說月報》編輯所做的為人作嫁的工作不論，他寫的許多文學評論，像《春季創作壇漫評》、《評四、五、六月的創作》等文，就不但頗具批評眼光，而且那批評家的審美誠意和內在熱忱確乎令人感佩不已：他在用自己燃燒著的心去感染去傳導新文學創作壇和他的讀者們，並不斷地以自己那既是「藝術感受性的象徵」又是「潛伏的創造力的標誌」〔註61〕的熱情，給他們架設一座又一座聯繫、溝通和交流的橋樑。魯迅當時深有感慨地說：

> 以文藝如此幼稚的時候，而批評家還要發掘美點，想煽起文藝的火焰來，那好意實在很可感。即不然，或則歎息現代作品的淺薄，那是望著作家更其深，或則歎息現代作品之沒有血淚，那是怕著作界復歸於輕佻。雖然似乎微辭過多，其實卻是對文藝的熱烈的好意，那也實在是很可感謝的。〔註62〕

魯迅這番話，顯然指涉茅盾、鄭振鐸等新文學批評家。他們於新文學發軔期及時品評剖析，大力吶喊鼓吹，推波助瀾。這般充沛的熱情，「熱烈的好意」，委實值得大加發揚和讚譽。歸根結底，這乃是新文學漸臻發展，通往成熟，走向現代的重要契機啊！

茅盾的新文學批評所包蘊的，是一片真情，一腔熱誠──一顆洋溢著審美誠意的批評靈魂。這種審美誠意，對文學批評異常重要。茅盾一貫重視這一點。他的文學批評的突出表徵就是平易、懇切、誠摯，而且還裏挾著一股情勢。因而，他的批評文字仿佛被注入了一種親和的情緒元素，成為巨大的精神和熱情的象徵，使人讀來就像是面對著一位思想敏銳、感情充沛、見多識廣而又誠篤無私的朋友，也許你可能並不完全贊同他的觀點，但卻樂於聽

〔註61〕 沃爾夫岡・凱塞爾：《語言的藝術作品》第 3 頁，上海譯文出版社 1984 年版。
〔註62〕 《魯迅論文學與藝術》上冊，第 83 頁。參見《國外魯迅研究論集》第 241～
242 頁，北京大學出版社 1981 年版。

他娓娓而談，從容道來，以至進而引爲同好。三十年代，陽翰笙（華漢）出版長篇小說《地泉》後，一時爭議甚夥。著者執意要茅盾寫批評文字。茅盾遵囑寫成直言不諱的批評性序言，之後，作家一字不動地編進了《地泉》新版內。陽翰笙的這種「雅量」固然值得稱道，但他這「雅量」，與茅盾的胸懷坦蕩，對人誠懇，不是明顯地存在著深刻的因果關聯麼？

這樣的包容著審美誠意的情緒批評，在他的一系列作家論中表現得很突出，而且也頗富有自己的特色。拿《徐志摩論》來說就是這樣。他評徐志摩，有情緒分析，也有社會論評，顯得合情合理，充滿眞誠，而全無一點機械性、簡單化的毛病。批評家透過詩人那麼一點微波似的輕煙似的情緒，看到了「我們這錯綜動亂的社會內某一部分人的生活和意識在文藝上的反映」；通過徐志摩中堅作品「圓熟的外形，配著淡到幾乎沒有的內容，而且這淡極了的內容也不外乎感傷的情緒」，爲讀者勾勒了中國布爾喬亞的「開山」和「末代詩人」的形象。在諸如此類的作家論中，茅盾基於自己社會認知要求和感情影響手段統一的文學觀念之上，把理性剖示和情緒分析緊緊地結合到了一起，而與那些沒關闌的純然出於一己情緒底里的文學批評，有了一條分明的界限。

不過，當我們讀到茅盾的《〈呼蘭河傳〉序》時，卻又感到這條分明的界限不免有些模糊。看來，這篇堪稱在茅盾文學批評中最具情緒化傾向的文字，是有些特別。在這裡，由於評論家本人情緒的自覺甚至非自覺的外在化，幾乎突破和遮掩了茅盾分析、批評的邏輯心理圖式和理性色彩，因而不光是在茅盾自己的文學批評中別具一格，富有情韻，而且即便與魯迅等人關於蕭紅創作的評論相比，也是獨擅勝場、高過一籌的。

首先我們必須看到，這篇批評文字的背後，有著深刻的情緒動因和心理背景。1945 年 9 月，茅盾的女兒沈霞在延安不幸病逝。他從延安來重慶的同志口中得知這個噩耗後非常悲痛。第二年 1 月 4 日他致許廣平的信中還透露了他當時心靈深處悲愴難愈的消息：「不幸忽遭小女之喪，……心緒惡劣，屢屢裁箋，不能成書。」同月 22 日，茅盾出席了東北文化協會在重慶中蘇友好協會舉辦的蕭紅逝世四周年紀念會，並被公推爲會議主席。這年的 8 月份，他經過充分醞釀後寫成了這篇評論文字。不難看出，從自己痛失愛女，聯繫到新文學失卻一位才情橫溢的女作家，茅盾的感情達到了具有強大張力的緊張、傾斜的心理勢態，於是，迸發、凝聚、結晶而爲這篇浸滿血和淚的情緒

批評。這裡，茅盾是「奪他人之酒杯，澆自己之壘塊」〔註 63〕，借評論蕭紅其人其文，來尋得一種個人精神生活的補充和平衡。從心理學上看，人們的一切行為，不外乎是生命機體同環境保持平衡的動態過程，所以，人總是不同程度地時不時地把累積著的心理能量釋放出來，消耗掉，給它以自身的出路，以便保持同世界的有序平衡。因之，我們不妨說，茅盾的這篇蕭紅評論，正是其在特殊情況和心態下心理消耗意向的象徵，是一種情緒的宣泄，心理能量的釋放，是尋求心理平衡的標誌。

文章開篇不久便說：「二十多年來，我也頗經歷了一些人生的甜酸苦辣，如果有使我憤怒也不是，悲痛也不是，沉甸甸地老壓在心上，因而願意忘卻，但又不忍輕易忘卻的，莫過於太早的死和寂寞的死。」基於剛才我們述說的心理背景，茅盾在這裡很自然地將女兒過早的死與蕭紅寂寞的死聯繫到了一塊。下面，帶著感傷，他先談起女兒的死：「為了追求真理而犧牲了童年的歡樂，為了要把自己造成一個對民族對社會有用的人而甘願苦苦地學習，可是正當學習完成的時候卻忽然死了，像一顆未出膛的槍彈，這比在戰鬥中倒下，給人以不知如何的感慨，似乎不是單純的悲痛或惋惜所可形容的。」感傷中帶著歡惋，感慨裡透示出讚佩與褒揚，內中蘊藏著慈父、甚至超越了慈父的博大、寬闊的胸懷和深厚的情致。接著談蕭紅，則著意剖示和展呈她寂寞的心境：「對於生活曾經寄以美好的希望但又屢次『幻滅』了的人，是寂寞的；對於自己的能力有自信，對於自己的工作也有遠大的計劃，但生活的苦酒卻又使她頗為悒悒不能振作，而又因此感到苦悶焦躁的人，當然會加倍的寂寞；這樣精神上寂寞的人一旦發覺了自己的生命之燈快將熄滅，因而一切都無從『補救』的時候，那他的寂寞的悲哀恐怕不是語言可以形容的。」駱賓基在他的《蕭紅小傳》中記述蕭紅臨終前，已不能說話，用筆在紙上寫了最後一行字：「我將與藍天碧水永處；留得半部『紅樓』給別人寫了。……身先死，不甘，不甘！」〔註 64〕將這悲劇性的最終一幕和茅盾的評論聯起來看，便可見出茅盾對這位女作家的心態和情智把握得何其準確！然而，耐人尋思的還在於，倘若說女兒太早的死成為茅盾感情上的一種沉重的負擔是很自然的話，那麼，蕭紅寂寞的死，為何也成為茅盾「感情上的一種沉重的負擔」，而

〔註 63〕李贄：《雜說》，《焚書》卷三，轉引自敏澤：《中國文學理論批評史》下冊第714 頁，人民文學出版社 1981 年版。
〔註 64〕轉引自姜德明：《魯迅與蕭紅》，《新文學史料》1979 年第 4 輯。

且「願意忘卻，而又不能且不忍輕易忘卻」呢？這中間，除了出於人性、人情的共通，出於痛惜新文學早夭一位才女外，是否也出於因自己當年戰亂中匆匆離港未及顧到處寂寞病中的蕭紅而產生的一種懺悔意識呢？此處，我們姑且把這一點作爲一個並不肯定的問題提出來。而可以肯定的是，流溢奔湧於這篇文字中的，是強大的情緒之流，並且，這種情緒本身，實質上已經成爲茅盾尋求心理「平衡的加號和減號」了〔註65〕。

　　由於有了這種心理基礎和情緒機制，茅盾在這篇評論中特別顯得駕輕就熟，游刃有餘。批評家懷著一顆淚水浸潤的心，走進作家作品之中，用自己的心靈去擁抱、感受、體悟蕭紅的內心世界及其延展創造出來的情感世界，內中充滿誠摯、同情、憐惜和悲痛的情緒，令人讀來感著悲愴、沉重。全篇文字，通體籠罩上了一層感情的帷幕。在這種濃鬱、沉重的情緒氛圍中，他從蕭紅寂寞的死，述及她「寂寞地孤立在香港的淺水灣」上的墳墓，進而由作品探及作家寂寞的心緒、寂寞的童年與故鄉。他談到《呼蘭河傳》的內容時指出，蕭紅以「含淚的微笑」回憶那寂寞的小城、寂寞的童年，「懷著寂寞的心情，在悲壯的鬥爭的大時代」。而在小說藝術的審美形式上，茅盾則說它雖不像是一部嚴格意義的小說，但它於不像之外，卻有比像一部小說更爲誘人的東西：「它是一篇敘事詩，一幅多彩的風土畫，一串淒婉的歌謠。」這樣有意味的形式，涵蘊著女作家特有的情緒質素。文章的最後茅盾說，因爲女作家「被自己狹小的私生活小圈子所束縛」，所以苦悶而寂寞，「而這一心情投射在《呼蘭河傳》上的暗影不但見之於全書的情調，也見之於思想部分，這是可以惋惜的，正像我們對於蕭紅的早死深致其惋惜一樣」。——作家生命意味和作品整套情感關係系統於此全然糅合在一起了。在這裡，茅盾抓住「寂寞」來作批評，雖說內中不乏褒貶，卻又流蕩著情緒色彩；不乏深刻的理性發掘剖示，但又以帶感情之筆出之。這樣，就讓讀者很自然地跟著批評家一道，打開情感的翳障，接受作家情感的存在，領略她「心靈的表現」，產生一種完全體現於審美對象裡面的情感，從而使人既得到理性啓悟和思考，又獲致情緒濡染和感動。

　　郭沫若在談到文學批評時說：「我以爲真正的批評的動機，除了對於美的欣賞以外，同時也還應該有一種對於醜的憎恨。」〔註66〕茅盾文學批評的情

〔註65〕列·謝·維戈茨基：《藝術心理學》第327頁，上海文藝出版社1985年版。
〔註66〕郭沫若：《文藝論集》第276頁，人民文學出版社1979年版。

緒構成，同樣涵蓋著這兩個側面。他的文學批評情緒化，不光表現在熱情倡導新文學，熱誠扶持文學新人，也不只表現在他善於把自己的觀念變爲動情力，通過自己的心靈和血淚來評論，把理性同感情、思想同熱情、理解同感受融爲一體，而且，他以「熱烈地憎惡現實的心境」〔註67〕，對扼殺文藝勃勃生機的種種不良的批評作風，對文學大潮中的反動逆流，進行了及時而徹底的批評和猛烈而不妥協的抨擊。這一點，我把它視作茅盾文學批評情緒的否定性表現。

說到底，實際上文學批評的本質也就是肯定或否定、贊成或反對的判斷與辨別的活動。像茅盾這樣的具有高度責任感和使命意識的嚴正而熱烈的批評家，對一切文學現象和批評現象是不可能麻木不仁、漠不關心的。何況，惡紫所以愛朱，惡鄭聲所以護雅樂。對不寬容的不寬容，正是寬容中的應有之義！

在二十世紀中國文學行程中那些別具榮耀和輝光的風風雨雨、日日夜夜裡，茅盾感念時代的召喚，執行良心的命令，對那些「躲在麥田裡狂吠的癩狗」，對那些放暗箭、「搽鍋煤」，塗著各種鬼臉的所謂評論家，對那些蛀蟲式的善於僞裝的假「黑旋風」們，對那些將自己的尺度舉得高高，卻又帶著「罵人的情熱」的所謂「革命的批評家」，都不卑不亢地進行了堅決而有力的駁難和批評〔註68〕。魯迅曾正確地指出：「文藝必須有批評；批評如果不對了，就得用批評來抗爭，這才能夠使文藝和批評一同前進，如果一律掩住嘴，算是文壇已經乾淨，那所得的結果倒是要相反的。」〔註69〕毫無疑問，對批評的批評，有助於新文學在寬容意向和容忍原則下健康發展和逐步繁榮。茅盾1938年在闡釋、申述魯迅精神時曾談到這種不寬容：「他對於敵人決不寬容；對於巧妙地掩護著敵人的人，也決不寬容；對於居心混淆『是』『非』界線的人，也決不寬容；對於披著各種僞裝來欺世欺人引誘青年的傢伙，也決不寬容；對於翻雲覆雨，毫無操守，而偏偏儼然自居的丑角，也決不寬容！」〔註70〕在這個原則問題上，茅盾與魯迅的精神毫無二致。他也正是這樣的不倦的戰

〔註67〕茅盾：《介紹外國文學作品的目的》，《時事新報·文學旬刊》第45期。
〔註68〕分別參見茅盾：《雜譚》，《時事新報·文學旬刊》第54期；《批評家的神通》，《文學》第1卷第2期；《批評家種種》，《文學》第1卷第3期；《讀〈倪煥之〉》，《茅盾論創作》第225～243頁。
〔註69〕《看書瑣記（三）》，《魯迅全集》第5卷，第551頁。
〔註70〕茅盾：《「寬容」之道》，《文藝陣地》第2卷第1期。

士，憎愛分明的批評家。他於糾正、批評那種「靈魂上掛了刀」、不肯按捺住
罵人的情熱的批評家的同時，分清了謾罵和批評的界限，肯定了正當批評的
重要性和必要性。在長期文學活動和批評生涯中，爲捍衛「五四」新文學，
倡導現實主義，他始終以一股飽滿而充沛的熱情，努力弘揚、發揮新文學的
社會和審美效能，對新文學中的文化與文學逆流進行了不懈的攻刺、剝露和
抨擊。二十年代，他對以遊戲、消遣爲指向歸趨的鴛鴦蝴蝶派和封建復古的
現代保守主義的代表學衡派，三十年代對民族主義文藝運動所作的深刻批判
和有力回擊，都是眾所周知的事實。在進行這些思想批判和文化批判時，由
於帶著強烈的使命意識和鮮明的傾向性，所以包裹於中心的情緒往往不自覺
地奔突而出，由文學、文化到政治的情感「熱核」常常發散得淋漓盡致，因
而這些文字，總是閃爍著深邃的思想、精神火花和逼人的鬥爭鋒芒。

　　批評即選擇，而任何選擇，必然導致某種批評模式與方式的產生。茅盾
的文學批評，主要是一種社會的文學批評，多從社會現實的角度，對作家作
品進行美學批評和審美把握，對具體的文學現象作宏觀和微觀交叉、理性和
情緒匯合的價值判斷與品評探析。這種批評模式及其心理內容，與純從社會
學角度來做的文學批評並不一樣，與以文學作品爲例證的庸俗社會學批評更
是截然不同。因爲，社會學批評囿於社會學的單調固定的狹仄視域或形而上
的社會科學眼光，在進行社會論析的同時，往往不同程度地拒斥、無視文學
的審美的因素，加之在我國，長期以來社會的政治性質和根深蒂固的封建思
想影響等特定國情與心理背景，使之特別容易流於庸俗社會學的泥沼。而庸
俗社會學，則從來也沒有摸到過文學的門檻，並且實際上已然是一種棍棒式
的簡單化和漫畫化了的政治行爲，壓根兒就不在文學批評論列的範圍之中。
茅盾所作的社會的文學批評，在現代意識的理性光芒照耀下，滿蘊對社會進
步的渴望與追求，浸濡著強大而深厚的歷史感、現實感和未來感，在對作品
的社會意識、社會價值和審美價值作全面的審視論評時，傾向於把現實的張
力和外在的規範演變爲內在心理圖式系統，將社會的趨赴和時代的流向轉化
成主體審美心理場，從而在個人的選擇與社會的選擇的統一中，走向自我實
現和人類社會進步的道路。

第三章 批評思維的整體、宏潤與發散性——論茅盾文學批評的思維品質

　　伊曼努爾‧康德曾轉述過愛爾維修的這樣一個故事：從前，有位婦人用望遠鏡看見在月亮上有一對情人的影子，而一位神甫也用這個望遠鏡看了看，然後，他反駁她道：「不，太太，那是大教堂上的兩個鐘樓。」

　　這婦人和神甫觀察同一事物，卻得出風馬牛不相及的結論，是什麼緣故呢？從思維心理學的角度看，其內在原因是，他們的心理定勢和思維期待視界迥然不同，因而各別判斷自然也就相去甚遠。在這觀察、審視和判斷的過程中，婦人和神甫分別使用的是情愛和宗教式的思維模式，而又同具封閉式的線性思維品質。

　　這個小故事，給我的探詢與研究以新的啓迪。眾所周知，思維作為一種心理現象，是在人們的實踐活動中，在感性認識、視覺表象的基礎上，以語言為工具，以知識經驗為中介實現的。而文學批評，作為一種審美認識活動，也是在審美感知、賞鑑、闡釋、判斷中完成的，具有特定的思維屬性，它需要分析、綜合、抽象、概括、比較、分類、具體化和系統化。因之，文學批評，實質上就是一種思維活動。可以說，評論家思維的過程，也就是其品評、分析、綜合、判斷的批評過程；而思維的結果，也就是文學評論本身。評論家在自己一系列的批評實踐中，往往自覺不自覺地形成一定的思維定勢和思維模式，並表現出鮮明的思維品質。而這，正是文學批評家的審美個性與批評風格的主要構成和突出標幟。

　　在新文學批評史上，有著強烈現代意識和獨特審美心態的茅盾，就稟具自己的思維品質和思維模式，呈現出卓然獨異的思維特質，從而標示出一種社會的文學批評範式，顯現了一種全新的現代文學批評的大家風範。

一、批評思維品質：價值屬性與實踐特性。思維特質──整體、宏觀、發散性。對象感；發散思維；批評思維的多方位，綜合性，比較思維與求異思維。

　　檢視茅盾的文學批評，便不難發現，它具有這麼兩個主要特徵：一是價值特性；二是實踐特性。

　　從「五四」時期起，幾十年來，茅盾高張「為人生」的文學大纛，努力倡導現實主義文學，積極肯定文學的社會價值效能，成為新文學史上現實主義的積極倡導者和文學先驅。在這方面，他不僅身體力行，以其大量的現實主義創作，躍居為中國現代小說史上的社會剖析派的傑出代表，而且，在文學為社會人生的價值取向和批評意識的指導下，他異常關注現實的運動著的文學現象，十分倚重文學的價值判斷，緊密結合時代生活和社會人生，及時把握、導引新文學的發展趨赴和宏觀走向，在文學選擇和判斷中構建了一種帶有鮮明價值特性的社會的文學批評體系。

　　茅盾的這種重判斷、重價值取向的社會的文學批評，有著強烈而突出的對象感。在他看來，文學批評的對象主要有兩個：一個是讀者，一個是作家。通過對讀者和作者的平等對話與及時導引，使文學價值達到充分的實踐和自覺的創造，從而積極地促進新文學事業的繁榮發展與進步。這種對作家、讀者的對話、導引意向在茅盾大量的評論文字中是非常明顯的。由是我們不難覺出折射其中的對新文學作家和讀者的熱情，以及批評家現代意識的自覺和蘇醒，同時也可以窺及茅盾文學批評的實踐（實用）特性──他不是凌虛蹈空式地抽象地作空洞的品評議論，而是面對具體的現實的文學現象，帶著明確的目標感和指向性，來進行切實的社會、歷史、美學的批評。

　　看來，偏重社會意蘊與價值判斷，傾心現實的運動美學與實用的對象批評，確乎構成了茅盾文學批評審美個性的兩個重要側面。然而讓人思索的是，現代文學批評史上的許多批評家，如周揚、胡風、馮雪峰、邵荃麟等人的文學批評也都具有鮮明的價值特性（雖然價值內涵不盡相同），因而可以說批評的價值特性是現代文學批評史上的一種頗為普遍的現象；而另方面，周作人、

李健吾等人的評論，較之茅盾的文學批評，甚至更具實踐（實用）特性，只不過李健吾不重指導而重啓悟，周作人更重涵詠罷了，然而他們的對象感很突出卻是無疑的……。這使我們不能滿足於一般的掃描論析，而要進一步探入茅盾文學批評的深在個性中去。通過考察，我們發現，茅盾之所以是茅盾，與他的思維品質和內在邏輯圖式系統有很大關係：和別的文學批評家比起來，茅盾有自己獨特的思維定勢和心理個性特徵。

那麼，這種獨特的思維定勢和心理個性特徵是什麼呢？簡單地說，就是批評思維的整體、宏闊、發散性。很明顯，這是茅盾文學批評一以貫之、最爲核心而突山的思維品質。我這樣說，並不意味著批評家不具有敏銳深刻、謹嚴科學的思維品質，而僅僅意在規定茅盾文學批評的主要思維特質而已。

讓我們首先從茅盾批評對象開始討論。毋庸置疑，批評家選擇批評對象，實際上也就是在對批評客體作某種社會的、美學的判斷與評價。在這文學選擇和判斷、評價的過程中，批評家通過內外刺激和固定反覆，不斷尋找自己所需要的信息，並加以比較、分類、綜合、判斷、推理、分析，進而形諸文字，完成文學批評活動。在這批評活動中，批評家逐步形成、加強主體「作特殊反應或系列反應的準備」，亦即時時在生成、完成著自己的批評思維定勢。而每一次文學選擇與判斷，又都是或多或少地在批評家思維定勢的制約、指導下進行的〔註1〕。這裡，批評對象成了批評家思維的起點和終點，選擇批評對象的視覺成了思維的一種基本工具。批評家通過視覺思維，在無窮無盡的作爲文學載體的豐富信息和形象世界中擇定自己的批評對象，從而實現「我與世界聯繫在一起，我用我全部心理的和生理的動作，用我的整個存在去對形象的綜合與運動作出反應」〔註2〕。

可見，批評對象的選擇本身，實質上也反映了批評家的思維品質和思維結構特徵。我曾論述過現代文學批評史上一些批評家受自己批評意識和價值觀念影響而從事個性文學選擇的現象：馮雪峰堅執於文學與政治、與革命的關係，因而當他用革命現實主義的批評眼光看取作家作品時，就認爲那些追躡革命、緊跟政治的作家文學成就不高，而不少民主主義作家又似乎不夠革命，因之通常在他的批評選擇視域裡，幾乎是除了魯迅，還是魯迅。李健吾

〔註1〕參見 A.P.魯利亞：《神經心理學》第 227 頁；克雷奇等：《心理學綱要》下冊，第 78、88 頁，文化教育出版社 1982 年版。
〔註2〕阿·托爾斯泰：《論文學》第 74 頁，人民文學出版社 1980 年版。

呢，他那「超然」的文學觀念與生活態度，使他的審美選擇和賞鑑品評自然地傾向於巴金、曹禺、沈從文、廢名、蕭乾等人的作品。而茅盾則既不同於馮雪峰，也與李健吾有異：他筆之所及的作家作品，大都是「為人生」的作家，現實感很強的詩人、小說家。顯然，這些批評客體（作家作品）與批評主體（評論家本人），在價值目標、思想信仰、心理結構、情緒稟性、審美趣味等方面，無疑存在著對應契合的關係。而這一點，我們也可以視作批評家評論的個性與共性、紛異與同一的聚合統一的重要表徵。這是從批評意識的角度來看批評家們選擇評論對象的差異，倘若從思維心理角度來看他們文學選擇的思維方向，或許更能發現批評家之間的深刻差異所在。

還以馮雪峰、李健吾、茅盾為例。馮雪峰批評思維方向，基本上呈發散式狀態，而且他比較敏捷，對文壇動向和信息反應快，特別善於抓問題、發現批評對象包含著的意蘊思想。我前面曾說雪峰除了魯迅外很少論及別的作家，但在三十年代初期，他所寫的評丁玲《水》的一篇批評文字，其實就非常出色。在這篇文章中，他敏銳指出這是「新的小說的一點萌芽」〔註3〕，從而在藝術發展的宏觀意義上，為廣大讀者傳達了一種嶄新的文學信息。或許因為長期參與文藝界領導工作的緣故吧，馮雪峰對時代流向、現實勢態是很敏感的，因而他的文學批評儘管一般說來對象感並不突出（通常除了魯迅評論，他很少指涉具體的作家作品），但他對於宏觀式的「文藝風貌」與普遍性的理論問題，卻往往比較重視。研究魯迅，批評家也總是關注思索「魯迅在文學上的地位」、「中國民族及文學上的魯迅主義」、「魯迅和俄羅斯文學的關係」等大問題。他的那篇著名的《論民主革命的文藝運動》，就典型地反映了批評家的思維敏捷性和高度發展的洞察力、注意力以及面向現實的思維品質。

李健吾和馮雪峰的差異，並不只表現在文學批評的價值信仰和思想意識上，而且，在批評的思維品質和具體方式上也迥然不同。李健吾文學批評的對象感顯得格外強烈明達。他目標指向異常明確，批評思維的光束直射具體的作家作品。而對有普遍意義的理論問題、廣闊的文學流向和整體性的文壇風貌，批評家似乎並不感興趣——他饒有滋味地進行的，是對作家靈魂的探險，作品世界的體驗；他孜孜以求的，是推呈靈魂，發見自我。批評家不判斷，不舖敘，而是在了解，在感覺，通過感覺、體會、頓悟式的把握，直捷揭示對象的本質特性。在這種既具西方印象主義批評質素，又有中國古代文

〔註 3〕馮雪峰：《論文集》上冊，第 69 頁。

學批評和傳統文化思維方式認同的批評思維裡，較多地體現出了獨創性和深刻性的思維品質。他沒有（似乎也不屑於有）馮雪峰批評思維的廣度和靈敏度，也全然沒有馮雪峰的直切和峻急，但於漫不經心的切近具體對象的品評賞鑑（過程很短的文學思維）中表現出一定的思維深度來。

　　茅盾與馮雪峰有相似之處。他也同樣重視時代、現實，批評背後湧動著的是一種揮之不去的社會使命感和文學導向意識，但他並沒有馮雪峰批評思維的峻急和偏執，而顯得周密、審慎，頗具歷史和心理平衡感，並且擁有一種宏闊發散式的思維品質和批評風度。茅盾批評的社會意識並不像雪峰那樣具有較多的政治色彩；茅盾批評的導向意識，也不像雪峰表現得那麼寬泛和抽象。在茅盾批評的意識內容和思維結構中，更多的是批評家個性思維和時代社會心理的融匯，是價值目標追蹤與發散思維湧動流蕩的統一，同時，也是批評指向性和對象性的交互撞擊與不斷實現。

　　在對象感突出這一點上，茅盾與李健吾是一致的，然而，在思維品質和思維方向上，他們又相去甚遠。與李健吾擇取具體作品（作品集）來做印象式品評不盡相同，茅盾所選擇的批評對象，特別豐富廣泛。在他的批評領域裡，既有對整個文學潮流和文壇動向的總體性把握（《春季創作壇漫評》、《抗戰期間中國文藝運動的發展》），又有具體的作品論評（《丁玲的〈母親〉》、《〈呼蘭河傳〉序》）；既有文學流派評論（《歡迎〈太陽〉！》、《〈中國新文學大系‧小說一集〉導言》），又有研究創作主體的作家論（《魯迅論》、《冰心論》）；既有對創作歷程的回顧與總結（《關於「創作」》、《論初期白話詩》），又有文學問題的論爭和研討（《讀〈倪煥之〉》、《問題中的大眾文藝》，等等。看得出來，茅盾的文學批評選擇對象和批評客體是一個極具張力的彈性的圓圈，有著多元的開放式趨赴。他的批評思維努力追求對象的全面、廣闊與無限，著意尋索現實的運動著的文學流向與藝術風神。可以說，宏闊的整體性的文學流向、普泛性的創作勢態對批評家格外具有吸引力。雖說他也對具體的文學現象（作家作品）進行論評判斷，但是和李健吾那就作品論作品的批評並不一樣，而以其別一種對象性原則，總是傾向於把單個的作家作品置於一個廣闊的社會、文化的心理背景和文學氛圍之中，進行縱向把握和橫向規定。這樣的文學批評顯得特別富於歷史感和現實感，而批評家本身則呈示出宏闊發散式的整體性思維品質。列寧說：「為了確實認識一個對象，人們必須把握和研究它的一切方面，一切聯繫和『媒介』，雖然我們永遠不能完全做到這一點，但是

全面的要求會使我們避免錯誤和僵化。」〔註4〕茅盾文學批評的整體性思維品質的優勢及其科學性，正在乎斯。

「整體，當它在頭腦中作爲被思維的整體而出現時，是思維著的頭腦的產物。」〔註5〕茅盾文學批評思維品質的宏闊發散與整體特性，除了體現在批評對象及其選擇方面以外，還表現在批評主體與批評客體的動態關係上。倘若說前者尚是更多帶有直感性和靈感性的短暫瞬間的特點並僅僅是批評思維的一個起點的話，那麼，後者則更多地具有理智化與科學化的特點，並使批評思維由點變成線，變成過程，甚或變成一個複雜的多維網絡關係系統。顯然，後者爲批評家提供了一個廣闊的馳騁縱橫、一顯身手的思維疆場。這裡，交織著批評家的政治意識和藝術經驗、概念思維與情緒浸入，同時，也展呈著批評家最複雜的思維心理活動。無疑地，批評家於此最能充分地發揮自己的主體意識和能動作用，也特別能夠顯示自己殊異的批評個性和思維品格。茅盾在處理自己與批評對象的關係時，總是自覺不自覺地表現出這麼一個思維特點：與對象（筆下品評判斷的文學現象）始終保持一種距離感。這一點，與批評家偏於理性的心理素質有重要關聯，同時也和他宏闊發散的整體性思維品質有著深刻而密切的因果聯繫。

作家作品批評，是一種相對封閉的微觀研究方式，但如前所說，這種批評與研究方式到了茅盾手中，則往往在一種距離感中出之以宏觀把握：把作家作品置於一個大的社會、文化和文學的框架與背景之中來進行歷史的美學的剖析論評。三十年代初，女作家廬隱病故，茅盾作了《廬隱論》。文章在「五四」這個時代文化背景與社會心理系統中，論述、分析了女作家作爲獨特的文化和文學現象的生成、發展與「停滯」（「後退」）。廬隱是被「五四」的怒潮從封建的氛圍裡掀起來的、覺醒了的一個女性，因而，「她是『五四』的產兒」；隨著五四運動走向低潮，廬隱思想與創作的發展便也「停滯」了；而時代繼續向前推進，作家卻仍然滯步不前，則客觀上也就成爲「後退」，雖然廬隱主觀上並不心甘，而要作「追求」的。……在這裡，茅盾將社會時代發展與作家思想、創作歷程組合在一起予以深入剖析，透過時代看作家，通過作家看社會，從而深入掘發了時代社會心理和作家個性心理內容及其相互間的

〔註4〕轉引自《盧卡契文學論文集》第2冊，第6頁，中國社會科學出版社1981年版。

〔註5〕馬克思：《〈政治經濟學批判〉導言》，《馬克思恩格斯選集》第2卷第103頁。

有機聯繫。不難看出，茅盾在作綜合分析和評價判斷時，與作家、甚至與時代社會，實質上都保持著一定的距離，這樣，就使得他的評論不僅將一切盡收眼底，顯得較為全面辯證，表現出一種吐納取捨、全景觀照的恢弘氣度，而且頗為客觀準確，具有難能可貴的科學的品格。

　　在這方面，更具典型意義的是茅盾對作品（文學創作）的切實的批評和冷靜而深入的剖析。他評華漢的《地泉》三部曲就是這樣。這部作品在批評家眼中是一部具有普泛的典型意義和代表性的作品。因而在評論中，他並沒有孤立地看這部小說，而是把它跟當時文壇上流行的以蔣光慈為代表的臉譜主義與方程式的所謂「革命文學」聯繫起來，研究、分析這種文學傾向和創作原則的偏頗和失誤之處。文中，他尖銳地批評《地泉》三部曲「只是『深入』、『轉換』、『復興』等三個名詞的故事體的講解」，而全然沒有藝術的魅力和感動人的力量。他不無遺憾地這樣指出作品的跛腳和缺陷：「如果我們既讀這本書後有所認識理解，那可是理智地得出來的，而不是被激動而鼓舞而潛移默向於不知不覺。」很明顯，在茅盾看來，文學不是抽象思想的複製品，也絕然不是單有了社會科學教義或僅有了生活經驗，便能成一真正的完美的藝術品。歸根結底，文學是蘊含多種價值量，具有藝術感染力的綜合體。文學畢竟是文學。文章最後，批評家向作家們提出了「全面的要求」，告誡作家一定要樹立正確的人生觀藝術觀，積極投身火熱的社會生活，經驗複雜的現實人生，刻苦磨練，使自己的藝術水平得以切實的提高。可以看出，茅盾在這些批評中，不光總視其體，通觀全貌，而且站得高、看得遠，顯得冷靜、清醒，具有一定的距離感，反映了現代文學批評的一種宏大的思維特徵。

　　倘若說，茅盾對具體的作家作品，僅僅是借助望遠鏡，與對象拉開距離，進行全面而客觀的透視觀察和考量分析的話，那麼，批評家把握紛擾複雜、林林總總的文學大潮和文壇全景，則是有意提高視點，仿佛置身霄漢向下俯瞰，作鳥瞰式、散點式的審視和思維：既遠遠高出批評對象層面，又敞開思維的宏大視域，廣泛攝取，多方位、多視點、多層面地予以論評探析和描畫。1921 年茅盾為寫《評四、五、六月的創作》一文，廣搜博覽，將批評視野投注到當時整個文學創作領域，對三個月裡發表的一百餘篇創作文字，進行了仔細而認真的考察和分析研究。他在評論中一方面對幾乎是同一個模型裡鑄出來的大量的戀愛小說表示不滿，另方面對描寫農民生活的作品大都顯出「不是個中人自道」的缺點表示遺憾。然而，批評家覺得葉聖陶的幾篇小說頗可

稱道，魯迅的《故鄉》更是不可多得，令人歎服。通過對當時創作壇輪廓的
全面檢視和深入分析，茅盾及時指出了創作界所忽略和過重的方面，爲讀者
和作者提供了關於當時一般創作家的文學見解和文學技術的發展勢態的新信
息。在茅盾文學批評中，像《評四、五、六月的創作》這類的文字很多，如
《春季創作壇漫評》、《〈中國新文學大系‧小說一集〉導言》、《論初期白話詩》、
《抗戰文藝運動概略》等等都是著名的篇章。可以肯定，對文學總體風貌、
對一般的文學發展動態的廣泛關注和宏觀把握，更能體現出茅盾批評思維的
優勢：他總是傾向於從高處和遠處鳥瞰文學全局，猶如中國國畫家胸中有千
山萬壑，爲達咫尺千里而作散點的卻非焦點式的透視和描畫一般，顯示出左
右逢源、揮灑自如的恢弘深湛的批評氣度。前面我們曾指出，茅盾與李健吾
都有很強的對象感，這確乎是事實。可在思維品質和思維方向上，兩位批評
家畢竟有著分明的臨界點，呈示出不同的思維個性。

　　從思維發展心理學的角度看來，茅盾文學批評的思維品質和思維方向帶
有發散性的特徵。美國心理學家吉爾福特曾提出並研究過發散思維和輻合思
維兩種心理事實。他認爲，發散思維「是從給定的信息中產生信息，其著重
點是從同一的來源中產生各種各樣的爲數眾多的輸出，很可能會發生轉換作
用」〔註6〕。這種思維，與文學接受有直接關係。大家知道，文學本是一個蘊
含著多種價值的信息載體，在文學欣賞與批評中，由於文學信息本身的豐富
性和包容性，又由於文學讀者（包括批評家）各各具有不盡相同的價值信仰、
思想修養、知識水平、審美興趣和心理狀態，因而文學作品所包含的價值信
息量總是在或多或少地不斷輸出、轉換和發散之中。換言之，文學欣賞和批
評過程，實質上也就是文學信息逐步輸出、文學價值不斷實現的過程。這個
過程，無疑爲批評家提供了進行發散思維的可能性。我們所要論述的茅盾思
維的發散性，既帶有批評的一般效能，又別具自己的特色。他的文學批評的
發散思維，是一種能動性很強的創造性思維。它並不一味被動地受制於外在
的範圍框架，也不僅止於復述作品，而是在對文學現象作宏觀審視和社會、
道德與審美的價值評判時，進行新的思想創造；在超越作家作品的途程中，
放射出新穎的思辨光芒。

　　有時，茅盾通過對作家作品的微觀剖視探析，發表出現實性和社會性很

〔註 6〕轉引自朱智賢、林崇德：《思維發展心理學》第 586 頁，北京師範大學出版社
　　　1986 年版。

強的政論性見解。他寫於 1933 年的《女作家丁玲》，就係有感而發。該文篇幅不長，在論述了丁玲的創作和思想歷程的同時，批評家還就女作家被綁架一事表示了極大的憤慨。對反動派這種「最卑猥的手段」，當時全國文化界已經提出了嚴正的抗議，但批評家指出：「紙面上的抗議是沒多大效力的。全中國的革命青年一定知道對於白色恐怖的有力的回答就是踏著被害者的血迹向前！」在那腥風血雨、陰風如磐的日子裡，茅盾於自己的評論文字中發出這樣鏗鏘激越的聲音，就讓人不僅欽佩他的勇氣膽識，也不只是歎服他評論的邏輯思辨色彩，而更爲他的批評文章所透示出的強烈的現實力量所震懾、感染。茅盾屬於這樣的批評家：廣大的外界現實總是對他的思維方向和深在心理產生強大的作用力，使他難以埋頭作家作品，安於狹仄的文學閾限，而不能不在自己的文學批評中折射出現實的強烈光照。

　　當然，這也並不是說，茅盾忽視或無視他的批評所面對的是文學，需要重視它自身的本質特性。事實上，批評家常常借具體的評論總結、闡述對文學現實具有指導意義的某些美學、藝術規律和一般性的創作原則、規範。不妨說，不論是宏觀批評抑或是微觀研究（即使後者也往往出之以宏觀審視），茅盾都傾向於在宏觀和發散的意義上努力兼顧文學的綜合功能，堅持文學的審美本性，而使自己的批評成爲眞正的文學的批評。針對二十年代末期革命文學運動發展的偏向，茅盾在評論葉聖陶的長篇小說《倪煥之》時，告誡那些僅靠耳食一點社會科學常識和用煽動的口吻、宣傳的調子做小說的作家們，「須先的確能夠自己去分析群眾的燥音，靜聆地卞泉的滴響，然後組織成小說中人物的意識；他應該刻苦地磨練他的技術，應該揀自己最熟習的事來描寫。」標語口號式的文學，被動的傳聲筒式的創作態度，在茅盾看來，不僅不符合時代大眾的需要，而且全然違背了藝術創作的美學規律，因而難以爲廣大文學讀者所接受。他在《王魯彥論》中，評作家短篇小說集《柚子》時便直捷表示了對內中諷刺文式的小說（《小雀兒》、《毒藥》）的不滿：「我以爲小說就是小說，不是一篇『宣傳大綱』，所以太濃重的教訓主義的色彩，常常會無例外的成了一篇小說的 menace 或累墜。」像這樣的直抒己見、坦率陳言，所針對的顯然已不是一、兩個作品，而是盛行於文壇上的一種公式化、概念化的文學傾向，因而無疑，這種評論文字本身也便具有了一種宏觀特性和普泛意義。茅盾的文學批評就是這樣，哪怕是一篇很具體的微觀研究與評論文章，也往往讓人明顯覺出批評家恢弘的藝術視野，博大的價值取向以及

包孕其中的宏闊發散的批評思維品質。具體地說來，茅盾批評思維的這種發散與宏觀品質具有這麼幾個特點：一是多視角多層面地進行論評；二是善於全面考察，概括綜合；三是傾向於多比較，而於一種求異的思維活動中不斷獲得新的質素。

在《冰心論》中，茅盾從現實社會的角度予以深入審視考察，發現：「原來『五四』期的熱蓬蓬的社會運動激發了冰心女士第一次創作活動！」──是那時的人生觀問題、民族思想傾向、反封建運動，使得女作家從現實出發，寫出了自己的「第一部曲」──問題小說。接著，評論家從作家個人閱歷透視了她受基督教教義和泰戈爾哲學影響的土壤，指出了作家早先「詩意」的環境之於愛的哲學生成的決定作用：「她從自己小我生活的美滿，推想到人生之所以有醜惡全是為的不知道互相愛；他從自己小我生活的和諧，推論到凡世間人都能夠互相愛。」由是不難看出，女作家是「唯心」到處處以「自我」為起點去解釋社會人生的！基於此，茅盾指出：「在所有『五四』期的作家中，只有冰心女士最最屬於她自己。」這個判斷，茅盾是在變換了三個不同視點（小說、散文、詩），對作家、作品進行了充分的論證後得出的，因之讓人頗為信服。顯然，茅盾批評的角度和視點是流動的、開放式的，這就為他的闡釋品評、價值判斷提供了一個弘大的視野和廣闊的天地，並且把自己的批評論點和理論發現，建立在一個堅實周密的基礎之上，顯得廣闊、深邃而不失科學風度，靈活、多變卻又不乏思辨力量。茅盾這種多視角的評論與研究方式在他的評論文章中的確是常見的。前面我們提到的他對蔣光慈等人的公式主義文學創作的分析批評，就是一例。在他的評論中，他是從生活、藝術創作和藝術接受等不同層面、角度來對作品作科學的考察和判斷的：「因為『臉譜主義』和『方程式』的描寫不合於實際的生活，而不合於實際生活的描寫就沒有深切地感人的力量！就要弄到讀者對象非常狹小！」〔註7〕──這就是批評家給我們的結論，同時，也是他思維的散點透視方式及其多重視角的具體表徵。

這樣的全方位、多角度、多層次的檢視文學現象，研究、考慮文學問題，實際上在批評思維上呈示出的是一種多維的立體網絡關係系統。在這個關係系統中，批評家較多地傾向於綜合、概括和比較。

和普通的思維程序一樣，在茅盾的批評思維系統裡，分析和綜合自然也

〔註7〕茅盾：《〈地泉〉讀後感》，《茅盾論創作》第247頁。

是一種基本過程。但是他習慣整體思維，特別倚重綜合。在茅盾那裡，分析的目的在於綜合，在於判斷和概括。上面說到的論述冰心「最最屬於她自己」和分析公式主義文學創作的失誤，都是這樣。再譬如，他分析新文學第一個十年前半期的文學創作「偏枯」現象的原因時，就也運用了綜合的整體思維方式。而綜合，則多少意味和寓示著批評家視域的宏闊開放和見解的全面辯證。經過細緻而綜合的研究，茅盾認為當時的文壇之所以發生「偏枯」現象而較多「觀念化」作品，一是因為作者們大都缺乏刻苦的「水磨工夫」；二是西洋名著譯介較少；三是普遍於全國的新文學大活動還沒起來；四是許多青年作者的生活較為單調，以致既限制了他們的題材，又限制了他們覓取題材的眼光。在他看來，後一點尤為關鍵，──人物刻劃、生活描寫的概念化和不真實，以及題材單一、戀愛小說泛濫、讀者失望，等等，全都與此有關。因此，他一言以蔽之：「生活的偏枯，結果是文學的偏枯。」〔註8〕可以看出，茅盾在像這樣的綜合論評中，通過把批評對象的各個方面條分縷析地聯繫起來，極力透過現象看本質，借助分析探底裡，抓關鍵，從而使自己的評論具有最大限度的徹底性和深刻性。「所謂徹底，就是抓住事物的根本。」〔註9〕在這方面，茅盾評論魯迅，可以說是最典型地表現了這一點。茅盾的魯迅評論，構成了他文學批評系統中的一個重要系列──他不特是最早的魯迅評論者，而且，幾十年來，他一直在孜孜矻矻地潛心探尋、闡釋魯迅。他的魯迅評論，代表了歷史上魯迅研究與評論的較高水平。無可爭辯，茅盾的這方面的成就，與他在思維上努力全面地思考、探析批評對象，揭櫫對象的根本之點，而不斷得到屬於自己的獨特發現和創造性的收獲是有著深刻的內在聯繫的。他評《阿Q正傳》，闡釋作品「之所以可貴」和「流行極廣的原因」，在於作家為讀者描畫出了「阿Q相」，塑造出了這一既有普泛意義，又有鮮明個性的典型人物：「我們不斷的在社會的各方面遇見『阿Q相』的人物，我們有時自己反省，常常疑惑自己身中也免不了帶著一些『阿Q相』的分子。」〔註10〕像這樣的深刻而新鮮的思辨和判斷，顯然是在摒棄了封閉性的思維方式，用一種開放的眼光觀察、思考的結果。讓人們注意以至驚歎的，正是包蘊在

〔註8〕茅盾：《〈中國新文學大系‧小說一集〉導言》，《茅盾論中國現代作家作品》第13～18頁，北京大學出版社1980年版。

〔註9〕《馬克思恩格斯選集》第1卷第9頁。

〔註10〕茅盾：《讀〈吶喊〉》，《茅盾論創作》第107頁。

這些觀察、思考和判斷中的批評家對作家作品縱橫審視基礎上的獨特把握，以及批評家批評心態中的一種創造性思維品質。

蘊涵和表現於茅盾文學批評中的這種思維品質，除了體現為一種獨特的判斷，新穎的概括，還常常呈示出發散式的比較趨向。一般說來，比較就是確定這一事物和那一事物之間、這一方面與那一方面之間的相同點和不同點。換言之，比較，就是在有聯繫的對象之間求同異。有比較才有鑑別。文學批評的品評判斷，往往是以比較作基礎的。茅盾在這方面的突出而獨到之處在於，於比較中特別重視求異，通過求異思維，批評家在發散式的比較衡量中成功地確定、判斷了作家作品的文學位置和審美、社會價值。這個特點，在早年茅盾剛剛躋身文壇的時候，便已很顯著地呈露了出來。《托爾斯泰與今日之俄羅斯》一文，有人說是茅盾的第一篇文學論文，有人不同意。然而不管是還是不是，有一點是可以肯定的，即茅盾在這篇文章中，第一次鮮明地顯示了自己的文學價值傾向和文學比較意識。年輕的批評家在文章中將托爾斯泰和陀思妥也夫斯基、屠格涅夫三位俄國現實主義作家作了一番比較，認為他們都是俄國大文豪，各領風騷，均有建樹，而以托爾斯泰成就最高。用茅盾的話說是這樣，三人「如三峰鼎立，各有其妙」，「而托爾斯泰實為其主峰。」這樣的比較，生動、貼切、形象，給人印象很深，頗有助於人們對托爾斯泰文學地位和偉大成就的認識。茅盾四十年代寫的《論魯迅的〈吶喊〉和〈彷徨〉》一文，在求異思維的比較運用上，顯得更為成熟、老到。於此，批評家抓住了《吶喊》和《彷徨》的差異來運思考量，闡釋、說明魯迅小說的時代性內容和作家的藝術發展軌迹：《吶喊》是魯迅的「吶喊」，《彷徨》是魯迅的「彷徨」；《吶喊》是「五四」高潮時期的產物，《彷徨》是「五四」退潮時期的產物，因而，《彷徨》是《吶喊》的發展。茅盾這種帶有宏觀發散性的比較論斷，顯得特別明晰直白，使人讀來了然於心，易於把握批評對象的豐富內容和個性特徵。

很明顯，在茅盾的思考探尋途程中，求異，是最基本的邏輯起點。而正是這個邏輯起點，為批評家開闢了走筆馳騁、縱橫運思的廣闊天地。我們不妨再來看看茅盾對現代作家王統照和葉聖陶的評論。如所周知，王統照與葉聖陶同屬文學研究會的成員，創作上他們都在現實主義麾下強調對「美」與「愛」的藝術表現，因之在文學價值取向上，他們確乎不乏共通之處。但是，茅盾並沒有將自己的思維觸角停留在表層的品評描述上，相反，他以其銳敏

的思想識見和獨到的分析探究能力，掘發、剖析了兩位作家生活理想和審美取向上的殊異之處：葉聖陶以爲「美」即自然，而「愛」則是心心相印，彼此能夠溝通了解，這是人生的最大意義，而且是「灰色」的人生轉化爲「光明」的必要條件。王統照不同，他並不像葉聖陶把「愛」與「美」看成兩件東西，他所說的「愛」與「美」，「是一件東西的兩面」，而關於「愛」與「美」的蘊涵也有自己的理解——他的「愛」是包括性愛在內的，而「高超的純潔的『愛』便是『美』」，「由於此兩者的『交相融而交相成』，然後『普遍於地球』的『煩悶混擾』的人類能夠『樂其生』而『得正當之歸宿』」〔註11〕。通過茅盾的分析，我們便會清楚地看出，儘管兩位作家的人生目標有相似之處，但他們對於生活的理想和藝術的觀念卻不盡相同，而有著細微的差別。茅盾於此表現出的別致的思路和論述方式，無疑反映了批評家的一種新型的思維格局和批評視界。可以想見，讀了這樣的評論，讀者對其指涉的個別作家的審美組織和藝術表現的個性特點，自然會有一個分明的把握和深入的理解。

　　郭沫若說：「批評是發見的事業。」〔註12〕這話可謂一語破的，道盡文學批評最緊要的天機。試想，倘若失卻「發見」，失卻創造性的思維品質，那麼，文學批評不就要成爲跟在文學創作以至文學接受後面爬行的附庸了嗎？倘若如此，那麼，文學批評的獨立意識和價值又何在呢？然而，文學批評要發現，要保有自己的獨立意識和存在價值，卻也並非易事。當批評家們面對繁富複雜、五光十色的文學現象時，如何作出自己的文學選擇和獨到的藝術發現，並獲致創造性的闡釋、判斷？看來，關鍵的一條，是要充分弘揚和發展批評的求異思維。在這方面，茅盾有自己的成就。我在上面所論述的茅盾文學批評的比較，是一種與共性的思維趨向相反的、重視揭示事物個性特質的新型思維範式與方法，其核心就在求異，其要義就在探尋作家作品的個性機制，而並不以共性爲思維前提和出發點。通過比較，讓人認清的是差異，是審美個性、藝術特徵，是獨特的文學風神、繁富遙深的文化思想景觀。簡單地追求同一，概括共性，是一種浮面的帶有庸俗傾向的批評比較思維方式。不少批評家由於頭腦中的演繹和歸納等思維模式的慣性很大，因而往往在比較時傾向於求同。但茅盾與之不同，他努力發揮自己的創造性思維品質，以其求異的思維方式，理解並把握住了比較的精髓，而在文學批評上顯示了自己的獨特的思維個性。

〔註11〕茅盾：《〈中國新文學大系·小說一集〉導言》。
〔註12〕郭沫若：《文藝論集》第 122 頁。

二、批評思維機制：開放的知識結構；個性心理與理性思維能力； 動態平衡與距離感；宏大的審美趣味與創作追求；文學影響。

倘若可以說魯迅的思維特點主要表現爲深刻性和批判性的話，那麼茅盾，則主要體現爲一種基於求異基礎之上的宏觀發散性。這一點，在茅盾大量的文學批評中表現得確是再顯豁不過的了。除了上面論及的以外，自然還有可以縷述論列之處，但是，讓我們更感興趣的卻是這種思維特質的生成原因和內在機制：茅盾文學批評的這種思維取向和他的淵博學識和深厚修養是否存有對應的直接關聯？他的理性化傾向和強烈的現實感給予批評思維的投影和規定是什麼？作爲作家的茅盾與作爲批評家的茅盾有哪些聯繫與區別，又有哪些相互制約與相互影響之處？

孔子說：「思而不學則殆。」這道出了思維與學問修養的關係。文學批評作爲一種思維活動方式，同樣是以學問修養和知識結構水平爲其運思判斷的內發驅力和潛在基礎的。茅盾涵養豐厚，學識淵博，爲「五四」以來的大家。顯然，這樣的知識水平無疑有助於他得心應手、游刃有餘地開展他的文學批評。在這方面，我想有必要特別指出以下兩點：（一）茅盾的知識結構是在近現代歷史交接承續、中西方文化融匯撞擊下的產物。他的知識結構與水平，是他那一代人所共有的，像魯迅、郭沫若、周作人等人身上，都留有時代鑴刻的印記，而稟具學貫中西的大家風度。正是在這個意義上，可以肯定，茅盾的文學批評胸襟、眼界和思維品質，融進了時代的智慧，是受了他那個時代的思想與心態的深刻規定的。（二）與「五四」那整個時代的心智工程、知識特性及其對文化人的投影一致，茅盾的知識結構並不是自足的封閉系統，相反，呈示出開放的形態與趨赴。

這裡，著重來談談茅盾知識結構的開放特性。

首先我想指出，茅盾的知識結構，容納、吸收了十分豐富的信息量。走上社會之前，我們這位主人公就曾在私塾、學堂裡既讀四書五經，又學聲光化電，同時還讀了不少「閑書」；進商務印書館之後，又一邊譯介外來思想文化，一邊編纂《中國寓言》。上下幾千年，縱橫數萬里，這種初始的飛越時間與空間的心靈歷程，幾乎喻示了茅盾一生的重要知識取向——橫向檢視與縱向汲取齊頭並進。他認真研究過高古悠遠的中國古代神話，考察過燦若星漢的中國傳統文化與文學，並對歷史劇作過縝密細緻的實證研究；同時，他把眼光投諸域外，對西方上至古希臘羅馬神話、騎士文學，下至托爾斯泰、高

爾基等俄蘇文學，以及國外的各色各樣的文學思潮，都進行了廣泛的研究與全面的審視，並譯述了大量的外國文學作品。在這樣的世界化與民族化的文學自覺中，經過時代的洗禮，隨著宏大的文化氣度和世界性眼光的形成，茅盾的知識結構呈示出鮮明的發散開放的宏觀走向：它再也不可能僅僅跼限於封閉自足的狹仄的個體本位的文化傳統之中，而已進入了世界文化的大系統，並獲得了一種現代開放意識。雖說某種意義上中國傳統文化已成為這個知識結構的重要構成，但因為茅盾已跨入了新的時代，具備了現代人的思想質素，因之這種傳統文化已根本不可能限制茅盾的視野，影響他面向世界，面向時代，形成開放的取向特徵。西方文化的參照體系的形成，廣泛的世界性視野的拓展，使得茅盾的知識結構有意無意地被置於中外文化交匯、縱橫交互選擇吸收的立體網絡系統之中，而呈開放型和發散性。看來，歸根結底，茅盾的知識結構的形成，是歷史和時代的必然。畢竟，它體現了茅盾那一代「五四」知識分子的知識結構的共性。

　　然而，與「五四」那一代人相比，茅盾的知識結構又有自己的個性特徵。他的開放趨赴的起點和終點，既不在歷覽史書典籍，而游心於千載之上，也不似當時有的人那樣，一味崇新慕外，真心以為外國的月亮全都比中國的圓。茅盾的立腳點在於現在與未來。馳騁於社會鬥爭的廣闊天地，投身到現實革命活動之中，並且，要使自己養成宏觀、整體地認識、把握現實的胸襟和氣派，強烈、迫切的參與意識和超前意識，自然要求對社會科學理論有深入的研究與理解。其實，剛剛走上社會、步入文壇不久的茅盾，便表現出了對社會科學理論的熱心和關注。當時，他接觸了紛紜繁雜、紛至沓來的各種政治思想、理論學說（如進化論、互助論、社會革命論等等），而對馬克思主義理論則顯出格外的親和與傾心：1922 年他就直捷表白自己「確信了一個馬克思底社會主義」〔註 13〕。在此前後，他不僅經人介紹參加了上海共產主義小組的活動，而且還曾在進步刊物上發表了《共產主義是什麼意思》等一組宣傳共產主義思想的文章。雖說當時的茅盾對馬克思主義等社會科學理論的學習和把握還是初步的，但他在這方面的努力，卻無疑為他的知識結構輸入了一種重要而新鮮的血液，而成為他從事文學批評的主要價值取向和思維參照系統。這一點上，茅盾達到了理性自覺。他認為，「一位文藝批評家假使沒有一

〔註13〕茅盾：《五四運動與青年底思想》，1922 年 5 月 11 日《民國日報‧覺悟》。

點社會科學的知識，則他的批評便不能勝任愉快。」〔註14〕像指導人們了解中國社會經濟結構的書籍，像幫助人們明瞭中國社會全般面目的書籍，等等，於批評都是絕對需要的。在茅盾看起來，唯有用這些有關現實社會的正確知識來武裝自己的頭腦，強化自己的知識儲備和人生素養，批評家才能以敏銳的智識、進步的理論作指導，對恢宏繁富的文學現象進行提綱挈領的全面觀照和整體把握。茅盾的這種自覺的批評意識和博大的知識結構，不僅使他的文學批評充沛暢達，豐滿厚實，全然沒有左支右絀，捉襟見肘的感覺，而且呈示出比較深刻的哲學意識和宏闊發散的思維取向特徵。像這樣的科學頭腦、哲學思想和宏觀把握能力及其思維發散性，在別林斯基、車爾尼雪夫斯基、丹納等著名的批評家身上，也同樣表現得特別明顯，或許，這正是大批評家的共性，也是他們成功的契機、成熟的關鍵罷？

實際上，茅盾開放、綜合的知識結構對他的宏觀發散式批評思維的規定和影響，大都體現為一種後天和自覺的成分，而冷靜、清醒，富於心理平衡感，偏於理性的個性傾向對他批評思維的投影和左右，則蘊涵著較多的先天質素，表現為一種不自覺的認同趨赴。我們曾援引巴甫洛夫和奧夫相尼科的見解來論述茅盾作為思想型和觀察型的批評家的性格構成。不難看出，在集作家與批評家於一身的茅盾那裡，理性心理結構和感性心理結構同時兼備，邏輯推理與直覺頓悟各具風采，而又以理性傾向為主導面，於評論中透示出一種很強的、異常清醒的理性思維能力。在茅盾這種個性心理系統中，有三點對他的文學批評思維品質發生重要作用：（一）現實意識；（二）理性化；（三）平衡感。這三點決定了茅盾文學批評的距離感。而距離感則是茅盾宏觀發散的整體式思維的重要心理基礎。

「五四」前後，當茅盾從齊梁詞賦等文學作品所展示的悠遠高古的世界中抬起頭來，看到的其實並不僅僅是中西文化交匯撞擊中的文學現實，而主要是熱騰騰、變動不居的社會生活。後者實在對他更具魅力和引力。無疑地，他的氣質和個性中契合現實的那根神經更敏感、更活躍些。他後來坦白說自己對文學並不是那麼忠心不貳，他心嚮往之的是生生不已、蓬蓬勃勃的現實社會鬥爭，就是道出了批評家涵蘊的現實質素。茅盾與廣大社會和芸芸現實界相對應的宏遠眼界、豁達胸襟和巨大的人格氣魄，應該說就是在與現實融合的同時生發和完成的。反過來說，這般眼界、胸襟和氣魄，不光使批評家

〔註14〕茅盾：《談題材的「選擇」》，《茅盾論創作》第 445 頁。

的意識思想不能不關注那現實的世界，而與廣闊的社會生活聯繫起來，同時，也使得他在批評時不可能不擴大、拓展自己的心靈空間，從大的方面把握文學的遞嬗流變和發展動向，密切注意、關心和思考一些現實的社會的問題。這樣，在茅盾文學批評的思維織品裡，自然織進了特別多的社會纖維，思維結構也就呈發散開放型，而不可能範圍、規限於一個閉鎖自足的狹仄空間了。

　　將批評家放到現代中國社會心理和文化思想的動態背景中予以認真審視，我們便不難判斷，隨著整個現代歷史、社會和民族的個性化與社會化的同步增長，自我意識和社會使命的逐步自覺，清醒、冷靜而又不乏現實質素的茅盾的理性化傾向漸臻強化和凸出：「尖銳的理性」成了他文學選擇、思維取向的重要機制。這裡不妨先來看看茅盾的文學創作。檢視他的創作活動，便可發現在審美趨求與現實態度、社會意識之間，茅盾實際上遇上了一個矛盾：一方面，他不願把「一眼看見的題材『帶熱地』使用」〔註15〕，而要多咀嚼一會兒，對題材進行「冷」處理；另方面，他又積極投身到洶湧澎湃的社會大潮之中，自覺追躡跟蹤，及時把握、反映現實生活，從而時時處處又將文學材料做了「熱」處理，而給人以時事性的風格特點。那麼，使「冷」「熱」兩極統一起來的基礎是什麼呢？在我看來，這便是茅盾一以貫之的客觀、冷靜，富於理性的心理素質。在一種強大的理性心理和思想藝術並重的文學觀念支配下，他對宣傳工具式和標語口號式的「急就章」表示不滿與反感，而努力使自己與筆下的文學素材自覺保持一定的距離，同時，當騷動不寧、熱蓬蓬的社會生活激蕩著他的創作熱情，契合了他的現實意識結構時，他又為一種迫切的使命感驅使，讓自己的藝術思維納入到時代的社會運動軌迹之中，從而在文學和社會的兩種思維運動方向上，貫之以充分的理性化的心理指向。這樣，由於茅盾保有的是一種理性的文學自覺和社會自覺，因而，儘管在表層現象上，他的創作觀念和文學作品暴露出一種二律背反式的矛盾，但是實質上，他卻是在一種理性化的藝術思維心理中把強烈的現實社會欲求、時代歷史使命與文學藝術規律自覺地達到了較為完滿的融合，從而使他的創作表現出較高的藝術價值和社會歷史價值。與創作上的藝術思維理性化傾向一致，在文學批評上，也正是這種理性心理，更突出、也更深刻地規定著茅盾批評思維的基本走向。茅盾在進行文學批評時，總是以他那一副理性的眼光和常醒的理解力與判斷力，去觀照、品評文學現象，既能主動介入，

〔註15〕茅盾：《我的回顧》，《茅盾論創作》第 10 頁。

用自己的心靈去擁抱、浸染對象世界，又能冷靜跳出，站得高看得遠，而於客觀的審視、深入的研究和全面的把握中將「出」與「入」統一了起來。在這「出」與「入」的統一之中，批評家呈示的，是一種自覺的心理趨赴和宏觀的批評意識，而其批評思維，則表現出發散的整體性品質。

如果可以說強烈而鮮明的現實意識是茅盾心理傾向的標幟，那麼，客觀而冷靜的理性化特徵，則是他的文學創作與批評的心理基礎。這種理性心理，在茅盾身上，是較為穩定、相對靜止的。而動態的、有活動表徵的心理質素，是他那強大而突出的心理平衡感。動態的平衡感和靜態的理性化，共同構成批評家心理系統以至思維結構的縱橫座標系。

必須指出，我之所以說茅盾呈露的平衡感具有動態性特點，是因為，這種心理平衡感，實質上是一種歷史平衡感；而且我還看到，茅盾的平衡感是在心理與現實的時間序列上進行的。

茅盾的人格氣質和心理個性，包涵著傳統思想文化中儒家的實踐理性的基本精神，積澱著漢民族文化心理結構的重要質素，表現出對傳統的一種不自覺的認同。在這種對歷史和傳統的認同中，茅盾顯露出巨大的均衡感和平衡意識。檢視茅盾一生各方面的言行舉止、態度取向，我們看得出來，茅盾的心態氣質中確乎不乏儒風的投影和輻射。一方面，他傾向內心，注重內向自省和品性修養，善於培養自己的「浩然之氣」；另方面又每每以現實的清醒合理態度對待一切，努力在思想行動和人格的追求中取得某種均衡。茅盾的這種不自覺認同和無意識濡染，除了因為他生存於充盈著漢民族集體無意識的文化氛圍的空間和時間以外，還因了茅盾早年所受的傳統思想文化教育，和父母有關歷史家國、修身養性、格物致知等的影響與薰陶，而在主觀上，茅盾自己那理性心理的傾向、清醒理智的態度、對社會積極進取的精神和參預意識，客觀上生生不已、流動不居的生活和那使人翹首矚目、心馳神往的民族、社會、階級鬥爭與革命，同樣為茅盾的心理平衡之生成、發展提供了基礎和條件。可以看出，茅盾的心理平衡，正是在心理與現實、主觀與客觀、內在與外在的雙向運動中發生和發展的。在這種雙向運動中，茅盾的突出特點是：將現實的需要、客觀的影響和外在的規範，轉化成為內在的心理圖式系統，而在外在與內在、群體與個體等主客觀諸因素之間覓得一種均衡與和諧。批評家進行他的文學批評時，面臨的境地是既要努力弘揚自身批評意識、批評個性，充分發揮批評的主體意識，同時又難以忘懷、悖離社會、時代、

生活，而自覺不自覺地受命於現實的召喚和群體的需求。對待文學批評的這種二重價值取向，茅盾在心理調整與均衡中，不光傾向於把外在規範及時化作內在自覺，同時還善於把文學批評的個人選擇構建於社會選擇之上，從而不斷地獲得一種心理平衡感。在這種動態性的協調和調整中，茅盾因為既要考慮到個人選擇的諸因素，更要關注、體會社會選擇的現實內容，所以進行文學評論時，一般並不一頭紮進書本中去，一味埋頭研讀探測，而往往多做有距離的客觀檢視、冷靜考量和宏觀考察。正是在這裡，茅盾表現出了價值判斷和文學選擇的距離感來。

按我的理解，茅盾文學批評中的距離感，其實是和批評家的現實意識、理性化傾向和心理的平衡欲求緊緊聯繫在一起的。這種距離感，由感性反應到形而上的抽象概括，實質上是一種發生在現實背景中的理智活動，它突出地表現為一種獲取遠處信息的心理能力，而與現實意識和心理平衡欲求融為一體。皮亞傑說：「心理活動的整個發展，從知覺、習慣到再現和回憶，以至到更高級的推理和有條理的思維，都在逐漸地增加著（信息）交換距離，對遠距離之外的現實的吸收，是為了採取更加適宜的行動，或者說是為了採取一種與這些現實相一致或相平衡的適宜的行動。」〔註 16〕茅盾文學批評的心理歷程和思維軌迹，正是在主觀與客觀、作品與現實之間的距離及其平衡中進行的。在這心理和思維過程中，茅盾參照現實，不斷獲取正在行進中的社會時代的各種信息，在綜合研究這些來自社會的大量信息的同時，全面而深入地審度、闡釋、判斷紛繁的文學現象，使自己的批評做到既考察作品又顧及作家全人及其所處社會環境和時代心理背景，既探及單個、局部現象底裡，又縱覽把握運動著的時代文學和歷史文化流向。這樣，在他筆下出現的文學研究和批評的思維空間自然就被拓展到了宏闊廣大的層面，而全然沒有閉鎖自足的小家子氣。其間，茅盾既借助於常醒的理解力和敏銳的觀察力，同時又得力於深厚寬闊的心胸、遠大邃密的眼光與充滿激情的內驅力，因而顯出獨異的個性風貌。

實際上，距離感確乎構成了文學欣賞、特別是文學批評的基礎。據說，在西方曾發生過這樣的一個小故事：一次在觀看莎士比亞的悲劇《奧塞羅》時，一個完全成年的觀眾表現出了孩子式的天真，全然喪失了與藝術的距離感：他被劇情感染至深，看到雅各的陰險狡詐，怒火中燒，竟跳上了舞台殺死了雅各，

─────────────────────

〔註16〕轉引自魯道夫·阿恩海姆：《視覺思維》第 61 頁，光明日報出版社 1986 年版。

或者更確切地說，殺死了扮演雅各的演員。當這個觀眾醒悟過來，意識到他幹了什麼事之後，他自殺了。與這類似，在中國，也曾發生過革命部隊的戰士看《白毛女》而要開槍打死台上演黃世仁的演員的事。倘若我們可以說這些戲是好戲，演員是好演員的話，那麼，能說這些觀眾是最好的觀眾嗎？回答恐怕只能是否定的。退一步說，倘若說作為文藝欣賞者的觀眾表現出孩子式的天真，整個地沉浸在藝術情境中而失卻了距離感還情有可原的話，那麼，作為接受者的批評家，卻無論如何要矜持地與藝術保持著一定的距離。畢竟，從根本上說，文學批評要求比文藝欣賞具有更多的理性質素。它既不能不加思索地對作品一味痴迷般欣賞，也不能只作判斷而不感受、體驗，而只能在欣賞體悟的同時運用理智來作有距離的觀察審視和全方位的冷靜考量評斷。這種距離感，在這裡實質上並不限於批評自身與藝術作品保持距離，而已然包涵批評者有意識地將作品放在一個宏大深遠的社會、文化與文學的背景中，運用多種參照系去進行觀照、判斷了。茅盾社會的文學批評及其宏觀發散式的批評思維，正是基於這種強大的距離感之上的一種個性化表現。由茅盾的文學批評實踐，我們可以看出，探索、獲取社會、文化、思想信息的遠距離感覺和感受社會歷史運動及現實事物的心理能力，對文學批評（尤其是社會的文學批評模式）和批評家的發散思維具有不容忽視的重要意義。

當然，倘若僅僅看到茅盾知識結構和心理個性對他文學批評思維特質的深刻規定和左右，認識茅盾的理性化傾向、心理平衡和距離感於其批評思維的重要，我想還不夠，因為文學批評歸根結底還是對文學的審美批評，所以還必須看到，茅盾的批評思維其實還受到他的審美趣味和文學追求的影響與導引，而且，凝聚著他的審美趣味和美學追求的文學創作，對其批評思維也發生了重要作用。

茅盾幾十年來一貫倡導文學為人生，對中國新文學的發展起了重要的推動作用。在某種意義上可以說，茅盾努力的方向，正代表了中國新文學的發展趨向。而他的文學觀念、美學趣味和文學追求以及思維指向，同樣具有普泛意義和範式作用。他主張文學表現整個社會人生，表現廣闊、博大、熱烈的時代生活，因之在審美趣味、美學追求和創作思維上反映出鮮明的宏觀特性。在茅盾看來，文學的審美對象是社會人生，如果作家不知道人類是怎樣生活過來的，不知道人類社會是怎麼發展起來的，就不能真正了解現在的人生和社會，對於現在的人生和社會的紛紜錯綜的現象就只能僅僅察其一點皮

毛，而難得生活和藝術的眞諦。何況更重要的是，人生是整個的，作家所生活的小範圍內的一動一靜莫不與廣大世界息息相關：廣大世界無時無刻不在那裡或隱或顯、或直接或間接地影響你這生活的小範圍，而你這小範圍的生活也無時無刻不在那裡或隱或顯、或直接或間接地反影響於廣大世界。譬如，寫鄉村生活者必須熟知其所寫的鄉村，自不待言，但是假使他對於鄉村以外的生活茫然無所知，或者所知甚微，那他對於他所處的鄉村的認識就不會全面，也不能深刻，他即使能把鄉村生活寫得照相一般的準確，也只是一幅死的風土畫，只是表面現象的記錄而已，並不能表現出眞實的人生，也難以揭櫫生活的本質〔註17〕。

　　抱著這樣的文學價値觀和美學理想，加之長期的社會活動和鬥爭生活及由此孕育成的強烈的現實心理欲求，茅盾養成了把握宏大的現實生活、時代主題和社會題材的思維定勢，而傾向於駕馭、表現廣闊複雜的人生圖景，全面描摹風雲變幻、生生不息的時代生活和社會全貌。茅盾的創作，不僅爲新文學提供了民族資本家、知識女性和農民三大形象系列，而且以其大量全景式的宏篇巨製，概括地反映了極其紛繁複雜的時代社會現象，提出了許多重大的現實問題，表現了作家寬闊的生活視界和博大的創作氣派與風度。《蝕》展示了大革命前後的社會圖景，《子夜》、《農村三部曲》表現了三十年代的都市與鄉村生活，《清明前後》、《腐蝕》則勾勒了四十年代社會生活的面影。茅盾在他的史詩式的作品中，並不是孤立靜止地描摹一人一事、一種社會關係，而是著意追求多層面、交叉式地立體反映各種複雜的社會關係與社會生活。他的《子夜》原定的寫作計劃和藝術構思比後來完成的要大許多：除了寫都市生活，同時還要寫「農村的經濟情形，小市鎮居民的意識形態」，「以及1930年的《新儒林外史》」〔註18〕。其他一些長篇原本也有特別宏大的構思與寫作計劃，如《霜葉紅似二月花》擬寫「從『五四』到1927年這一時期的政治、社會和思想的大變動」〔註19〕；《鍛煉》則準備以五部連續的長篇把「抗戰開始至『慘勝』前後的八年中的重大政治、經濟、民主與反民主、特務活動與反特務活動等等作個全面的描寫」〔註20〕。茅盾努力關注人所矚目的現實生

〔註17〕參見茅盾：《個性問題與天才問題》，《茅盾論創作》第547～548頁。
〔註18〕參見茅盾：《〈子夜〉後記》，《茅盾論創作》第56頁。
〔註19〕茅盾：《〈霜葉紅似二月花〉新版後記》，《茅盾論創作》第89頁。
〔註20〕茅盾：《〈鍛煉〉小序》，《鍛煉》，香港時代圖書有限公司1980年版。

活狀況和重大社會問題，著意追蹤波瀾壯闊的時代大潮和震蕩全社會的大事件，因而每每覺得所有自己熟悉的題材都是恰配做長篇，無從剪短似的，往往總嫌幾千字的短篇裡容納不下複雜的題材，而「那些『歷史事件』須得裝在十萬字以上的長篇裡這才能夠抒寫個淋漓透徹」〔註21〕。不難理解，因為傾向於把自己的目光投注到大事件大場景上，所以，對題材作宏大的史詩式的表現，自然感到左右逢源、得心應手了。

茅盾的這種審美趣味和創作追求，表現出他自己藝術思維的宏觀取向特徵。而這宏觀思維，在茅盾實質上已然形成一種定勢，對茅盾的文學選擇和批評的宏觀發散思維起著浸染、影響和強化作用。茅盾在《讀〈倪煥之〉》一文中，一方面肯定了魯迅作品反映農村生活的深刻性，另方面又不無遺憾地直捷指出：《吶喊》所反映的是「老中國的暗陬的鄉村，以及生活在這些暗陬的老中國的兒女們，但是沒有都市，沒有都市中青年們的心的跳動」。在《彷徨》中，雖然有兩篇都市人生的反映——《幸福的家庭》和《傷逝》，是彈奏著「五四」基調的都市青年知識分子生活的描寫，「然而也正像《吶喊》中的鄉村描寫只能代表了現代中國人生的一角，《彷徨》中這兩篇也只能表現了『五四』時代青年生活的一角；因而也不能不使人猶感到不滿足」。現在回過頭來重新審視這段評論，或許有人要認為茅盾的批評未免苛責而失之偏頗：難道短篇小說不是截取生活的橫斷面而作一側面的或片斷的勾勒、描畫？難道每個小說集、以至每篇小說都要對社會生活的各個層面做到全方位的全景式的反映與描摹？難道每個小說家不要有自己獨特的思考視點、觀察角度和取材重心與表現方式？在這裡，茅盾是否在拿自己傾心喜愛的長篇作法來要求別人的短篇創作？無疑地，茅盾於此不免表現出了自己的某種偏執的視角，然而，這卻是真誠的於不自覺中生成的。類似的情況在他評徐志摩等人的創作時亦有表現。這種現象，與其說是批評家的偏見，毋寧說是批評家的局限，是批評家的歷史與美學尺度的自覺或不自覺的展露，同時也是批評家藝術思想的主觀世界的延伸。概言之，所有這一切，都受了批評家藝術思維定勢的深刻規定。通過這些評論，我們可以透視出茅盾的批評觀念、思維定勢，也可以看出他對動蕩的時代社會生活發展動向的敏銳把握和浸入其中的熱惹惹的心靈，甚至也不難覺出茅盾創作伊始的自覺意識和努力方向。

看得出來，茅盾創作與評論上的宏觀發散式的全方位整體思維態勢，是

〔註21〕茅盾：《我的回顧》，《茅盾論創作》第9頁。

相輔相成、包孕互補的。而它們之成為茅盾藝術思維的主要取向，除了其自身質素和現實原因外，還在於，創作上他得益於國外擅長繪製規模宏大的歷史畫卷的現實主義作家如司各特、狄更斯，特別是托爾斯泰的廣泛影響，批評上則從丹納和俄國革命民主主義批評家別、車、杜等人的身上獲得了不少的啓迪。這種文學影響，當然是建立在諸種主客觀因素之上的。文學的影響，說到底其實是一種「潛力的解放」。這誠如茅盾自己所說：「大凡一種外來的思想決不是無緣無故就能夠在一個人的心靈上發生影響的。外來的思想好比一粒種子，必須落在『適宜的土壤』上，才能夠生根發芽。」〔註22〕這裡，我打算著重討論一下丹納文學批評對茅盾批評思維的影響與規定。

　　應該說，茅盾接觸到的文學思想與批評流派是豐富複雜的，所受外來文學批評的影響也是多元的。但縱觀茅盾一生漫長的文學批評生涯，能在他這塊「適宜的土壤」上生根，引發他的潛力的解放，影響他批評思維的宏觀走向的，主要是法國文學批評家丹納（以及俄國革命民主主義文學批評家們）。茅盾受丹納的影響是在二十年代初，他剛步入評論界的時候。雖然不久以後他就對丹納批評法不滿並予以自覺摒棄，但是，這初始的影響對他後來漫長的批評實踐活動卻留下了潛在的印記：在他的批評思維結構裡，有著與丹納相似的質素。

　　丹納作為西方社會批評的集大成者，他的學說的中心思想是標舉種族、環境和時代三大因素，堅持實證的文學研究與批評。本來，這個思想早在十八世紀的孟德斯鳩，十九世紀批評家、丹納的前輩聖佩韋，都曾經提到過，但到了丹納的手中，方才發展為一種較為嚴密、完整的理論體系。這個學說的基礎和出發點，是丹納那整體、宏觀的文學批評與研究的思維方式。丹納在他的《藝術哲學》第一章開篇就申明：「我的方法的出發點是在於認定一件藝術品不是孤立的，在於找出藝術品所從屬的，並且能解釋藝術品的總體。」他從這「總體」思維出發，分三步來論證藝術品的本質：第一，一件藝術品，屬於一個總體，就是說屬於作者的全部作品。一個藝術家的許多不同作品，猶如一父所生的幾個兒女，彼此有顯著的相通相像之處。第二，藝術家本身，連同他所產生的全部作品，也不是孤立的，他們還隸屬於藝術家所身處的「同時同地的藝術宗派或藝術家家族」。第三，這個藝術家庭還包括在一個更廣大的總體之內，就是在它周圍而趣味和它一致的社會。丹納論述說，「藝術家不

〔註22〕茅盾：《冰心論》，《茅盾論創作》第 193～194 頁。

是孤立的人。我們隔了幾世紀只聽到藝術家的聲音；但在傳到我們耳邊來的響亮的聲音之下，還能辨別出群眾的複雜而無窮無盡的歌聲，像一大片低沉的嗡嗡聲一樣，在藝術家四周齊聲合唱。只因為有了這一片和聲，藝術家才成其為偉大。」〔註23〕這種總體的美學觀念和理論思維，對於一度十分推崇丹納的茅盾，影響是深刻的內在的。這是一種宏觀視角與開放眼光，也是一種博大的批評意識與思維形式。從茅盾大量的文學批評中，我們不難透視出折射其中的丹納的面影。很明顯，茅盾對丹納的接受是由自覺到不自覺而歸於一種潛在的認同，因而可以肯定，就大體上而言，茅盾文學批評思維在本質上與丹納是一致的：他們都以宏觀尺度來觀照藝術世界，用整體性思維方式去理解文學現象，把握文學發展勢態。

問渠哪得清如許，為有源頭活水來。誠如我們上面所分析的那樣，茅盾文學批評的宏觀發散思維，受到茅盾自己宏大的知識結構、複雜的個性機制和獨特的文學追求以及所接觸到的文學影響的深刻規定。這是一個縱橫交織的歷史、文化與文學的座標系，也是一個深邃複雜的心理網絡系統。按其本質而言，作為這個系統的基礎的，換言之，在諸多的元素與複雜的機制中，最深刻、最根本地決定著茅盾文學批評思維取向的，是現實本身。多樣化的現實生活通過批評家的現實意識和美學觀念這一中介，直接介入和規定著茅盾文學批評思維的宏觀走向。

〔註23〕丹納：《藝術哲學》第4～6頁。

第四章　文學價值的感知、判斷與預測——論茅盾文學批評的思維模式

　　在昭示了茅盾文學批評的思維品質，考察了茅盾批評思維的內在機制之後，緊接著，擺在我面前的問題便是：茅盾批評思維有哪些具體表現形式？這些思維形式有哪些各別特點？內中又是怎樣貫穿了批評家的獨異思維品質，反映了批評家的思維定勢？下面，我從價值角度分別來論述茅盾文學批評多元的思維模式。

　　我曾說過，茅盾的社會的文學批評，實質上也是一種審美的文學批評，因為，我所理解的文學批評，就其本質而言，是一種審美活動。批評家評論文學現象的過程，也就是把它當做自己審美的對象予以觀照、闡釋與評價的過程。在這個審美活動過程中，批評家與一般的藝術美的欣賞者和接受者不同，他所關注、把握的是他的審美對象的價值涵意。而把握文學現象的社會、美學諸價值內容，是以事實認識為基礎的，因而文學批評含有趨同的客觀特性。但是，具有不同心理個性、美學觀念和接受定向的文學批評家，對客體的審美認識程度和認識方式並不相同，因之所採取、倚重的批評思維形式也就必然存在著或大或小的差異。譬如，重視文學的社會、歷史價值判定的法國批評家司達爾夫人、丹納與倡導靈魂的冒險的主觀印象批評家法朗士、勒麥特，在確定文學價值上就異旨殊趣，判然不同。中國現代文學批評史上，周作人、朱光潛、李健吾、梁宗岱等人的批評思維方式，與三十年代左翼文學批評家在選擇起點、價值判斷等方面也迴乎有異，相去甚遠。即便批評派

別內部的趣味相近的批評家（如梁宗岱與李健吾，錢杏邨與成仿吾，馮雪峰與胡風等），也是人言言殊，有著各自的審美個性風貌和思維發展軌道。

茅盾文學批評的基本思維形式是價值判斷。他的文學批評，在價值判斷的三種具體模式，亦即價值整體感知、價值理性確證和價值超前測定等三個形態上表現出了自己的特點。雖說茅盾傾向於理性心理而較為偏重冷靜理智的判斷，但茅盾作為新文學批評史上的大家，卻不失審美必具的心理質素和恢宏氣度，而在自己的各種批評思維模式和形態上，反映了宏觀發散的一以貫之的特點。

一、價值整體感知——批評感性思維模式：批評衝動與靈感思維。講「我的感想」與述一己印象體驗。經驗直覺與理性直覺。

相對於文學創作和科學理論研究而言，文學批評是第三種東西。它既類乎文學，又近似科學理論，「具有著這兩種每一種的某種特徵，但是以一種這兩者都不可能做到的方式，而把它們兩者結合起來。」〔註1〕這就要求處中介位置的文學批評家具有雙重思維心理能力，亦即理性能力和感性能力，稟具理性和感性交織的二維心理結構。用這種觀點來看偏重理性的茅盾，便讓我們更感興趣於發現和描述他的感性心理結構和思維能力。就茅盾的實際文學活動和心理意向來看，他其實還是可以說是全面發展的。雖然批評家的作為抽象思維中樞的分析機能較為突出，但存在於他的思維心理結構中的整體、直觀機能卻也不容漠視。這方面，他作為一個作家的突出成就固然是一個明證，而他在文學評論上所表現出來的感性思維模式及其涵容的整體感知、印象品評、情緒批評和作為這種思維模式基礎的經驗直覺和理性直覺，也都充分說明了這一點。

當然，茅盾的創作雖然要求更多的感性心理能力和審美直觀的藝術才具，但他較之其他的創作者，還是表現出了較多的甚至可以說是強烈的理性化傾向。他的創作過程，給我們的突出印象是仔細觀察，認真考量。先細琢細磨地反覆寫大綱，然後方才審慎動筆。他的不少長篇小說未能終篇，就與此有關。那麼，他的批評，理性化要求更高，是不是也是這樣按部就班寫來的呢？事實上，他不少評論文字並不是這樣寫成的。與茅盾相知較早亦較深

〔註 1〕柯林伍德：《歷史的觀念》第 266 頁，中國社會科學出版社 1986 年版。

的葉聖陶，曾記述過茅盾這樣的寫作片斷，可爲之佐證：「他把許多的書堆在床頭，紙筆也常備，半夜醒來，想起些什麼，就捻亮了電燈閱讀，閱讀有所得，惟恐其遺忘，趕緊寫在紙片上。」〔註2〕像這樣靈感式的寫作現象，無疑標示著茅盾研究與批評過程中的感性心理和靈感思維的存在。茅盾大量的批評文字，就確乎讓人感覺到字裡行間流貫著一種由其感性心理、靈感思維和情緒機制制約的批評衝動。這種批評衝動，是茅盾內發情熱的自然表露，有其深刻的情緒動因。畢竟，「衝動是行爲的萌芽，而審美感情至少應是衝動的一種潛在的萌芽。」〔註3〕前面我曾論述過感情、情緒對茅盾文學批評的影響和決定作用，並詳加論述、剖析了作爲情緒批評的《〈呼蘭河傳〉序》 一文。其實，茅盾這篇由強大的情緒之流凝結而成的血淚文字，在其審美過程中，首先表現和衍化爲一種抑制不住的批評衝動。此誠爲杜卡斯所說：「在審美直觀過程中產生出感情之後，一定的審美態度就會被實踐的態度所擯棄、所取代，就是說，只消到一定的時候，那種曾經是審美感情的東西，現在就會變成一種衝動。」〔註4〕正因爲這類批評由以出發的是這樣的批評衝動，或者說，由以出發的是這樣一種籠蓋審美主體、審美認識過程的審美感情，所以，批評不光流溢出一種靈氣和神韻，而且，批評思維在審美把握的直接性和整體性中往往能夠直捷抓住、準確判斷對象本身的價值。看來，說「價值發乎我們情不自禁的直接性或莫名其妙的反應，也發乎我們本性中的難以理喻的成分」〔註5〕，縱然有點玄虛，其實還是有幾分道理的。茅盾的情緒化批評，以及他的大量重藝術感覺、審美經驗的整體感知和印象賞鑑的文字，就是明證。正因爲在這些評論文字中寄寓著批評家的感性思維質素，所以他的文學批評方才流蕩著一種靈氣、一種生機勃勃的生命的氣息，而頗具引人入勝、叩擊心靈的力量。

茅盾的文學批評與研究，一貫反對鑽牛角尖，而異常重視對文學作品的審美感受和藝術體驗。那種以爲字字有交待，句句有著落，一定要從每字每句中覓得微言大義，探出深湛意蘊思想的作法，那種忽略了整篇的主要意義而專門注意個別字句背後隱藏著的象徵寓意之類的索引法，在茅盾是非常反

〔註2〕葉聖陶：《略談雁冰兄的文學工作》，《文哨》第 1 卷第 3 期。
〔註3〕庫・約・杜卡期：《批評的標準》，《世界藝術與美學》（一），第 76 頁，文化藝術出版社 1983 年版。
〔註4〕庫・約・杜卡斯：《批評的標準》，《世界藝術與美學》（一），第 75 頁。
〔註5〕喬治・桑塔耶納：《美感》第 13 頁。

感的。他以為，這樣的所謂批評，或者能明察秋毫，卻不見輿薪；也許能索出弦外之音，卻故作艱深，使人感到枯燥乏味，甚至深奧難解，不知所云。茅盾在他自己的文學批評中特別注意避開這種考證索引方式，而取一種審美的批評方式。在這審美活動途程中，批評家緊緊抓住進入美的領域中的那種感覺、感受、體驗和感動：

> 讀了一遍之後掩卷沉思，它抓住你心靈，使你久久不能忘懷，而過了若干日月，再拿來讀一遍時，仍然有這樣的深切的或者更深的新感受，就同初次讀它似的。〔註6〕

茅盾的許多文學評論，正是從抓住自己心靈的難以忘懷的深切的新感受出發，用自己的切身體驗、獨到感知和自己的聲音來品評作家作品的。像《春季創作壇漫評》、《〈中國新文學大系・小說一集〉導言》等，就十分倚重一己的感覺、印象來評價具體的作家作品。茅盾評論魯迅，也同樣特別重視自己親身體驗過、感動過和領略過的東西。他說，讀《一件小事》，自己「感到深厚的趣味和強烈的感動」，透過車夫的舉手投足，看到了一顆「質樸的心，熱而且跳的心」〔註7〕。顯然，茅盾的這種感動和體味，實際上是對作品的審美組織、美學內容和形象世界的深刻的審視。雖然這僅僅是一種印象、感覺，卻往往較為真切、準確地把握和概括了作家作品的美學風貌，並直捷揭櫫、判斷出涵蘊其中的審美價值來。在這種印象賞鑑和價值感知、評定中，不僅滲有一種靈動的悟性，而且呈示出一種宏觀和整體的思維方式。還以評論魯迅作品為例。茅盾閱讀了魯迅的《狂人日記》以後，便在自己的評論文章中這樣道出了自己的讀後感：

> ……只覺得受著一種痛快的刺戟，猶如久處黑暗的人們驟然看見了絢麗的陽光。這奇文中冷雋的句子，挺峭的文調，對照著那含蓄半吐的意義，和淡淡的象徵主義的色彩，便構成了異樣的風格，使人一見就感著不可言喻的悲哀的愉快。這種快感正像愛吃辣子的人所感到的「愈辣愈爽快」的感覺。〔註8〕

在這段生動而獨到的評論中，茅盾充分表現了自己批評思維的整體性和一般

〔註6〕茅盾：《如何更好地向魯迅學習？》《茅盾論魯迅》第 117 頁，山東人民出版社 1982 年版。
〔註7〕參見茅盾：《魯迅論》，《茅盾論創作》第 114 頁。
〔註8〕茅盾：《讀〈吶喊〉》，《茅盾論創作》第 105～106 頁。

分析論評所不及的出色的綜合：在審美主體上，感性的體認中積澱有理性的思考與判斷，而達到了感性和理性於整體印象感知上的融合；在審美客體（作品）上，它讓人看到的不僅僅拘限於一種形式風格的美感，還涵括了作品內容意蘊的體悟與領會；而讀者，則在這種感性理性融合、內容形式統一的批評文字中，領略了與批評家相似的一種審美經驗和藝術享受，以及批評家整體感知的綜合思維中呈示出來的聰敏與睿智。像這樣的對整體印象的賞鑑品評和價值判斷，從深度的意義上講，其實並不亞於孜孜矻矻的理性爬梳和反覆論證的思辨式的文學評論文字。

　　事實確乎如此。這類價值整體感知和總體印象批評，較之對作品各部分做精細分析和理智評判，尤其是較之對作品做機械、瑣細而又公式化概念化的批評，往往要更為準確地符合作品的內在特質和總體風貌。這種情況，發生在生活經驗和藝術修養深邃豐厚，稟具宏大知識結構，兼備感性心理和理性心理能力的茅盾身上，是不足為怪的。大家知道，人的大腦是一個非常複雜，儲有眾多數據，又善於靈活應對，迅速輸入輸出，做出理解、處理、判斷的生理、心理和思維中樞系統。對那些具有豐富經驗，涵容萬象而又胸羅萬卷，儲積了許多重要知識、信息的批評家的大腦而言，價值整體感知和直捷把握作品本質的能力自然是高人一籌，令人豔羨的。這種直接把握本質和整體感知價值的心理能力和批評方式的心理基礎是直覺思維。

　　直覺思維與分析思維相對，是人類的一種普遍的思維形式，它是人腦基於一定的數據資料和事實，調動一切已有的知識經驗，對事物的本質及其規律性聯繫做出迅速的識別、敏銳的洞察、直接的理解和整體的判斷的心理過程。從表面上看，直覺思維的進行沒有依據某種明確的邏輯規則，結論的得來也沒有經過嚴密的推理，其間似乎並不存在推導過程，而總是以跳躍式的行進序列和模式，自信卻又不知其所以然地徑直指向最後結論，從整體上對事物的性質、聯繫做出初步的或最終的結論性判斷〔註9〕。這種綜合判斷能力和獨特的邏輯通道，對於作確定性的尋求的文學批評來說，確乎是行之有效，並能把握到作品的審美特質的。風格是作家作品在內容和形式審美地統一的進程中表現出來的個性特徵，是作家在作品中所按下的自己的審美個性和精神獨創性的印記。茅盾整理自己的體驗，運用直覺思維，對魯迅小說風格所做的整體把握、感知和判定，就準確地抓住了作家作品獨特的審美個性和風

〔註 9〕參見董奇：《論直覺思維》，《北京師範大學學報》1987 年第 1 期。

格特質，而使批評發散出「一種體驗的哲學」〔註 10〕的魅力。我前面述及的茅盾評論《狂人日記》「異樣的風格」就是如此。再如，茅盾在他的《論魯迅的小說》一文中，將魯迅的《孔乙己》與《明天》置於比較思維中予以印象品評和整體把握：強烈地震撼著讀者心靈的「笑中含淚」的《孔乙己》，作為「幽默情調較居主要的作品似乎更勝於沉痛的作品」，因而，「《孔乙己》給讀者的印象更深於《明天》」。這裡的比較思維，實則也是一種整體美學風格的綜合把握。雖然表面看來僅止乎印象，但因為運用了直覺思維，所以對作品風格的概括與比較就顯得較為切實、準確。除此以外，茅盾還曾這樣論述過魯迅小說統一而多樣的藝術風格。他說，魯迅小說總體風格是「洗煉、峭拔而又幽默」，倘若具體地看魯迅的個別作品，那麼，《狂人日記》是「金剛怒目」的，《端午節》是「淡言微中」的，《在酒樓上》是「含淚微笑」的，《祝福》是「沉痛控訴」的，《風波》「在幽默的筆墨後面跳躍著作者的深思憂慮和熱烈期待」，《傷逝》「則如萬丈深淵，表面澄靜、寂寞、百無聊賴，但透過此表面，則龍魚變幻，躍然可見」〔註 11〕。既然風格的形成是一個作家成熟的標誌，那是否可以說，對風格的敏銳發見與準確把握，是一個批評家成熟的標誌呢？

　　實際上，從心理學角度看，這種價值整體感知和印象直觀的批評方式的心理機制，並不僅僅在於如上所說的在一種不自覺的水平上，大腦依據一定的資料和事實，調動一切已有經驗，迅速理解和處理信息，而更在於，批評家的思維活動和價值判斷常常受到許多未被主體意識到的閾下信息的影響與規定。這種閾下信息，主要來自西方心理學家榮格所謂的集體無意識。這是批評家的一些先天傾向和潛在的可能性，其中包括東方哲學的濡染、民族審美習慣和傳統批評思維的滲透，等等。「五四」以後，儘管茅盾對西方文明和運思方式是那麼憧憬與嚮往，儘管茅盾對傳統的文學批評方式一度是那麼不滿和憎惡，但是，鑴刻在自己大腦中的無意識心理內容和積澱在自己心靈深處的漢民族文化心理結構與批評思維方式，卻自覺不自覺地導引、左右著他去整體把握世界，直覺頓悟式地評斷作品。眾所周知，與西方推崇理性的科學精神和知性的分析方法相反，東方哲學精神的核心是一種整體的宇宙觀，

〔註 10〕 邁克思·貝姆：《文學的美學》，《文藝理論研究》1984 年第 3 期。

〔註 11〕 茅盾：《聯繫實際，學習魯迅》，《茅盾文藝評論集》下冊，第 523～524 頁，文化藝術出版社 1981 年版。

把天地萬象看作一個大化流行的整體，強調宇宙的基本統一，在一種體驗感悟中使自己與終極的實在歸於一體。這種高維的體驗和整體的哲學宇宙觀，就其本質而言是超越語言的。基於這樣的哲學基礎，中國傳統的文學批評特別重視直覺、頓悟和體驗、感受。面對作品，古代詩文評論家們倚重的是平平地涵詠、體味，並不著意去裡面分解、推演與思辨。詩評家朱熹云：「詩須是沉潛諷誦，玩味義理，咀嚼滋味，才有所益。」〔註12〕詞評家況周頤則說得較為具體，也更為玄妙：「讀詞之法，取前人名句意境絕佳者，將此意境締構於吾想望中。然後澄思渺慮，以吾身入乎其中而涵詠玩索之。吾性靈相浹而俱化，乃真實為吾有而外物不能奪。」〔註13〕小說評點家金聖歎則把這種傳統批評過程中直覺思維的特點描述得格外真實、生動：「文章最妙，是此一刻被靈眼覷見，便於此一刻被靈手捉住。蓋略前一刻，亦不見；略後一刻，亦不見；卻於此一刻，忽然覷見，若捉不住，便尋不出。」〔註14〕不難看出，傳統的批評家們並不是以嚴謹的知性邏輯和修辭法則去對作品做充分的論證和形而上的抽象繹解，而是用直覺頓悟的方式，倚重靈眼靈手，去覷見窺破作家作品的藝術風神。在這裡，全然沒有西方文學理論批評中的知性概念和謹嚴周密的邏輯推理，較多的是迅捷頓悟體驗，整體直覺感受和極富詩意的形象表述。茅盾文學批評中價值整體感知方式和印象直觀批評，特別是像上面引述的關於魯迅小說風格的概括而形象化的評論文字，不僅讓人覺出批評家的直覺運思方式與傳統文學批評的聯繫，讓人看到整體印象品評的神韻在茅盾批評文字中的律動、流蕩，而且，由茅盾那有關魯迅風格的評論，也使人很自然地聯想起古代詩論中的「采采流水，蓬蓬遠春」、「謝詩如芙蓉出水」、「顏詩如錯采鏤金」之類。由是我們可以得出這樣的結論：茅盾的文學批評，尤其是它的價值整體感知方式和印象直觀批評，在一種民族的傳統的哲學、文化和審美心理氛圍中，受到了古代傳統文學批評的深刻影響與規定。反過來說，在這種傳統文學批評的不自覺的投影和輻射中，茅盾不少的文學評論呈示出整體性的直覺思維特徵，是勢所必至，自然生成的。

　　當然，茅盾的這類批評，並不僅僅表現在對魯迅的許多評論文字上，而

〔註12〕轉引自魏慶之：《詩人玉屑》上冊，第267頁，古典文學出版社1958年版。
〔註13〕況周頤：《蕙風詞話》，《〈蕙風詞話〉〈人間詞話〉》第9頁，人民文學出版社1960年版。
〔註14〕金聖歎：《讀〈西廂記〉法》。

是幾乎一貫地反映在他一生的批評實踐之中。像早年評論文學研究會作家
（《冰心論》、《王魯彥論》、《〈中國新文學大系・小說一集〉導言》等），像三、
四十年代評吳組緗《西柳集》，論《遙遠的愛》、《呼蘭河傳》一直到五、六十
年代《談最近的短篇小說》、《一九六〇年短篇小說漫評》，等等，批評家都格
外重視「講我的感想」〔註15〕，述一己的印象、感受和體驗。在茅盾早期的
那些特別輝煌和別具光彩魅力的批評文章中，這種偏重審美感受、印象品評
的文字尤為突出、充沛和精彩。上一章，我曾以《托爾斯泰與今日之俄羅斯》
為例，來說明茅盾的文學比較意識，其實，此文中的感性直觀和體驗式判斷
也是頗為出色的。批評家這樣來概括他對俄國大作家及其作品風貌的總體印
象：

　　　　其文豪有左右一世之力，其著作為個性的而活潑有力的。

這種簡潔的印象品評與判斷，是茅盾憑自己審美感官所作的直感式的把握和
體悟，蘊有年輕的評論家獨特的審美認識和藝術感覺，並且包含了他對俄國
文學的親和欽佩，甚至寄寓著評論家對新文學獨特個性風貌的有力呼喚。二
十年代後期，茅盾評論「五四」作家葉聖陶的《倪煥之》時，此類審美感受、
認識和藝術感覺，以及對新文學的個性化審美要求，則被描述得更為生動、
形象、直接和具體：「……在前半部，我們看見倪煥之是在定型的環境中活動；
在後半部，我們便覺得倪煥之只在一張彩色的布景前移動，常常要起空浮的
不很實在的印象。又在人物描寫上，前半部的倪煥之，蔣冰如，金佩璋，都
是立體的人物，可是到了後半部，便連主人公倪煥之也成為平面的紙片一樣
的人物，匆匆地在布景前移動罷了。因此後半部的故事的性質雖然緊張得多，
但反不及前半部那樣能夠給我們以深厚的印象。」〔註16〕這裡，茅盾的高明
之處在於，將自己的審美感受和藝術感覺轉換成生動鮮明的形象化表述方
式，而讓讀者在一種生動的文學語言中獲致具體、真切的審美認識。這樣的
批評，無疑有助於加深讀者對原作的認識，培養文學接受者們以至整個時代
的審美意識和文學觀念。這些，是在批評家整體性的直覺思維和直觀的心理
能力作用下完成或逐步完成的。伏爾泰指出，為了評價一些詩人，必須稟具
「幾點火花」。這幾點火花，給那些文學讀者、批評者，以至人們想認識的詩
人詩作以活力。正如要在音樂上作出決定，像數學家一樣計算音調的比例是

〔註15〕茅盾：《〈中國新文學大系・小說一集〉導言》。
〔註16〕茅盾：《讀〈倪煥之〉》，《茅盾論創作》第235頁。

不夠的，甚至沒有一點用處。必須有耳朵和靈魂。〔註 17〕茅盾的文學批評，尤其是整體感知和印象直觀式的批評，靠的主要就是批評家自己的審美感官和一顆有力量的靈魂。茅盾文學批評魅力產生的重要原因，蓋也在乎此。

嚴格地說，茅盾這種受直覺思維制約的價值整體感知和審美直觀式的運思方式，實質上可以分為兩種形態：（一）將自身直接轉化成為批評現實；（二）有待於上升到理性價值判斷高度。前者的思維基礎是一種理性直覺，它是建立在大量知識信息和能嫻熟運用各種思維方法的基礎上的直覺，是理性推理、思辨的高度壓縮、簡化、自動化的結果，往往能洞察事物的本質和內在聯繫，水平較高。在這種似乎是本能式的個人直覺的批評形式背後，積澱有深厚的未被意識到的理智與邏輯因素，因而具有很大的批評力量，取得了直接的批評品格。批評家於此顯示的，是生機勃勃的過人的睿智、生命的氣息和創造的智慧。我上述的諸多例證，大都屬於此類批評方式。

後一種感知方式則與此不同，而有待理性深入。它的思維基礎是經驗直覺。這是一種純粹建立在簡單的欣賞經驗基礎上的直覺，它更多地關涉對象的外部特徵與聯繫，因而處於較低層面和水平之上，而需要理性的參與和深化。哲學家卡西爾在談到藝術的審美與批評時說：「只要我們只是生活在感覺印象的世界中，那我們就僅僅接觸到事物的表面。對事物的深層的認識，總是需要我們在積極的建設性的能力方面做出努力。」〔註 18〕別林斯基也曾有過類似的看法，他說：「詩歌首先用心靈感受，而後才用思想來傳達。」〔註 19〕在他看來，對作家入迷，對作品具有較多的具體感受，是批評與研究過程的最初一環，然後則需仔細觀察、辨別、歸類、分析、綜合，而使判斷「聽命於理性」，上升到理性的高度，帶有科學的風采。「進行批評，——這就是意味著要在局部現象中探尋和揭露現象所據以顯現的普遍的理性法則，並斷定局部現象與其理想典範之間的生動的、有機的相互關係的程度。」〔註 20〕因而歸根到底，批評是一種感性加理性的判斷，是一種理性化的心理工程的結晶。茅盾 1942 年在《雜談文學修養》一文中談到自己面對作品所作的閱讀品評步驟，其中透露出他進行文學選擇與判斷的基本過程：

〔註 17〕 參見《美學譯文》第 1 輯，第 205 頁，中國社會科學出版社 1979 年版。
〔註 18〕 恩斯特·卡西爾：《人論》第 215 頁。
〔註 19〕 別林斯基語，轉引自 A.科瓦寥夫：《文學創作心理學》第 54 頁，福建人民出版社 1982 年版。
〔註 20〕 《別林斯基選集》第 3 卷，第 573～574 頁。

　　　　大抵第一遍看的時候，只是情感上受感動，看第二遍的時候就
　　會想到有社會問題在內了。這裡就要研究他用什麼方法收到這個效
　　果，我們就可以拿來詳細的解剖。

這個過程，與卡西爾、別林斯基所說的批評程序不謀而合。在台灣評論界有
「旋風」之譽的著名文學評論家龍應台也有相似的經驗。她說她讀小說，大
體要這麼三遍：第一遍，憑感覺採擷印象；第二遍，用批評的眼光去分析判
斷；第三遍，重新印證、檢查已作的價值判斷〔註21〕。不難看出，批評家第
一遍讀作品，是以感受的直接性和敏銳性為特點，以直覺思維為基礎，以整
體性為標幟的。而批評家的第二、第三遍讀作品則是以分析為目的，更細緻
周密地從內容形式等藝術元素與審美組織方面來研究、判斷、確證作品的藝
術價值。這時，批評家已並不止於凝神觀照、整體賞鑑，而在審美感知的前
提與條件下，依據自己的批評觀和價值尺度，在對作品的價值內容進行分析
的基礎上形成了較為完整和自覺全面的價值認識和藝術判斷。

　　德國歷史學家弗里德里希‧邁納克說：「在每一個場合，批判和直覺都是緊
密地聯繫在一起而發揮著作用的。」〔註22〕心理學家魯賓斯坦也曾說過：「任何
心理過程（例如，思維過程）始終都是在意識和潛意識的不同水平上同時形成
的。」〔註23〕文學批評及其思維基礎正是這樣，它是由批判與直覺、理性與感
性、意識與潛意識、自覺與不自覺、反思和感受的雙重品格構成的。無論是黑
格爾、恩格斯強調要用「美學和歷史的觀點」來進行文學評論，還是如有的論
者把批評界定在想像與哲學之間，或把它視作哲學加詩，都是基於對文學批評
這種介乎文學創作和自然科學之間的獨特的思維品格的確認與把握。

二、價值理性確證——批評理性思維模式：並不用犧牲感覺來提高理智的身價。由主題思想、意蘊世界切入價值評價。社會價值與藝術價值並重。理性思維四特點。

　　也許，正因為文學批評是由批評與直覺，意識與潛意識，反思與感知等
諸多元素和品格組合而成的，所以，它對批評家們的要求也就特別高：「只有

〔註21〕龍應台：《我在為你做一件事》，《讀書》1987年第2期。
〔註22〕《現代西方史學流派文選》第16頁，上海人民出版社1982年版。
〔註23〕《現代心理學的方法論和歷史發展中的一些問題》第332頁，中國社會科學
　　　　出版社1983年版。

那種兼備極爲發達的思維能力跟同樣極爲發達的美學感覺的人，才有可能做藝術作品的好批評家。」〔註24〕確實，文學批評家，必須稟具感性心理結構和理性心理結構兩種交叉的心智狀態，擁有感性直覺思維和理性分析思維雙重心理能力，才能在面對具體的文學現象時不停留在直接感受、欣賞對象的美，而更進一步，對感受做反思，對不確定性予以摒棄，在「時間和智力上的努力」〔註25〕的基礎上，著意尋索與發掘，闡釋、評價、判斷作品的價值。假使說，批評中那一下子發生的對價值的整體賞鑑等感性思維大都面對的是單一的藝術作品及其直觀的審美結構，那末，價值理性確定和判斷所面對的，往往是較爲複雜的審美對象。對這類複雜文學現象內蘊價值的確定性的尋求，在茅盾身上，不光顯示出一種批評思維的自覺性和邏輯性的特點，而且同樣表現爲一種宏觀、發散的整體性思維品質。

茅盾的心理素質是偏重理性的，因而一般地說，在他的審美心態中，理性心理結構是大於感性心理結構的。或許是因爲批評家的使命感和目標感太強的緣故罷，他面對具體文學現象的複雜關係和內在價值，總是努力有意識地自覺地從人類社會和時代生活的角度，從宏觀的文學發展流向和藝術審美規律的角度，進行有距離的冷靜清醒的理性剖析與判斷。哲學家康德在回答使判斷得以形成的那種「神秘力量」是什麼時曾說：判斷之所以可能是由於存在著這樣一種能力，它能把感性觀念變爲思想的對象。〔註26〕考察茅盾的文學批評活動，可以看出，他的這種心理能力和思維傾向是比較突出的。然而，我們又可看到，即便在理性思維和價值理性確證中，茅盾也從來沒有喪失那敏銳有力的審美感受和藝術直觀能力。雖然這在他的許多文學批評中已然是蘊藏在評論文字和判斷形式的表象背後，可在有些極具理性品格的文學批評中，仍然還可以尋得這種感性的東西。

試看下面幾個例子。

茅盾寫《魯迅論》，不同意張定璜將魯迅風格概括爲「冷靜」，並認爲魯迅小說已不是那可歌可泣的青年時代感傷的奔放，乃是飽嘗了人生憂患之後的歎息的觀點。他從自己的切身感受出發，指出，魯迅的胸中，「燃著少年之

〔註24〕普列漢諾夫：《車爾尼雪夫斯基的美學理論》，《文藝理論譯叢》1958 年第 1 期。

〔註25〕阿爾森・古留加：《康德傳》第 191 頁，商務印書館 1981 年版。

〔註26〕同上書，第 50 頁。

火，精神上，他是一個『老孩子』！」接著，茅盾還進一步論述說：「在他的
著作裡，也沒有『人生無常』的歎息，也沒有暮年的暫得寧靜的歆羨與自慰
（像許多作家常有的），他的著作裡充滿了反抗的呼聲與無情的剝露。反抗一
切的壓迫，剝露一切的虛偽！」這裡，理智的辨析裡寄寓著批評家的價值取
向，冷靜的剖露中流溢出自然生成的親和情緒與印象感受，通過感性和理性
交織的文學判斷，揭示了魯迅冷中藏熱的藝術風格。三十年代初，茅盾從眾
多的小說集中發現了文學新人沙汀的第一個短篇集《法律外的航線》，立即予
以及時的肯定性論評。他基於讀後的最初直感印象斷定：「無論如何，這是一
本好書！」在這種直感印象和整體感受的基礎上，茅盾論述了年輕的作家及
其作品在「革命文學」公式遮蔽文壇的情勢下所表現出來的鮮活質素和價值：
用了寫實的手法，很精細地描寫出社會現象——真實的生活的圖畫。與這則
評論相似，茅盾評現代作家彭家煌的短篇小說集《喜訊》，乃是將從前讀作者
的小說的印象喚了回來，由對這位青年作家及其作品初步的審美感受與認識
（「他的細膩的筆觸，他的簡潔而自然的結構，尤其重要的，是他那顆隱伏在
沖和的而又細膩的文章後面的熱蓬蓬流血的心！」），為我們詳細展呈和剖析
了作家跳躍著的「慈心」和作品日臻圓熟的藝術境界。〔註27〕茅盾的這種價
值判斷和文學選擇、批評，使我聯想起古希臘哲學家德謨克利特關於感性、
感覺所說過的一句話：

　　　　可憐的理智，你從我們這兒得到證據，而後就想拋棄我們，要
　　知道，我們被拋棄之時就是你垮台之日。〔註28〕

縱向檢視茅盾的文學批評發展歷程，可以看出，茅盾早期（二、三十年代）
的文學批評感悟體驗式品評成分較突出，此後雖未完全失落，但相對減弱和
式微，卻是事實。而這一點，是否可以說正是批評家早期評論成就最為輝煌，
而後期文學批評成就未能達到應有高度的一個重要原因呢？看來，文學批評
家，縱使批評本身更需要理性的品格，也不能用犧牲感覺的代價來提高理智
的身價。畢竟，文學批評歸根結底是一種充滿生命的靈氣和智慧的精神產品。

　　申明了這一點以後，我想就可以進而來研究茅盾文學批評價值理性確證
的具體內容、方式特徵和思維基礎了。

　　茅盾文學批評作為一種社會的文學批評，首要目標和存在意義，在於確

〔註27〕茅盾：《〈法律外的航線〉讀後感》，《文學月報》第 1 卷第 5、6 期合刊；《彭
　　　　家煌的〈喜訊〉》，《文學》第 2 卷第 4 期。
〔註28〕轉引自魯道夫·阿恩海姆：《視覺思維》第 47 頁。

定和判斷作家作品的全部價值。如果把價值界定爲客體對於主體的意義，那麼，文學作品的價值就包括了社會、政治、道德、文化和審美、藝術等各個方面，亦即涵蓋著作品精神思想意義和審美意義的所有層面的價值內容。茅盾文學批評價值判斷所之，就是這包容多面價值的一個整體。分而言之，茅盾文學選擇所重視的，是文學的社會、思想價值和藝術審美價值。把握了這個大的取向特徵，我們便不難理解茅盾關於作品閱讀的這麼一句話：「讀的時候，要想到作者的思想，要看到作者在這篇作品裡寫的是什麼社會問題，寫了哪幾個典型人物，再想想他用怎樣的形象表現出來。」〔註 29〕茅盾的文學閱讀、選擇所關注的思想意識、社會問題和人物形象及其審美表現這些具體內容，不正反映了他文學批評價值判斷的取向特徵與標尺麼？由是可知，批評家於此不光透露了自己文學接受、作品閱讀經驗的消息，而且寄寓著他進行文學批評時價值評定和理性思維的一些頗爲突出而重要的表徵。

文學作品是人類的精神產品，是人類精神價值的結晶體。因而，不談價值，批評家就不能理解並分析任何文學作品。然而，文學作品是一個充滿多面價值的複雜系統，而各別批評家所特別倚重、關注的價值內容層次是不盡相同的。形式主義批評與古典主義批評，印象批評與社會批評，心理批評與本體批評，等等，其間審美視界的歷史分野，是顯而易見的。透過茅盾的評論實踐活動，可以清楚地看出他首先重視的是作品的思想價值與社會價值。批評家面對作品，尋覓、把握、掘發的，是作品的意蘊世界和作家的觀念思想。他評魯迅的《故鄉》，就是先抓住作品的中心思想、主要題旨涵意來由內而外地闡釋、評析人物形象的言行舉止的深層動因：「《故鄉》中的豆腐西施對於『迅哥兒』的態度，似乎與『閏土』一定要稱『老爺』的態度，相差很遠；而實則同有那一樣的階級觀念在腦裡。不過因爲兩人的生活狀況不同，所以口吻舉動也大異了。」〔註 30〕像這樣的由主題意蘊切入的思想分析，在茅盾的許多評論文字中，似乎已然構成了一種批評思維定勢。1941 年，他在一篇宏觀批評文字裡，說「今天文壇的貧血症，主要還是由於思想的深度的問題」〔註 31〕，就典型地反映了茅盾的批評思想與思維基點。在批評家看來，現實社會和時代生活太複雜，變化速率太快，作家的思想深度不夠，就免不

〔註 29〕茅盾：《雜談文學修養》，《茅盾論創作》第 495 頁。
〔註 30〕茅盾：《評四、五、六月的創作》，《小說月報》第 12 卷第 8 期。
〔註 31〕茅盾：《談技巧、生活、思想及其他》，《奔流》新集之二《橫眉》，1941 年 12 月 5 日出版。

了要迷惘而自失，也難以寫出爲讀者歡迎的上乘作品。茅盾在《王魯彥論》中，具體評述了作家的短篇小說，談到他所不欣賞的《美麗的頭髮》一篇「未成熟」時，他直言不諱地表示遺憾道：「老實說，我實在看不出《美麗的頭髮》中間的中心思想是什麼。」茅盾關注的這種中心思想和主題意蘊，往往是結合作家的創作意圖和深在思想心態來進行深入研究和闡發的。他評論魯迅的《藥》就是如此。「病態社會中不幸的人們」之一，求藥以救生命，然而這所謂什麼癆病都包好的藥（人血饅頭）不但和騙人的巫術一樣，不能治愈癆病，而且，受了愚弄的群眾蘸吃的還是一個革命者的血，也就是爲了「病態社會中不幸的人們」而浴血奮鬥的革命者的血！愚盲的群眾如小栓的死，是一個悲劇，革命者的夏瑜的遭際，則是一個更大的悲劇！茅盾說，作品展示的這種悲劇的雙重性，來自魯迅思想中的雙重的悲憤：「他既痛心於民眾之受封建思想的毒害而未覺醒，也批評了當時（辛亥革命前夕）的革命運動之脫離了民眾。」茅盾結合魯迅自己所說明的《藥》的創作意圖，還進一步深刻論述道，魯迅根據他自己目擊的辛亥革命的失敗經驗，借《藥》的故事指出了一個眞理：革命思想如果不掌握群眾，那麼，先驅者的血恐怕只能被當作人血饅頭的材料罷了；而要使群眾接受革命思想，就先得打開他們思想上的枷鎖，使他們睜開眼看——用魯迅自己的話說，就是「揭出痛苦，引起療救的注意」，就是「改變他們的精神」〔註 32〕。顯然，用作者自己的主觀意圖和思想觀念來詮釋、理解作品的藝術結構、審美組織與人物現象，是通向文學的意蘊世界及其科學的價值判斷的必由之路。確實，這樣的評論，因爲基於對作家的全部思想要求和作品的時代歷史內涵的深刻把握基礎之上，所以，對作品的思想價值的判斷和分析，自然也就深入了一大步，而顯得深邃、眞確，富有廣泛的現實意義。

　　歸根結底，文學價值的問題，也就是文學爲人生、於人生有什麼用處的問題。茅盾文學批評重視探尋、分析、判斷作品的思想價值，與他主張文學爲人生，倚重文學的社會質素與作用是一致的。早在《〈小說月報〉改革宣言》中，他就指出：「一國之文藝爲一國國民性之反映，亦惟能表見國民性之文藝能有眞價值。」對於這種具有「眞價值」的文學內容，後來他明確地表述爲「表現人生，指導人生」的現實主義價值取向。茅盾以這樣的價值尺度去探討評判作品的社會意義和社會價值，目光投注和筆之所之的常常是文學小世

〔註32〕參見《茅盾論魯迅》第 126～127 頁。

界外的大中國的社會人生。這樣，眼光宏遠了，思維便呈發散態勢。批評家每前進一步，都展示了一個新的地平線。

外國語義學家庫爾佐布斯基曾說過這麼一句話，叫做「地圖決不是領土」。意思是說，人們借助地圖，關注的更多的是實實在在的領土的疆域大小與多少。文學批評，實際上也是如此。批評家，尤其是社會的文學批評家，指涉、關心的是「詩人靈魂的社會價值或代表價值」〔註33〕。批評家魏伯‧司各特在談到「文學的社會批評」（即我這裡所說的社會的文學批評）時說，這種文學批評基於這樣的信念：「文藝與社會之間的關係至為重要，研究這些關係可以形成和加深對文藝作品的美感反映。藝術並非憑空創造，它不單純是個人的成果，而且是在特定的時間空間裡，作家作為一個能夠發言的重要成員對社會產生的反響。因此，文學的社會批評者著重了解社會環境和藝術家所作出的反映的廣度和方式。」〔註34〕茅盾的文學批評所關注的正在乎此。它通過作品評論，注視的是現實、社會，是藝術與現實社會的動態雙向關係。批評家確定每一個作家及其作品的價值，依據的是作品的藝術影響的現實力量，是作家反映社會人生的廣度、深度及其審美組織方式。

茅盾在他的文學批評文字中評及文學研究會的幾位作家時，品評、肯定的出發點就是作家的現實取向與作品的社會價值。他眼中的冰心和盧隱的作品的價值，主要在「對於『人生問題』的苦索」，雖然前者籠上了泛愛的輕紗，後者則是穿上了戀愛的衣裳，但她們的這種創作方向則是值得稱道的。他說葉聖陶冷靜諦視社會人生，客觀、寫實地描寫灰色、卑瑣的人生，表現小市民知識分子的灰色生活，是其作品價值之所在；而王統照，早期作品和葉聖陶相近，後來的長篇《山雨》，則是一幅北方鄉村的凸體的圖畫。批評家說這樣堅實的農村小說，還沒有見過第二部：「這不是想像的概念的作品，這是血淋淋的生活的記錄。」除此之外，茅盾對落花生作品價值的分析也是精闢而獨到的。批評家檢視作品時發現，作家在其小說的創作方法、藝術形式和審美手段上，多少存有一種二重性。作家的《命命鳥》、《商人婦》、《換巢鸞鳳》、《綴網勞蛛》，以至《醍醐天女》、《枯楊生花》，都發散出一種極具浪漫主義色彩的濃厚的異域情調；然而同時，在加陵與敏明的情死中（《命命鳥》），在尚潔或惜官的顛沛生活中（《綴網勞蛛》、《商人婦》），在和鸞與祖鳳的戀愛中

〔註33〕《美學譯文》第 1 輯，第 35 頁。
〔註34〕《外國現代文藝批評方法論》第 24 頁。

－93－

（《換巢鸞鳳》），又使人感到一種強烈的寫實色彩與傾向。茅盾批評的出色之處表現在，他創造性地將這藝術的二重性，與作家人生觀中積極的昂揚意識和消極的退嬰意識，並進而與時代社會心態、現實生活情勢的二重性聯繫了起來，指出，作品「浪漫主義的成分是昂揚的積極的『五四』初期的市民意識的產物，而寫實主義的成分則是『五四』的風暴過後覺得依然滿眼是平凡灰色的迷惘心理的產物。」〔註 35〕這樣，批評家就不僅為我們剖示了作家的獨特個性和作品特有的藝術價值，而且結合時代現實的社會心理背景和歷史發展態勢，分析了作品的社會價值，從而讓我們透過作品，感受到了撲面而來的現實社會氣氛和作家與時代同步的心靈律動。

　　顯然，茅盾清楚地知道，文學作品的思想、社會價值，是通過藝術價值實現的，或者說，批評家所關注的藝術影響現實社會的力量，是通過作品的人物塑造、形象表現、情感反映等審美組織形式體現出來的。只有理解了這一點，我們才能更加準確地把握茅盾文學批評的取向特質，才能更加深刻地理解批評家對不少思想藝術兼重的優秀之作，如對丁玲《水》的評論所呈示出的按捺不住的喜悅：三十年代出現的《水》，雖然只是一個短篇小說，但它一反作家自己和當時文壇「革命加戀愛」的時髦模式，將 1931 年大水災後農村的加速度革命化，作了充分的較有藝術感染力的形象表現。因之茅盾不無欣喜地說：「不論在丁玲個人，或文壇全體，這都表示了過去的『革命與戀愛』的公式已經被清算！」〔註 36〕

　　普列漢諾夫關於文學批評曾提出過這樣一個著名的觀點：「唯物主義的批評在力求找到某一文學現象的社會等價物時，如果不理解事情不能只限於找到這一等價物，不理解社會學不僅不會在美學面前關上大門，相反，一定能為美學敞開大門，它就會違悖自己的本性。忠於自己的唯物主義批評的第二個活動應該是，──就像唯心主義批評家做過的那樣，──評判所分析的作品的審美價值。」〔註 37〕在普列漢諾夫看來，如果批評家迴避對作品的藝術價值作出評判，那麼對任何一部文學作品的社會等價物的說明都會是不充分的，因而也是不確切的。普列漢諾夫關於文學批評的「兩個活動」（尋求社會學等價物和審美評價本身），是基本符合批評實際的。但將尋求作品的社會等

〔註35〕參見茅盾：《王統照的〈山雨〉》，《〈中國新文學大系‧小說一集〉導言》。
〔註36〕茅盾：《女作家丁玲》，《文藝月報》第 1 卷第 2 期。
〔註37〕轉引自列‧謝‧維戈茨基：《藝術心理學》第 239～240 頁。

價物規定為前一半任務，藝術價值的確定屬後一半，則未免失之簡單以至有些公式化傾向，而不足以解釋豐富多彩的作為精神活動的文學批評。關於這，我們可以從茅盾的批評實踐中看出來。

茅盾屬於社會的文學批評派，因而在他的批評文字中，自然有對藝術作品的主題思想作出評價並進而分析其藝術上的特點的情況。像《春季創作壇漫評》一文，就是先分析和肯定包涵在作品中的「表示對於罪惡的反抗和對於被損害者的同情」的思想內容，接著則較為充分地作了藝術上的研究論析。別的像對魯迅某些作品（如《故鄉》等），像三十年代後期所做的不少信息批評，六十年代前後寫的漫評、札記、讀後感之類，都有相似的序列與過程。只是茅盾的文學批評中間貫穿的是思想內容與藝術美並重的批評尺度，作品的思想、社會價值與藝術審美價值都得到了全面的關心和審視。值得重視的在於，茅盾並沒有走進一條機械簡單化的狹窄小道，相反，卻顯出批評的宏闊和自由，豐富和靈活，並且讓人感到，茅盾社會的文學批評頗符合審美的批評原則。這一點，其實與他下面的見解是不無關係的：「文藝是思想一面的東西，這話是不錯的。然而文學的構成，卻全靠藝術。」〔註38〕確實，茅盾批評所倚重的作品的思想、社會價值，並不是赤裸裸的抽象的外加內容，而總是一種全然藝術化了的文學構成，因而，他的許多評論文字，與其說是重視作品的社會思想內容，毋寧說是更重視這種社會思想內容「通過了作家的感情意識之綜合的表現」〔註39〕這一審美過程本身。

在茅盾，對審美過程重視的主要表現，是對文學作品「真」的高度重視與弘揚發展。「真」寄寓著審美主體與審美客體之間的動態關係，標示了文學的主要價值所在。在對「真」文學價值屬性的認識上，茅盾與郁達夫觀點一致。只是郁達夫傾向於從主體出發，故「真」在他那裡成了真率；而在茅盾這裡則更多地從客體、從社會生活方面去看「真」，所以「真」成了真實，真的文學也就成了作家審美地反映時代社會生活的文學〔註40〕。茅盾的《評四、五、六月的創作》等文，用的就是這種「真」的價值尺度。他針對許多作家作品帶有普遍性的問題（生活的貧乏），提出了「到民間去」的創作條陳。用

〔註38〕 茅盾：《小說新潮欄宣言》，《小說月報》第 11 卷第 1 期。
〔註39〕 茅盾：《徐志摩論》，《現化》第 2 卷第 4 期。
〔註40〕 參見郁達夫：《藝術與國家》，《郁達夫文集》第 5 卷；茅盾：《現在文學家的責任是什麼》，《東方雜誌》第 17 卷第 1 期；《自然主義與中國現代小說》，《小說月報》第 13 卷第 7 期。

這種價值尺度看文學，茅盾對三十年代前後的所謂「革命文學」尤有意見，不特對「文學自文學，革命自革命，實際上並未聯在一起」予以嚴肅的批評，而且像沙汀的《碼頭上》、周文的《雪地》、艾蕪的《咆哮的許家屯》那些個硬紮上去的概念化的尾巴也表示出特別的不滿〔註41〕。紙做的花畢竟蒼白、浮泛、虛假，而沒有長久的生命力；惟有根植於眞實的生活的土壤裡的文學之花，方才顯出勃勃的生機，保有永恒的藝術魅力。

檢視茅盾文學批評，便能看出，批評家對作品社會、思想價值與藝術價值的確定、判斷與把握，有這麼幾個特點：

（一）政論性。這種具有政論色彩的思辨特點，並不一般地反映在批評家對具體作品的分析、論述上，而主要地表現在由具體評論到申發議論上。《讀〈倪煥之〉》全文共十節，僅三節文字評述了葉聖陶的長篇小說《倪煥之》，其餘部分批評家結合文壇創作情況和自己的創作，或評或議，論辯結合，對文壇偏向和創造社、太陽社的失誤進行了分析和抨擊。在這帶有很強的思辨和政論色彩的評論中，批評家闡述、申明了自己正確的美學、藝術見解。茅盾在《〈地泉〉讀後感》一文開篇，便先亮出了文章主旨——「我的中心論點是：一個作家應該怎樣地根據了他所獲得的對於現社會的認識，而用藝術的手腕表現出來。」圍繞這個中心論點，批評家首先陳述了自己的美學觀：一部作品必須具備社會現象的全面認識和影響讀者以至社會的情感手段與藝術力量。「兩者缺一，便不能成功一部有價值的作品。」接著，文章就蔣光慈和華漢作品的「臉譜主義」和「方程式」提出了尖銳的批評。最後，茅盾滿懷希望和期待地說：「作家們還當刻苦地去儲備社會科學的基本知識，更刻苦地去經驗複雜的多方面的人生，更刻苦地去磨練藝術手腕的精進圓熟。較之一切政治工作者，一個藝術家的『成年』當更爲艱苦，從事文藝創作的同道們固然不要狂妄自誇，然而也不要妄自菲薄！」看得出來，流蕩在這議論中的，是批評家的滿腔熱忱、溫暖和眞誠。如果說，上述這兩篇文章中的議論還僅僅限於美學和文藝範圍，那麼茅盾在《女作家丁玲》一文結束時所發的議論，則已明顯越出文學的審美領域本身，而具有了一種強大的現實和政治力量。毫無疑問，與現實發生直接聯繫，主動介入社會，干預生活，這種政論風格顯然會取得更爲普遍的社會和現實意義。其實，文學批評中的類似的議論形式，在別的批評家，如周作人、李健吾、梁宗岱等人那裡也有表現，然而後

〔註41〕茅盾：《〈法律外的航線〉讀後感》，《文學月報》第 1 卷第 5、6 期合刊。

者大都涉筆成趣，漫議縱論，顯得較爲寬泛散漫，似乎十分的漫不經心，而並不直白峻急、字字擲地有聲，而且也較少茅盾行文的邏輯力量，也難稱具有突出的政論風格和現實色彩。或許，這正是茅盾心理結構中理性化與現實取向特別強烈使然的罷。

　　（二）綜合性。「批評的成就是自我的發見和價值的決定。發見自我就得周密，決定價值就得綜合。」〔註42〕綜合思維，是通向價值判斷的必由之路，是實現文學批評的重要橋樑。茅盾文學批評的價值決定與判斷，就是在綜合的基礎上完成的。大量批評實踐表明，惟有通過諸如社會的、道德的、歷史的、認識論的、心理學和美學的等各種判斷的有機結合，惟有胸懷文學的人千世界，縱覽藝術的廣闊天地，將作品融進文學藝術發展的宏觀走向之中，才能達到對文學現象的準確而深致的審美理解和價值確定。在茅盾的文學批評中，不僅像《自然主義與中國現代小說》、《論初期白話詩》、《現實主義的道路》、《抗戰期間中國文藝運動的發展》等宏觀性評論文字，是從社會、歷史、心理和文學流向的相互關係上作全面的考量評定，而且，即便像《徐志摩論》、《讀〈倪煥之〉》、《關於〈李有才板話〉》等具體作家作品評論，也體現了由局部到整體的綜合性批評取向特徵。1946 年寫的《關於〈李有才板話〉》，的確較爲典型地反映了這一點。作爲一種大眾化的作品，茅盾在分析了它的五個方面的審美新形式因素之後，推而廣之，論述了整個解放區文藝的形式創造，指出，由於兩種努力的匯合和交互影響，解放區的文藝已經有了新的形式。「這兩種努力，一方面是和廣大人民生活且戰鬥在一起的革命的小資產階級作家爲要眞正服務於人民而毅然決然不以本來弄慣的那一套自滿自足，而虛心向人民學習，找尋生動樸素的大眾化的表現方式；另一方面是在民主政權下翻了身的人民大眾，他們的創造力被解放而得到新的刺激，他們開始用那『萬古常新』的民間形式，歌頌他們的新生活，表現他們的爲眞理與正義而鬥爭的勇敢與決心。」《李有才板話》就屬於這樣產生的新形式之一種，標誌著文藝向大眾化和民族化前進了一大步。而這樣的新形式，在當時熱情奔湧、生機勃勃的解放區文藝潮流中又何止成百上千！透過趙樹理的這部作品，茅盾獨具慧眼地發現、論述了整個解放區文藝所標示的一種新穎、鮮活、富有生命力的審美趣味與藝術流向。「坐馳可以役萬里。」確實，在茅盾那裡，不拘是宏觀整體審視抑或是具體作家作品論評，茅盾都以其特有的

〔註42〕《李健吾文學評論選》第 1 頁。

闊大的審美視界與思維定勢，將繁複紛紜的各類文學現象，予以高度綜合與概括，讓讀者在一種縮小了的文學背景與放大了的具體審美對象中，獲得明晰的把握與深入的理解。

（三）客觀性。文學批評是一種價值判斷，同時也是一種揭示作品的美點和缺點的科學。它需要綜合，需要判斷，需要理性，也需要客觀、科學。中國新文學批評的現代化過程，實際上也是一個科學化與客觀化的歷史進程。正像整個傳統思想文化在「五四」以後的中國受到歷史性的審視評判一樣，傳統的主觀化的文學批評也一無例外地受到了嚴峻的批判。與此同時，西方各式各樣的文學批評模式，尤其是聖佩韋、丹納等為代表的現代西方實證批評被引進、呈諸新文學批評者們的眼前。批評家們在反思、考量、權衡、比較與取捨的重新構建中，強化了自己文學選擇與判斷的科學化和客觀化的色彩。作為新文學的代表人物，茅盾在現代文學批評的歷史演進與生成轉換中，確乎是很典型的。一方面，歷史使他別無選擇，另方面，他又天生地偏於理性心理傾向，因之，他在自己的文學批評及其思維活動中，格外地倚重判斷，並且不乏思辨色彩，稟具綜合特徵，同時，顯示出客觀的科學態度和批評風範。茅盾在文學評論過程中，總是既揭示作品的美點又不諱言其缺點，而對作品的美和缺陷表現出一種批評的敏感、公正和客觀來。茅盾對左翼戲劇創作是支持的，但他對夏衍《賽金花》和宋之的《武則天》主題顯露的缺失的批評，並未被他支持、肯定的熱情所遮蔽。他在《談〈賽金花〉》、《關於〈武則天〉》這兩篇評論中，指出，像《賽金花》、《武則天》這樣的歷史劇，並不一定要打上「國防戲劇」的旗號，或解釋為「不背於『國防主義』」。他以為，對此其實不必牽強，關鍵是看它自身的價值。以此入手，茅盾分析了兩部作品主題表現的「捉摸不定」和不成功之處。批評家關於左翼戲劇的評論是這樣，而早先評論同樣為他所熱情肯定支持的文學研究會的作家作品（如王魯彥、冰心、盧隱、落華生等人的創作）也是如此。在諸如此類的大量的作家作品中，茅盾有條不紊、清清楚楚地告訴讀者，這個作家的作品好在哪裡，為什麼好；缺失在何處，為何不好，……通過這樣有條理、有根據的闡釋分析和冷靜的考量評斷，就不光使作者、讀者首肯信服，而且也使得批評家本人建立起了自己的權威，反過來又相應地增加了文學批評價值確定的可信性和理性思辨的邏輯力量。

（四）思維的漸進性、分析性與整體性、宏觀發散性。「人的思維是至上

的，同樣又是不至上的。它的認識能力是無限的，又是有限的。按它的本性、使命、可能和歷史的終極目的來說，是至上的和無限的，按它的個別實現和每次的實現來說，又是不至上的和有限的。」〔註43〕這是從哲學認識論的層面上來論述思維的二重特性。而在文學批評層面上的思維活動，也帶有有限的漸次實現的特點，並且兼具分析性與整體性等多重品格。茅盾文學批評的理性思辨和價值判斷作爲一種邏輯思維，遵循縝密的秩序與規則，通過逐步分析、階梯式歸納、演繹論證，顯出漸進的分析的思維軌迹。茅盾在《讀〈上沅劇本甲集〉》中，對劇本集所反映出來的錯誤的創作思想傾向，進行了深入的分析和解剖。文章首先通過對劇情內容的考察，指出，《兵變》原來不是寫的「兵變」，而是寫的「戀愛的喜劇」，這樣一來，「小百姓深惡痛恨的『兵變』，經余先生那麼一『翻』，就成爲太太小姐解悶的玩意兒！」劇作集中的另一篇《回家》，寫回家的兵士發現老婆與自己的父親通姦的事。茅盾評論說，這樣寫，「於是一篇本來能夠反映全般社會現象的題材就變成了異常狹小。不但狹小，它對於觀眾所發生的感應就不是社會的，而是個人的！」最後，茅盾聯繫余上沅劇作集中的第三篇劇作《塑像》，剖析了劇作者意識深處的藝術信條：「藝術不是社會的產物，不是社會生活的反映，而是個人的靈感加上個人的理想。」由此不難看出，劇作集中全部作品所反映出來的一切，都可以從這裡得到解釋。在這篇戲劇批評中，茅盾顯示了自己高超的批評技巧。批評家首先於精細研究考察的基礎上，從劇作者這三部具有典型的範式意義的作品中發現了一條互有聯繫、漸次發展的批評通道，然後，按照一定的程序和內在的線索，由表及裡，由外在劇情到劇作者別具的匠心與機杼，分析了這些爲一母所生的畸形兒。三部劇作，三個階梯，批評家循序漸進，一層一層探尋了作品的眞實思想內容，揭示了劇作家及其創作的深在本相和思想缺失。恩格斯說，「思維的任務現在就在於通過一切迂迴曲折的道路去探索這一過程的依次發展的階段，並且透過一切表面的偶然性揭示這一過程的內在規律性。」〔註44〕茅盾的批評思維基本上是沿著這條思路去探索去發現去判斷的。《讀〈上沅劇本甲集〉》一篇是這樣，《徐志摩論》、《論地山的小說》等一系列評論也莫不如此。然而，讓我們感興趣的與其說是這批評思維過程本身的特點（漸進性、分析性），毋如說是茅盾批評思維的進一層的本質特徵。需

〔註43〕　《馬克思恩格斯選集》第3卷，第126頁。
〔註44〕　《馬克思恩格斯選集》第3卷，第63頁。

要看到，茅盾漸進、分析性的批評過程本身，實際上仍然映示、寄寓著茅盾文學批評思維的整體、宏觀、發散的特性。還以《讀〈上沅劇本甲集〉》爲例。你細細體味一下，便會理解並看出許多東西：難道批評家僅僅在讀解詮釋劇本，他不也在議論劇作家嗎？難道茅盾在評論具體的創作偏向時，不也在同時批評著當時劇壇、文壇上的一種錯誤創作傾向嗎？難道批評家只是在評別人，而不在說他自己？難道在這批評的背後，你看不出一種新的美學觀念、創作原則在昇騰、躍動？同樣可以看出，茅盾文學批評的政論性、綜合性、客觀性，不也指涉、包涵、融解於茅盾批評思維的本質特點和獨具品質之中？事實上，茅盾由具體的作品評論到一般的議論，由局部品評到整體把握，以及對作家作品的美點、缺點盡收眼底，不僅滲透著一定的歷史感和現實感，而且表現出鮮明的有機整體意識，讓人不能不感歎其批評氣派的闊大雄邁與批評思維的宏觀發散。

三、價值超前測定——批評思維的超前形態：預測性的想像與推理。超前性審美認識與評價。未來價值意識與理想。文學史是文學批評、闡釋史。肯定性和否定性價值預測；個別與一般的文學現實的超前測定。

論述至此，或許有人會問，茅盾作爲一個批評家，其存在的意義就是爲了闡發說明涵蘊在作家作品內部的意義，僅僅在於感知、判斷、確定作品的價值嗎？茅盾的文學批評，果眞如車爾尼雪夫斯基當年談到的批評那樣，「不可能包容比文學所給予的更多的東西」嗎〔註 45〕？如前已述，在文學價值的審美感知、理性確定與選擇中，茅盾文學批評的突出的思維品質和本質特點是整體的宏觀發散性。然而應該指出，正是這種批評思維特質，使茅盾與那些二道販子式的所謂批評家區分開來，而取得了一種宏闊的超越意識和創造性品格。茅盾的文學批評價值判斷，並不是一種消極的闡釋與評定，而是一種主動的發見與創造。它不僅超越常人而且超越時代，不僅超越讀者而且超越作者。觀察、識別、看到並拈出別人視而不見、習焉難察的東西，掘發出作品內蘊的深在價值內容，這樣，就既能幫助讀者消化作品，幫助作者認識自己，又與作者一道甚至高出作者，成爲文學價值的創造者。

〔註45〕《車爾尼雪夫斯基論文學》上卷，第 7 頁。

　　事實上，要想使批評成爲一種積極的文學選擇和價值判斷，確乎需要一種發散思維和超越意識。無疑地，茅盾的文學批評，不僅面向現實，而且走向未來。他總是懷著預測性的想像和推理的心理欲求，注重獨創與自主意識，努力保持心靈自由，敢於大膽猜測和推斷，使自己的批評不斷完善，竭力臻於科學和準確。他並不信口雌黃，也不輕率武斷，而是在科學的態度和謹嚴的邏輯基礎之上，對作家作品做深入的闡揚和創造性的詮釋品評。茅盾作爲一個批評家，其傑出之處就在於他不但是一位文學價值的高明的評判者，同時也是文學價值的卓越的創造者。不是麼，在他的文學選擇和價值判斷中，既有對文學價值的整體感知和印象批評，也有對文學價值的理性確證和考量判別，同時，更有對文學價值的超前測定和創造性預測。

　　「小荷才露尖尖角，早有蜻蜓立上頭。」茅盾文學批評中的這種價值超前測定，首先表現在對文學新人新作的超前性審美認識和審美評價上。「五四」時期，茅盾懷著對新文學的極大熱情，對當時出現的新型作家作品，予以充分的關注，並能及時而敏銳地揣摩、測定作家作品的存在意義和價值內容。茅盾是新文學最重要的批評家，也是新文學最早的評論家：他是第一個對魯迅、郁達夫小說和郭沫若詩歌作出準確的價值預測與判斷的人。《阿Q正傳》還只在刊物上登到第四章，茅盾就指出這「實是一部傑作」，小說所創造的藝術形象與世界一流作品的藝術典型比肩並轡而毫不遜色。茅盾還表示，他不同意把這部小說當作「諷刺小說」，因爲這是僅得皮毛的皮相之見，故「實未爲至論」〔註46〕。1923年，魯迅小說結集爲《吶喊》出版不久，茅盾便率先寫了《讀〈吶喊〉》一文，第一次對《吶喊》作了全面的評論。文中，他逐篇分析、評定了魯迅小說的具體思想價值和形象創造意義，並且高度評價了作品所包容的「離經叛道的思想」和對傳統的舊禮教的「最刻薄的攻擊」，同時，還準確地評價了魯迅小說的審美形式價值：「在中國新文壇上，魯迅君常常是創造『新形式』的先鋒；《吶喊》裡的十多篇小說幾乎一篇有一篇新形式，而這些新形式又莫不給青年作者以極大的影響，欣然有多數人跟上去試驗。」茅盾的這些評價，在魯迅小說成就已被公認，已取得審美範式意義的今天看來，不能不使人佩服茅盾文學批評的價值超前測定的科學性和天才式的預見性。新文學史上第一個小說集，是出版於1921年10月的郁達夫《沉淪》。茅盾於1922年初便在《小說月報》上評論了這個小說集。他指出，集子中的作

〔註46〕茅盾：《致××信》，《小說月報》第13卷第1期。

品,「主人翁的性格,描寫得很是眞,始終如一,其間也約略表示主人翁心理狀態的發展。」茅盾於此,從郁達夫作品的「眞」的審美價值和審美特徵出發,肯定了「作者是成功的」〔註 47〕。郁達夫的小說在「五四」文壇上具有石破天驚、駭俗驚世的影響。他的小說集,作爲新文學的第一部,更是爲人所矚目、所關心的。茅盾的上述文字,可以說是當時評論界見諸文字的對此最早的反應與論評。像這樣的率先反應和迅捷批評,也表現在他對郭沫若詩歌早早地先於別人而作出自己的評價上。1921 年 5 月,《女神之再生》剛發表,批評家就敏銳指出:「這是一篇詩體的劇本,用了古代的傳記來描寫現代思想的價值與其缺陷。委實不是膚淺之作。近來國內很有些人談什麼藝術,然而了解藝術的人,實在很少。對於郭君此篇,我不能不佩服爲『空谷足音』。」〔註 48〕像這樣的對郭沫若詩歌的思想價值和藝術價值的充分肯定和高度評價,在當時實在也是評論界的「空谷足音」,令人歎服。

然而,讓我深思的是,這樣的評論出自一個與評論對象的審美趣味和創作取向迥然有異的茅盾之手,說明了什麼呢?假如說,作爲文學研究會的主要理論批評家、現實主義的積極倡導者的茅盾,對魯迅以及文學研究會的周作人、葉紹鈞、冰心、朱自清等人的創作,作出及時而又準確、充分的價值判斷是很自然的話,那麼,對郭沫若、郁達夫,以及對田漢等人作品價值的迅速而切中肯綮的判定和高度評價,又意味著什麼呢?不錯,茅盾當時評論郭沫若、郁達夫和田漢,後來評徐志摩等這些與自己的審美趣味、價值目標與思維定勢存異的作家,雖說還未能達到出入縱橫、全無拘礙而游刃有餘、左右逢源的境界,甚至有立論不確的空泛之處。然而,他首次揭出郁達夫小說的直率與眞切,率先肯定田漢「力豐思足」的想像才能,對郭沫若詩作的思想價值與藝術價值作出自己的銳敏發現,這一切除了說明茅盾批評的宏濶胸襟、大家風度和寬容意向外,還充分展露了茅盾文學批評的科學的價值判斷方式和超前測定的思維走向。看來,尊重事實,不懷偏見而又胸懷坦蕩、高瞻遠矚的價值判斷及其超前測定,對現代新文學的選擇與批評的實現,確乎是至關緊要的。

我曾在論述茅盾文學批評的個性心理時談到茅盾審美心理結構中的未來意識,這裡有必要指出,茅盾文學選擇中的價值超前測定,正是在這含有未

〔註47〕茅盾:《通信》,《小說月報》第 13 卷第 2 期。
〔註48〕茅盾:《文學界消息》,《文學旬刊》第 2 期。

來之維的審美心態的規定、制約下進行的。因為茅盾的審美態勢在於「意向性活動」之中〔註 49〕，所以，他在進行文學批評時就不僅僅是一般地把作家作品和價值世界聯繫起來予以感知、確證和測定，而且往往能夠以強烈的超越意識，預測、肯定作品所包蘊著的一些未來質素。魯迅的《故鄉》發表不久，茅盾便在他的宏觀性評論文字（《評四、五、六月的創作》）裡表示，在眾多的創作品中，自己「最佩服的是魯迅的《故鄉》」。為什麼呢？因為，在茅盾看來，《故鄉》雖然真實地揭露了「人與人中間的不了解，隔膜」，但作家對於將來卻不曾絕望，而在作品中呈示了「『新生活』的理想」。茅盾在文中還熱切地說，他很盼望這種標示著新生活的理想也因為「走的人多了，也便成了路」，在不遠的將來變成現實。可以看出，茅盾在這樣的研究論評中，主要著眼點是作品的未來價值。在這裡，茅盾不僅注重尋覓、發現作品的未來質素，並且在發現的同時與之產生了強烈的共鳴，而自覺不自覺地參與、投入到作品的未來價值的申發、創造活動中去了。

在 1927 年寫的《魯迅論》中，茅盾結合魯迅雜文，論述了魯迅小說豐富的思想價值。他指出，魯迅作品的價值意義，不只是在於作家深刻地剝露和刻畫了「老中國的兒女」的靈魂，猛烈批判和抨擊了封建禮教制度和傳統思想，而且更在於作家「拿著往事，來說明今事，來預言未來的事」，並「能夠抓住一時代的全部，所以他的著作在將來便成了預言」。這樣的對魯迅及其小說的歷史、現實與未來價值所作的全面、準確的判斷，與此後不久發生的創造社、太陽社貶抑魯迅的錯誤思潮相比，是頗為耐人尋味的。茅盾的價值判斷能夠避免後來的創造社、太陽社的錯誤，除了因為他能結合歷史與現實，對作家作品予以縱橫深入的考察外，是否與批評家既能把握作品的歷史、現實價值，又能抓住作品的未來價值有關呢？聯繫茅盾的批評實踐來看，確乎如此。在許多評論文字中，茅盾並沒有將魯迅推向過去，更沒有輕率武斷地認定「阿 Q 的時代已經過去」，相反，茅盾深入研究作品，對作品客觀準確地作了多方面的價值分析和評估，而將魯迅歸屬於未來，並深入掘發了作品的未來意義。

茅盾對作品涵蘊的理想、未來價值的倚重與測定，是與茅盾的有關文學觀念一致的。早年，他那不無進化論色彩的為人生的現實主義文學觀和價值意識是這樣的兩面觀：「文學是描寫人生，猶不能無理想做骨子。」〔註 50〕倡

〔註 49〕 參見歐陽光偉：《現代哲學人類學》第 36 頁，遼寧人民出版社 1936 年版。
〔註 50〕 茅盾：《文學上的古典主義浪漫主義和寫實主義》，《學生雜誌》第 7 卷第 9 期。

導文學為人生，卻並沒有忘卻這種文學應該含有新理想，「應該把光明的路指導給煩悶者，使新信仰新理想重複在他們心中震盪起來」，使他們「拿不求近功信仰真理的精神，去和黑暗奮鬥」〔註 51〕。三十年代，已對馬克思主義理論（即他常說的「社會科學」）有著較為深入的把握的茅盾，則提出，文學要從紛繁複雜的社會現象中分析出它的律動和發展態勢；要用形象的語言，藝術的手段來表現社會現象的各方面，並從這些現象中「指示出未來的途徑」〔註 52〕。茅盾的文學批評是建立在他的文學觀念和審美價值意識的基礎上的，因之，既然他對文學抱著這般見解，存有如此厚望，那麼，批評家於價值超前測定時每每尋覓、傾心和關注文學作品中的理想成分和未來價值，也就很自然了。

但是，茅盾的文學價值超前測定，並不單單是在上述文學觀的影響、制約下，僅僅表現為對作品的社會價值和未來意義的關注與預測，相反，事實上，茅盾的超越意識的內容實在比這要豐富得多。茅盾 1936 年初寫過一篇不長的評論文章，題為《關於鄉土文學》。文中，作者由描寫邊遠地域人生的《他的子民們》說開去，提出了關於鄉土文學的價值內容的新見解。在批評家看來，這種文學，單有了特殊的風土人情的描寫，只不過像看一幅異域的圖畫，雖說引起我們的驚異，然而給我們的，只是好奇心的滿足。因此，他認為，鄉土文學「在特殊的風土人情而外，應當還有普遍性的與我們共同的對於運命的掙扎」。「一個只具有遊歷家的眼光的作者，往往只能給我們以前者；必須是一個具有一定的世界觀與人生觀的作者方能把後者作為主要的一點而給予了我們。」茅盾於此顯示的獨特之處在於，透過鄉土文學外在的價值因素，發現、把握到了鄉土文學的深在價值內容，並使這種見解，不僅成為後來文學界公認的關於鄉土文學的經典性詮釋，而且對鄉土文學在中國的發展具有毋庸置疑的導引意味和指向作用。由新文學史上鄉土文學的生成發展，我想到了茅盾對新文學中現實主義的不遺餘力的呼喚倡導，想到了茅盾等現代批評家與現代作家一道對新文學運動發展的積極促生與有力推助。由此，我又很自然地想起十九世紀俄國文學中的自然派文學之發展過程中作家（如果戈理）和批評家（如別林斯基）的共同創造與推進活動，想起西方印象主義、

〔註51〕茅盾：《創作的前途》，《小說月報》第 12 卷第 7 期；參見《文學者的新使命》，《文學周報》第 190 期。

〔註52〕茅盾：《〈地泉〉讀後感》，《茅盾論創作》第 244 頁。

象徵主義及表現主義等各種前現代主義和現代主義思潮的生發、演化的進程，等等等等。在這個基礎上，或者我也可以說，文學家和批評家相輔相成，互為作用，是文學發展的重要規律。而文學史的運動流衍，也就是作家與批評家相互作用、共同構建的歷史。在這種文學歷史的共建活動中，批評家以其清醒理智的歷史自覺和文學價值的客觀評斷與超前測定等思想活動形式，處於文學史家們共所矚目的中心地位。正是在這個意義上，我以為，文學史，就其本質方面而言，乃是文學闡釋的歷史。

作為新文學史的構建活動中的最重要的批評家茅盾，他的文學批評（詮釋與判斷）顯得格外的豐富和闊大：他並不僅僅閾限於從肯定的角度對文學價值進行理性確證和預測建構，在否定性方面，茅盾亦有實踐。二十年代末到三十年代初，茅盾曾在《王魯彥論》、《從牯嶺到東京》、《讀〈倪煥之〉》、《〈地泉〉讀後感》等文章中，對當時盛行的「標語口號文學」從否定的角度進行了超前性價值預測。茅盾指出，「有革命熱情而忽略於文藝的本質，或把文藝也視為宣傳工具──狹義的」，是這種盛行一時的「革命文學」的本質特徵。這樣的標語口號文學究竟有沒有文藝的價值？茅盾從蘇聯文學的經驗教訓和創造社、太陽社創作實踐的社會藝術效果兩個方面，對此作了否定性的回答。他誠懇地勸誡說：「承認這失敗的原因，承認改進的必要！」雖然當時的創造社、太陽社未能接受這誠摯的忠告，而以「小資產階級文藝理論之謬誤」相譏，但是，一度流行並成為時髦的標語口號文學本身不久便愈來愈充分地顯示出的蒼白、缺失及其終結，卻有力地證明了茅盾文學批評價值判斷的敏銳和正確。法國文藝理論家羅傑·加洛蒂在他的《論無邊的現實主義》中引述過這麼一句話：

　　　　批評家的權威就是被接受的或即將被接受的思想觀點的權威。

〔註53〕

茅盾的出色的批評實踐，可以為之作注腳。不是麼，茅盾文學批評中的超越意識與價值超前測定，充分顯示了他作為一個「批評家的權威」。而恰恰是這樣的對文學價值的權威性闡釋、判定和預測，構成了文學思想史、文學運動發展史的結構和基礎，概言之，構成了文學史的內在精髓與發展主線。

或許讀者已經意識到，茅盾文學批評的權威，主要並不體現在對個別具體作家作品的超越和價值超前測定上，而突出地體現在對一般的文學現實構

〔註53〕羅傑·加洛蒂：《論無邊的現實主義》第 9 頁，上海文藝出版社 1986 年版。

成的超越和預測上。新文學之初，茅盾與魯迅等人一樣，別求新聲於異邦，把俄國文學看作「導師和朋友」，將西洋文學視作「火種」。他特別強調翻譯介紹、引進接受工作的重要和必要：「我覺得翻譯文學作品和創作一般地重要，而在尚未有成熟的『人的文學』之邦像現在的我國，翻譯尤爲重要。」〔註54〕類似的呼籲與棒喝，茅盾在當時的其他文字中也有過多次的表述。事實已經證明魯迅、茅盾等人的見解的正確。翻譯文學，作爲一種域外參照系統，爲中國新文學的發展提供了富有現代意味的世界性眼光，而這種參照系和世界眼光之於中國文學現實及其後的發展的歷史作用，已隨著時間的推移逐步顯示了出來。

如果說，這種超越是屬於茅盾那整整一代的知識分子的，是時代意識的超前反映的話，那麼，下述事實就更多地屬於茅盾自己的具有個性特徵的超前預測了：在《一年來的感想與明年的計劃》等多篇文章中，他指出，現代文藝都不免受過自然主義的洗禮，就文學進化的通則而言，中國新文學的將來亦是免不了要經過這一步的。因之，「現在有注意自然主義文學的必要」。何況，面對長期陷於瞞和騙的大澤中的傳統文學，更不能不讓人大聲疾呼：先造出中國的自然主義文學來！大家知道，茅盾這裡所說的自然主義文學，既包括一般意義上的自然主義文學，也指涉普泛的現實主義文學範疇。這種理解，在當時是較爲普遍的。現在看來，茅盾的這種理解和預想，容或有不確之處，但他的蓬勃熱情，他的由現實感申發出的超越意識和導引意向，在總體上卻是正確而有其歷史必然性的。像這樣的帶有歷史必然性的超越意識和導引傾向，我還可以舉出別的例子予以說明。譬如，茅盾在那篇受馬克思主義文藝理論重要影響的論文《論無產階級藝術》中，就曾展望並呼喚文學界「應以無產階級精神爲中心而創造一種適應於新世界（就是無產階級居於治者地位的世界）的藝術」。抗戰剛開始，茅盾以其特有的敏感和熱情作了深刻的預言：

> 中華民族正以血以肉創作空前的「史詩」，大時代的鼓手由來就數詩人第一位。詩歌活躍於今日之文藝界就正是極合理的事。〔註55〕

每一個時代都產生了具有自己特性的文學。時代要求著文學，文學也必然要適應自己的時代，才能煥發出藝術生命的光彩。以抗戰這樣的大時代，隆隆

〔註54〕茅盾：《一年來的感想與明年的計劃》，《小說月報》第 12 卷第 12 期。
〔註55〕茅盾：《這時代的詩歌》，1938 年 1 月 26 日廣州《救亡日報》。

炮火使文學家們的血液沸騰，壯麗的鬥爭讓作家們的靈魂震顫。可歌可泣的事太多，此時此際，只有歌詠這大時代的詩歌才能淋漓盡致，充滿生氣。批評家於這抗戰帷幕剛剛拉起的時候，便能敏銳發現這一新的價值目標和文學走向，堪稱時代在文學上的審美要求和創造熱情的一個卓越的表達者。看得出來，茅盾在這類評論中，實際上並不僅僅是對具體作家作品的抽象審視與預測，而是反映著時代意志，對整個文學現實所作的宏觀性超越。在這種時代意志的超前反映和文學價值的超前測定中，批評家的發散性思維品質起了重要的決定性作用。

蘇聯文藝理論家庫里洛夫談到普希金關於批評是「發現文藝作品中的美和缺點的科學」時補充說，文學批評同時又是「為在文藝作品中確立新的美，為獲得文藝作品的新品質而鬥爭的藝術」〔註 56〕。這個補充確實很重要。因為正是後者，使得文學批評獲得了一種積極、獨立和創造的品格，並進而成為文學運動發展史的內在精神與靈魂。分析、判斷文學的思想、藝術價值，固然需要一種獨具的審美眼光、思辨能力和科學態度，而探尋、預測與創造文學的新的社會、美學內容，則需要更多的思維品質和心理能力。對作品的未來價值關係作超前反映，對文學潮流、傾向與發展態勢作宏觀把握與積極導引，充分地反映了文學批評的本質，最大限度地實現了批評的使命與目標。茅盾正是在這樣的積極調動自己的接受主體能動性和超越意識的批評活動中，表現出寬闊的胸襟、非凡的智慧和主體意識，並且通過文學參預意識、歷史意識和宏觀發散的整體性批評思維，展露出自己的恢弘氣度和獵獵雄風。在長期的批評實踐中，茅盾以其豐富、獨特的批評文字，有力地證明了自己的接受主體力量、超前反映能力和批評大家風範。

羅美（沈澤民）在 1929 年給茅盾的信中，向他提出了這樣的熱切期望：「時代是變得非常之快的，現在我們又應當趕快追蹤目前在群眾心理生活中所起的巨大的變遷而加以相當的反映了；誰能正確地認識它、分析它而指示出它的趨勢來的，就是時代的先驅，發聲震聵的驚雷。」〔註 57〕其實，這話既可理解為滿懷蓬勃的現實激情的沈澤民對茅盾的熱切期待，又可視作兼具作家、批評家才能的茅盾本人的自覺。這種標示著現實意識和未來意識的文

〔註56〕《國外社會科學著作提要》第 4 輯，第 82 頁，中國社會科學出版社 1981 年版。

〔註57〕羅美：《關於〈幻滅〉》，《文學周》第 8 卷第 10 期。

學觀念和價值目標，不僅對茅盾的文學創作是一種始終如一的審美取向標尺，而且對他的文學選擇和價值感知、判斷與預測，同樣是一種思維基礎和實踐方向。或許可以說，也正是主要因了這一點，成就了作為創作和批評大家的茅盾的罷。

第五章　選擇意識與現實主義理論批評的歷史運動──論茅盾文學批評的發展心理（一）

　　茅盾的社會的文學批評，作為一種審美形態和批評範式，實質上也是對文學批評確定性的一種選擇和尋求，寄寓著他作為一個批評家的成就與局限、自由與必然，展示了由其現代批評意識、社會生活視界、深在心智圖式和審美思維結構所決定的批評與現實、批評與創作、批評與接受的多維、多向的立體關係網絡。這樣的形態範式與結構系統，是一個具有彈性和張力的圓圈。它的層面和容量異常豐富。從各別視角去看茅盾的文學批評，便可見出這個圓圈的彈性與張力、富足與豐厚。

　　倘若可以說，我在前面幾章中，是將茅盾文學批評的心理結構和思維圖式，放在一個橫切面上予以共時性的品評探析的話，那麼，在下面的兩章中，我將換一個歷時性的縱向審視角度，依據時序演進，把茅盾文學批評放在一個動態的現代宏闊社會背景和文化背景中，來深入剖示茅盾批評的選擇意識的矛盾發展和批評形式心理的歷史軌跡。這樣，或許能夠有助於我們對茅盾文學批評心理世界和心理歷程作全面而深層的把握與認識。事實上，當探詢與研究轉換成這樣一個新的視角的時候，在我們的面前，在邏輯與歷史的交匯點上，便會出現一個更為豐富複雜、深邃宏大的心靈世界。

一、茅盾是誰？歷史而具體的批評個性。選擇意識──批評心理發展的深在機制。文學批評是「個人選擇與社會選擇」的統一。文學選擇歸根結底是由客觀社會生活本身完成的。構建於批評主體各別質素與心理定勢之上的「人為的選擇」。

1933 年 4 月，瞿秋白對中國新文學批評界和魯迅研究界貢獻出了他那著名的《〈魯迅雜感選集〉序言》。在這篇出色的批評文章裡，瞿秋白提出並成功地闡釋、回答了「魯迅是誰」的問題。這個問題，抓住了批評對象的人格心理和社會角色等主要方面，確乎很值得人們的充分關注和深入思考。魯迅是誰？瞿秋白在講述了一番羅馬神話以後，指出，魯迅就是那憎惡黑暗世界，蔑視虛僞自欺，找著了群眾的野獸性，找著了掃除奴才式的家畜性的鐵掃帚，找著了眞實的光明的建築的現代的萊謨斯，是野獸的奶汁所餵養大的，是封建宗法社會的逆子，是紳士階級的貳臣，而同時也是一些羅曼蒂克的革命家的諍友！文中，瞿秋白並沒有止於靜態的剖析描畫，而是從魯迅思想發展的心靈歷程的縱向視角，對「魯迅是誰」進行了動態的考察和歷史的研究。他寫道：「魯迅是從進化論進到階級論，從紳士階級的逆子貳臣進到無產階級和勞動群眾的眞正的友人，以至於戰士，他是經歷了辛亥革命以前直到現在的四分之一世紀的戰鬥，從痛苦的經驗和深刻的觀察之中，帶著寶貴的革命傳統到新的陣營裡來的。」〔註 1〕瞿秋白的這些論斷，現在看來可能不乏缺失和偏頗，然而，他從中國近現代思想文化、政治意識和社會心理發展的角度，首次提出並分析了魯迅的人格心理和角色個性的歷史發展，卻是不僅為正確認識魯迅、把握魯迅思想的卓越價值和重要地位提供了切實的闡釋和評斷，而且，還為我們的文學研究與批評開啓了一個頗具魅力的研究方法，同時，也引起了我對茅盾文學批評心理的深入思索：茅盾是誰？在劇烈動蕩、曲折複雜的現代中國社會、文化的歷史進程中，茅盾的角色身份和個性心理有著怎樣的歷史面目？在時代的舞台上，他如何完成了自己的文學批評的歷史使命，換言之，他的極具個性的文學批評意識心理和形式心理，有著怎樣的歷史涵義和發展軌跡、走向呢？

從文化心理學的角度看，茅盾及其文學批評個性，作為一種歷史的文化

〔註 1〕瞿秋白這個序言寫於 1933 年 4 月 8 日，同年 7 月收入青光書局出版的、由他編選的《魯迅雜感選集》（署名何凝）。參見林非：《〈魯迅雜感選集序言〉的歷史意義》，《社會科學戰線》1987 年第 3 期。

現象，是社會的個體，歷史發展過程的客體和主體。它的生成、發展，是由特定的歷史時期，亦即現代中國的歷史發展階段的社會存在條件的總和所決定的。也就是說，茅盾以及他的文學批評，作為一種個性存在，是他所處的時代和社會現實生活的產物，是構成現代中國社會、思想和文化的歷史里程碑的重要表徵。歸根結底，個性總是歷史的具體的。正像不存在超社會的個性一樣，也不存在不屬於一定時代、社會、民族及其思想、歷史運動的超歷史的天馬行空式的批評個性。考察茅盾文學批評的心理發展，可以清晰地看出，現代中國社會的運動發展和心理進程，非特是構成了茅盾文學批評活動的文化心理背景，而且全然成了他的文化活動和批評活動的舞台上的重要伙伴。現代中國社會、思想、文化及文學發展的一動一靜，莫不在他那裡得到輻射、映照和反應。「個人作為歷史事件的參與者、作為共同體（社會過程的主體）的成員，他的特徵是由他對歷史過程的意識和體驗的一定深度，由『歷史感』（似乎可以這樣稱呼這種體驗）來表明的。」〔註 2〕同樣，一個優秀的文學批評家，他的歷史特徵，也是由其對歷史運動過程的深刻體驗和文化意識，由他的豐厚的歷史感來標示的。那麼，茅盾文學批評所表徵的「對歷史過程的意識和體驗的一定深度」何在，他的文學批評的「歷史感」又是通過怎樣的意識心理形式表現出來的呢？要回答這個問題，必須從茅盾文學批評的選擇意識談起。

所謂文學批評的選擇意識，其具體的涵義概而言之是指，文學批評是「個人的選擇」與「社會的選擇」的統一。這是茅盾自己六十多年前提出的一項理論命題。它不僅標誌著茅盾文學批評深在意識心理的理性自覺，喻示著茅盾開手批評活動不久便已經將文學批評的經驗轉化成了一種帶有哲學意識的理性積澱物，而且，因其包涵著茅盾對文學批評內在底蘊和本質特性的深刻而準確的把握，代表了他六十餘年文學批評實踐的價值取向與審美歸趨所在，所以，這種批評的選擇意識實質上成了茅盾文學批評歷史發展的深在心理機制。

茅盾的這個文學批評思想，見諸他著名的《論無產階級藝術》一文。這篇文章，寫於 1925 年「五卅」前後。雖然這是一篇譯述性的文字，但卻代表了茅盾思想發展的實際情況，是眾所周知的茅盾文學進程中的一個重要里程碑。它標誌和預示著茅盾的文學觀念、批評意識等一系列思想、理論發展躍

〔註 2〕《心理學文選》第 179 頁，人民教育出版社 1986 年版。

遷的契機。在文章中，茅盾全面考察了無產階級藝術的生成條件、歷史與現狀，深入論述了無產階級藝術的範疇、內容、形式等理論問題，顯示了博大邃密的思想容量與理論思辨能力。該文是茅盾對早期共產黨人鄧中夏、惲代英、沈澤民等人倡導革命文學的積極響應和有力支持，同時也是他在親身參加革命實踐和文學活動的基礎上，以切實的研究與體會，對無產階級藝術和文學理論的重大貢獻與建樹。不僅如此，而且，正如茅盾自己所說，文章還蘊涵著他試圖「用『爲無產階級的藝術』來充實和修正『爲人生的藝術』」，從而「清理一番自己過去的文學藝術觀點」的意思，〔註3〕因之此文對他此前此後，以至整個一生的文學批評生涯，都具有異乎尋常的決定作用和導向意味。

《論無產階級藝術》一文的第二節，論述了無產階級藝術產生的條件，同時，作者談到了文學藝術批評論。在這裡，茅盾別出機杼，創造性地拈出了批評即選擇的新鮮見解。文中說：

> 自來文學家對於批評論的本體及功用有多種不同的說法；在功用這一點，他們有一個比較通行的說頭，乃謂批評論的職能有兩個方面：一爲指出藝術的眞相而加以疏解，使人知道怎樣去鑑賞；一爲指出藝術的趨向與範疇，使作家從無意的創造進至有意的創造。這種說法，我們可以同意。但在解釋批評論的本體這一點，我們應該提供一個新的說法。

這種新的說法是什麼呢？茅盾說，「我們要說批評論就是上面所說的『社會選擇』之系統的藝術化的表現。」而這「『社會選擇』之系統的藝術化的表現」，歸根結底也就是一種塗抹著個性色彩的「人爲的選擇」。這就是說，文學批評，實質上也就是「社會的選擇」與「個人的選擇」的統一。這裡，茅盾爲我們揭櫫並闡述了一種新的文學批評本體論。

關於「社會的選擇」，茅盾在文章中作了較爲深入的分析。在他看來，作家從生生不息、流動不居的現實生活中覓得「新而活的意象」，經過自己審美意識的過濾、加工和創造之後，或借文字或借線條或借音浪予以表現。而當藝術作品一旦這樣物化而爲一種客觀存在時，「社會的大環境又加以選擇，把適合於當時社會生活的都保存了或提倡起來，把不適合的消滅於無形。此種社會的鼓勵或抵拒，實有極大的力量，能夠左右文藝新潮的發達。」因此，

〔註3〕茅盾：《五卅運動與商務印書館罷工》，《新文學史料》1980年第2期。

騎士文學適應了中世紀封建制度下的社會生活，所以才能盛行於西方中世紀的寂寞文苑；而浪漫主義作爲文學上的自由主義，恰恰應合了資產階級上升期個人主義的社會發展趨勢，因而才能縱橫自如地馳騁於十九世紀前半期的歐洲文學疆場。這樣的社會選擇，在階級社會裡，當然主要是一種階級的選擇了。譬如，「在資產階級支配下的社會，其對於文藝的選擇，自然也以資產階級利益爲標準；那些不合於資產階級的利益，開得太早的藝術之花，一定要被資產階級的社會選擇力所制裁，至於萎死；即不萎死，亦僅能生存，決無發榮傳播之可能。」而對文學藝術的社會選擇與階級選擇之「系統的藝術化」，便主要表現和集中在評論家的文學批評與文化選擇之中。而事實上，被譽爲時代心智工程的文學批評，不能不受特定的社會、階級，特定的思想、文化的影響、左右和規定，因而，批評家們自覺不自覺地總在代他們的時代、社會、民族和階級、文化作著自己的選擇。

　　在這種情況下，文學批評實在是由不得評論者盲目胡謅、主觀臆造的。任何文學批評，不僅要受時代、社會、現實的制約，經文學思潮、藝術規律的客觀影響與淘漉，而且，任何文學批評者的一切選擇、闡釋、理解、判斷，都一無例外地潛存著許許多多的客觀規定性，並且都要經過種種客觀規定性的歷史檢驗與確證。文學批評的這些客觀規定性，首先來自作品本身。馬克思在談到批評時曾這樣反問道：「難道對象本身的性質不應當對探討發生一些即使是最微小的影響嗎？」〔註4〕這個結實、有力的反問，肯定了批評客體的重要意義，無疑是非常正確的。其實，即便是土觀性極強的批評家，他的申述自己、發揚主觀的批評視角和理解前提，也只能受制於豐富、多義的評論對象（作品）本身。而作品的這種規定與制約，最終仍來自社會現實、時代生活這一生生不已的活的源頭。換言之，作家創作、批評家評論，總是直接間接地爲社會生活所規定。因而客觀社會生活對文學批評、文學選擇更具有決定作用。盧卡契一言以蔽之道：「對本質事物的選擇，不論是在人的主觀世界還是客觀世界中，都是由生活本身完成的。」〔註5〕確實，有了作品，特別是生活的這種客觀規定性，文學批評方才成爲一種確定性的文學選擇。

　　毋庸置疑，這種文學選擇既是生活的社會的時代的，當然也是個人的；既是一種個性化的，如茅盾所說的「人爲的選擇」，顯然也是一種「社會的選

〔註4〕《馬克思恩格斯論文學與藝術》第 198 頁，人民文學出版社 1982 年版。
〔註5〕《盧卡契文學論文集》第 1 冊，第 57 頁。

擇」。因為，文學批評的社會選擇，必需也只有通過「人為的」，亦即個人的選擇，才能夠得以充分實現。關於這一點，茅盾在他的《論無產階級藝術》一文中並沒有展開討論，而著重談的是文學批評家的立場問題。他說：「自來的文藝批評家常常發『藝術超然獨立』的高論，其實何嘗辦到真正的超然獨立？這種高調，不過是間接的防止有什麼利於被支配階級的藝術之發生罷了。我們如果不願意被甜蜜好聽的高調所麻醉，如果不願意被巧妙的遮眼法所迷惑；我們應該承認文藝批評論確是站在一階級的立點上為本階級的利益而立論的，所以無產階級藝術的批評論將自居於擁護無產階級利益的地位而盡其批評的職能，是當然無疑的。」這段話，談的是文學批評主體意向和批評家的主觀傾向性與思想立場問題，可強調的還是「社會選擇」、「階級選擇」對於個人選擇的客觀規定性。這與《論無產階級藝術》的主要題旨有關，也和茅盾當時的社會意識、階級觀念漸臻強化有著內在的因果關係和邏輯必然。

那麼，這是不是意味著茅盾忽視或輕視「個人的選擇」的重要性和必要性呢？卻也不是。事實上，他是很重視批評者的主體意識和個性選擇的。在茅盾文學批評的深在心態層次和具體評論實踐中，他並不簡單地以抑制個性來服從群眾的社會、階級的需要，相反，茅盾異常注重文學批評的主觀尺度和個體感受與經驗取向，努力弘揚批評家的自我意識、審美情緒與趣味。早在二十年代初，他就特別地意識到「自來很少絕無主觀的大批評家」〔註6〕。在《春季創作壇漫評》一文中，他申明他只是按照自己的理解力與判斷力批評眼前的作品。三十年代的《論加強批評工作》一文則指出：「批評家勸作家不要寫自己不熟悉的事，也該自勸不要批評自己所不熟悉的事。」話說得很尖銳，卻直落地道出了批評家作個人的選擇的必然，探及到了批評即選擇的本質特性。四十年代，茅盾還認為批評家審視、觀照文學現象，猶如作家觀察人一樣，「主觀上如果沒有尺度，則又不能看得深刻，看進裡面去」〔註7〕。他在一篇談讀書的文章中，還曾經頗為張揚「趣味說」。他說，人們讀文學作品，大抵各就所好；同一作品，甲乙丙丁的觀感各有不同，因為各人的藝術與審美趣味不同。但各人的趣味何以有所不同呢？他認為這完全可以從各人的身世、教養、思想、意識等種種主觀差異來加以解釋〔註8〕。而文學批評的

〔註6〕茅盾：《〈創造〉給我的印象》，《時事新報·文學旬刊》第37、38、39期。
〔註7〕茅盾：《關於小說中的人物》，《抗戰文藝》第7卷，第2、3期合刊。
〔註8〕參見茅盾：《「愛讀的書」》，《茅盾文集》第10卷，人民文學出版社1961年版。

個人選擇，不也恰恰正是建立在批評主體的各別審美趣味等主觀因素的基礎之上，並且完全可以得到科學解釋和說明的麼？

文學批評作爲一種「個人的選擇」，不能不受到批評主體諸多因素的規範和制約。批評家的價值觀念、思想意識、稟性氣質、情緒心境、閱歷經驗、美學理想、藝術趣味、審美判斷和鑑賞能力，等等，綜合構成文學批評主體方面的心理定勢、審美圖式和「反應刺激的能力」〔註9〕，從而使「我們傾向於看見我們以前看過的東西，以及看見最適合於我們當前對於生活所全神貫注的和定向的東西」〔註10〕。因此，惟有作家作品與批評主體的審美心理定勢相契合，與批評家的審美心理圖式發生「同化」作用，才能成爲文學批評的選擇對象。或者說，惟有批評者的心理定勢、心境需要、精神氣質、經驗刺激等審美知覺組織與客體和諧一致，文學批評才會成爲可能。十八世紀英國美學家休謨，曾這樣描述審美心理定勢在選擇作家作品時的作用：

> 我們選擇心愛的作家有如擇友，是基於脾性和氣質的一致。歡笑
> 或者熱情，善感或者多思，不論我們的性情中哪一種居於主導，它總
> 使我們對於那最接近於我們的作家產生一種特別的同感。〔註11〕

尋找、選擇自己肯定的批評對象和批評領域，確乎是一種普遍的現象。如茅盾十分關注現實主義作家，周作人精心耕耘「自己的園地」，鄭振鐸指涉「血和淚的文學」，李健吾傾心京派作家，以及馮雪峰的除了魯迅還是魯迅，等等，都是這樣。

這種審美意識和心理定勢的浸潤與參預、共鳴與契合，自然不光表現爲批評家在選取作家作品時受自己的理解力和心靈敏感區驅使，實際上也表現在審美主體選擇批評模式、範疇、方法、視角以至作出審美判斷與結論等具體的批評活動中。而恰恰是後者，更爲主要地決定了文學批評創造性的差異和審美個性、批評風格的多樣化。恩斯特・卡西爾說：「人性的特徵正是在於，他並不局限於對實在只採取一種特定的唯一的態度，而是能夠選擇他的著眼點，從而既看出事物的這一面樣子，又能看出事物的那一面樣子。」〔註12〕這裡所謂選擇「著眼點」，具體到文學批評，則既包括選擇批評視角、方法、模式，也包括選

〔註 9〕皮亞傑：《發生認識論原理》第 60 頁，商務印書館 1985 年版。
〔註 10〕克雷奇等：《心理學綱要》下冊，第 78 頁。
〔註 11〕《美學文藝學方法論》下冊，第 588 頁，文化藝術出版社，1985 年版。
〔註 12〕恩斯特・卡西爾：《人論》第 216 頁。

擇自己的審美理解和批評結論。當瓦格納和托爾斯泰評論貝多芬和莎士比亞時，他們批評、理解的幾乎不是貝多芬或莎士比亞，而是在談論他們自己，在闡述自己的審美理解和美學理想〔註13〕。在他們那裡，文學、藝術批評被發揮到了極致，但又得承認，他們是在行使著他們的，幾乎是不可褫奪的選擇權利！恩斯特·卡西爾還曾深刻地指出：「知覺材料的聯合與分離，是依賴於對一個參照系的自由選擇的。」〔註14〕對這樣的參照系進行選擇的內在機制，在茅盾文學批評理論框架中，就是文學批評的個人選擇與社會選擇的統一。在茅盾看來，惟有把「個人的選擇」和「社會的選擇」作為尋求確定性的文學批評的參照機制，文學批評才能既充滿活氣與靈性，富有生命力，又具有一貫性和確定的審美風貌。我們看到，茅盾自己其實就是這樣努力孜孜以求、實踐不輟的。茅盾文學批評的價值尺度和批評標準，也構建於這樣的價值目標和選擇意識之上。在他的心目中，文學批評的標準，就是主觀尺度與客觀標準的統一。只是由於時代、社會、現實等外在的引力與濡染，使他往往更為倚重、突出客觀標準和社會尺度。然而，他深深懂得，批評家只有不失卻自己的主觀尺度和主體意向，他的批評本身才會相應地成為生命的情感符號和心靈的自由象徵。他才能在這種自我的本質力量的確證中，在大的社會心理背景之下，既為作家勾畫肖像，同時也塑造著自己的形象。而茅盾自己數十年的新文學批評活動，正是在現代意識的理性光芒照耀下，為作家畫像，為自己造型，亦為社會與時代留影，不斷作著自己具有現代意義與社會意義的文學選擇的。也是在這個意義上，我們說，茅盾文學批評自覺的選擇意識（社會選擇與個人選擇的統一），構成了茅盾文學批評心理發展歷史軌跡的深在機制。

　　之所以說這種選擇意識是茅盾文學批評歷史發展的心理機制，還因為，社會選擇與個人選擇的兩極對立運動及其統一，不僅最根本地揭示了茅盾文學批評作為一種文化現象發生、發展、流衍變化的歷史必然性，而且，還有力地昭示了茅盾文學批評作為一種動態的追求系統的心理內容和本質特性。下面，我將通過茅盾一生追尋、探索、實踐不已的現實主義理論批評的精神歷程，來對茅盾文學批評的這種心理機制做一總體的歷史說明。

〔註13〕 羅曼·羅蘭：《托爾斯泰傳》，《歐美作家論列夫·托爾斯泰》第 73 頁，中國社會科學出版社 1983 年版。王爾德在他的《評論家也是藝術家》一文中，也舉有不少類似的例子。參見《英國作家論文學》第 299 頁。
〔註14〕 恩斯特·卡西爾：《人論》第 171 頁。

二、「五四」時期：對俄國現實主義文學的心理對位與價值認同；「五卅」時期：向無產階級革命現實主義轉換方向；抗戰時期：民族與時代的選擇——「還是現實主義」。《夜讀偶記》和「現實主義與反現實主義鬥爭」公式產生的心理動因。

在二十世紀中國文學的發展途程中，現實主義以其蓬勃生機和宏大氣派，占據了突出而重要的位置。隨著現代中國劇烈動蕩、繁富複雜的時代社會大潮和思想文化運動的向前推進，現實主義在融合新機、順應時代，與各種文藝流派思潮的競爭中顯示了自己頑強的生命力、強大的凝聚力和生生不已的發展態勢。現實主義在現代中國的發生發展，成為新文化和新文學運動中蔚為壯觀的歷史現象和時代浪潮，是與茅盾的理論上的倡導呼喚和弘揚發揮有著密切的關聯的。雖說在茅盾之先，已有陳獨秀「建設新鮮的立誠的寫實文學」的口號和胡適的「睜開眼睛來看世間的真實現狀」的主張〔註15〕，然而，文學研究會繼《新青年》之後高張為人生的現實主義大旗，特別是作為文學研究會中堅的茅盾，以其一篇又一篇的理論文字和評論文章，以其主持編輯的《小說月報》等刊物，全面、切實而持久地推動著現實主義文學向前發展，卻是不容漠視的歷史事實。

「五四」時期思潮迭起，流派紛呈，現實主義為何能成為茅盾和他那個時代的智識者與文化先驅們所選擇並張揚發展的對象呢？茅盾向來生性持重謹慎，對國外五花八門流湧進來的文藝新說，總是既不貿然盲從也不驟施反對，而取品評權衡的審慎態度。他之選擇、倡導現實主義，除了基於當時改造中國社會人生的考慮以外，還因為，在他看來，「五四」前的文壇上彌漫著一股為傳統封建思想文化浸染過的毒氣。它的毒素根源，「一是『文以載道』的觀念，一是『遊戲』的觀念」。茅盾說，中了前一個毒的中國小說家，拋棄真正的人生不去觀察不去描寫，只知道把聖經賢傳上朽腐了的格言作為全篇主旨，憑空想像出些人事，來附會他們因文以見道的「大作」；中了後一個毒的小說家，本著他們的「吟風弄月文人風流」的素志，遊戲起筆墨來，結果也拋棄了真實的人生不察不寫，只寫了些佯啼假笑的不真實的東西〔註16〕。——這樣的文化空氣和文學現實，為批評家選擇並倡導現實主義文學提供了

〔註15〕參見陳獨秀：《文學革命論》，《新青年》第 2 卷第 6 期；胡適：《易卜生主義》，《新青年》第 4 卷第 6 期。
〔註16〕茅盾：《自然主義與中國現代小說》，《小說月報》第 13 卷第 7 期。

客觀的前提條件，而茅盾在學生時代的作文和《學生與社會》、《托爾斯泰與今日之俄羅斯》等早期論文中所呈露出來的關懷社會、歷史與家國，關注文化與社會的變革，以改革社會爲己任的價值取向，以及他當時哲學意識上所受的歷史進化觀念，等等，都爲他最終選擇現實主義（包括寫實主義與自然主義），並爲之鼓吹吶喊，起了重要的作用。不難看出，主觀與客觀，個性選擇與社會選擇，一旦匯聚於一個歷史的臨界點，那麼就極有可能爲理論批評家提出一個全新的價值目標和理論基點。茅盾和他的許多同代人之選擇現實主義，就是如此。

歷史地看，在當時的文壇上也有相當一批文學活動家和批評家選擇或傾向於浪漫主義，像郭沫若、成仿吾、郁達夫，甚至像贊成爲人生而藝術的文學研究會中的鄭振鐸等人，都是較爲典型的人物。然而，他們的選擇，也不是偶然的。千百年的封建思想和吃人禮教的禁錮與束縛，啓蒙主義變革社會的歷史要求；以及他們鮮明而特異的個性質素和主情傾向，使他們的選擇不僅成爲一種歷史的必然，而且成爲一種全然主動化了的價值取向。這種情況，與茅盾所受的主客觀制約和規定在本質上是一致的，只是在具體的價值目標追求與運動過程中，因爲各自諸多因素的綜合的結果不同，文學選擇便也存了或大或小的差異。就茅盾取現實主義而冷落了浪漫主義而言，除了上述原因以外，就還與他下述的比較綜合有關。在《文學上的古典主義浪漫主義和寫實主義》一文中，他把浪漫主義與現實主義做了這麼一通比照分析：浪漫主義注重想像，寫實主義注重觀察；浪漫主義倚重主觀，寫實主義倚重客觀；浪漫主義偏重描寫上等，寫實主義偏重描寫下等；浪漫主義關注藝術，現實主義關注人生，等等。茅盾說，「一二兩層，浪漫主義與寫實主義各走一偏，原也不能分個究竟誰強誰弱，三四兩層，那麼浪漫文學輸給寫實文學了。」顯然，這是基於現實考慮之上的一種綜合性的價值取向，滲透了茅盾的關心現實和社會人生的熱情，也融進了批評家自己的個性化的理解和闡釋。由是可以見出，茅盾的對外來現實主義的價值認同，實質上是他受現實社會制約下的一種個性化的綜合選擇的結果。

「五四」前後，伴隨著熙熙攘攘流湧進來的西方思想新潮和文藝新說，外來的現實主義也以一種繁雜的面目和紛呈的異彩，而讓人目不暇接，眼花繚亂。當時，至少有四種現實主義在「五四」文壇這個大漩渦中展姿弄潮，一顯身手：一、巴爾扎克、狄更斯等爲代表的西歐現實主義；二、左拉爲領

袖的法國自然主義；三、別林斯基、托爾斯泰等爲標幟的俄國現實主義；四、易卜生等人的東北歐現實主義。其中，因爲「五四」前後許多人（包括茅盾）對法國「自然主義」文學的理解，與西方「寫實主義」纏夾不清，互有交叉，所以前二者可以統而名之爲西歐批判現實主義文學；後二者則因其內面精神的相似或共通，亦可視爲一體，而以俄國現實主義文學派別爲其代表。在這二者之間，茅盾作著怎樣的選擇呢？考察、檢視一下茅盾當時的文學批評和嗣後的文學創作實踐，便會發現，他的價值目標和文學趣味，顯然更爲傾向於俄國現實主義文學。

魯迅 1932 年在《〈豎琴〉前記》中談到俄國文學時說：「俄國的文學，從尼古拉斯二世時候以來，就是『爲人生』的，無論它的主意是在探究，或在解決，或者墮入神秘，淪於頹唐，而其主流還是一個：爲人生。」而早在 1926 年，郁達夫也曾敏銳地指出：「世界各國的小說，影響在中國最大的，是俄國的小說。」〔註 17〕事實確乎如此。這種影響不僅客觀存在，而且廣泛深刻。共同的遭遇、奮鬥和經驗，構成兩國不期然而然的異質同構關係和文學創作及思想理論上的對位效應。「五四」以來的新文學作家和批評家們，幾乎是以不自覺的意識和本能的眼光投注到俄國現實主義文學上的。他們自覺不自覺地感到：俄國文學是我們值得親和的朋友。這種朦朧的意識和清醒的思想，建立在與俄國文學相類似的潛在的傾向之上，而這潛在的傾向——「爲人生」，則促成了俄國現實主義文學在中國影響的深入。「眞正的影響永遠是一種潛力的解放。」〔註 18〕在這解放的途程中，茅盾和「五四」時期不少主張「爲人生而藝術」的作家與批評家們一樣，發現、選擇了托爾斯泰等俄國現實主義文學大師和別林斯基等有著鮮明的現實主義傾向的革命民主主義美學批評家。

十月革命一聲炮響，把茅盾從對故紙堆的沉迷中驚醒，他抬起頭來，將視野投注到澎湃動蕩的世界潮流中去，並在世界性的文化震蕩和文學發展中，接觸到了旨在爲人生的俄羅斯文學，發現並拿來了托爾斯泰。作爲文學活動家和理論批評家，茅盾在初始，對托爾斯泰作品的推動社會進步和促進政治問題解決的積極的社會作用的肯定，遠遠勝過對這位文學大師作品的藝術魅力的歎服，對托爾斯泰人道主義的親和欽佩也大大超過了對這位藝術巨

〔註 17〕郁達夫：《小說論》，《郁達夫文集》第 5 卷，第 14 頁。
〔註 18〕盧卡契語，轉見《歐美作家論列夫‧托爾斯泰》第 60 頁。

匠、文學天才的崇拜。具體而言，茅盾早年對托爾斯泰的熱心宣傳發揚和心馳神往，是與在下述方面同托爾斯泰的意識心理產生對位效應有著密切關聯的：一、人道意識。茅盾認為「托爾斯泰是最大的人道主義者」。他指出，托爾斯泰「對社會之觀察，乃樂觀的非悲觀的，彼謂社會大多數人皆為善人，其為惡者或社會制度逼之為惡，或社會之高等人臨之為惡也，其說部或劇部都含此意」〔註19〕。這裡，實質上指涉、探及托爾斯泰人道意識的主要內容，亦即基於自然人性論之上的人道主義理想，以及基於人道主義理想之上的對戕害人性的不合理社會予以批判的平民化傾向。茅盾早期的理論批評，就是在這樣的對托爾斯泰的闡釋和認識的基礎上，接受了這位藝術大師的觀點，將人道主義理想和平民意識用之於文學的選擇與理論的探討之中。「五四」時期，他一再聲明強調「我們覺得文學的使命是」「使那無形中還受著歷史束縛的現代人的情感能夠相互溝通，使人與人之間的無形的界線漸漸泯滅，文學的背景是全人類的背景，所述的情感自然是全人類共通的情感」〔註20〕，等等，就典型地反映了他受托爾斯泰影響，要求表現人道主義文學理想的理性自覺。而事實上，不僅在茅盾早期的批評文字中閃爍著人道意識的理性光芒，而且，由此鑄就的茅盾文學批評的人文心靈，影響、左右了茅盾漫長的現實主義批評生涯。二、平民意識。《被損害民族的文學號‧引言》一文，代表了茅盾受人道意識浸染過後反映出來的深厚的平民意識：「在榨床裡榨過留下來的人性方是真正可寶貴的人性，不帶強者色彩的人性，他們中被損害而向下的靈魂感動我們，因為我們自己亦悲傷我們同是不合理的傳統思想與制度的犧牲者，他們中被損害而仍舊向上的靈魂更感動我們，因為由此我們更確信人性的砂礫裡有精金，更確信前途的黑暗背後就是光明。」結合前面我所引述的茅盾關於浪漫主義與現實主義的幾點參照比較，可以看出茅盾的這種滿蘊著樂觀精神的平民意識，正是他對現實主義的選擇與執著以至自信的深在原因之一。同時，這種平民化傾向，也是導致後來（抗戰期間）茅盾形成現實主義文學大眾化價值取向的重要原因。三、參與意識。茅盾從事思想文化活動與文學批評，是與蘇聯社會主義革命和托爾斯泰等的現實主義文學的參與意識的影響分不開的。在《托爾斯泰與今日之俄羅斯》中茅盾所說的這麼一段話，就反映了這一點：

〔註19〕茅盾：《文學家的托爾斯泰》，1919年12月8日《時事新報‧學燈》。
〔註20〕茅盾：《創作的前途》，《小說月報》第112卷第7期。

　　……十九世紀則俄人思想一躍而出的始興之時代，亦即大成之
時代，二十世紀後數十年之局面，決將受其影響，聽其支配，今俄
之 Bolishivism 又已彌漫東歐且將及於西歐，世界潮流澎湃動蕩，正
不知其依何底也，而托爾斯泰實其最初之動力。

這段話，在論及文學與俄國革命的關係時，容或有些誇張，然而卻是大體上
把握到了托爾斯泰以至整個俄國現實主義文學尋求與社會、民族、人民解放
運動緊密打成一片的參與特性。在這方面，托爾斯泰確乎是異常突出的。列
寧稱托爾斯泰是俄國革命的一面鏡子，就道出了這位大作家的文學創作的本
質。而托爾斯泰自己還曾這樣直接而明晰地表白過：「任何藝術流派必不可免
要參與社會生活。」〔註 21〕這話不妨視作這位偉大作家參與意識的自覺。由
此也可見，茅盾當年在將易卜生和托爾斯泰作了比較之後得出的「伊柏生獨
破其假面，而托爾斯泰立其救濟之法」，確實是不無道理的。參與社會生活，
尋覓、探索社會政治問題的解決，是托爾斯泰現實主義的重要特質，也是倚
重理性化、社會化的茅盾所特別易於引起共鳴的東西。

　　周作人早年在談到俄國文學時說，俄國現實主義文學的特色「是社會的
人生的，俄國的文藝批評家自別林斯基以至托爾斯泰，多是主張爲人生的藝
術」〔註 22〕。茅盾的文學活動，尤其是早期的理論批評活動，所受的文學影
響及其主動的接受與選擇是多元的。僅以對俄國現實主義文學而言，茅盾選
擇、接受的就不僅止於他所傾心的托爾斯泰，比較突出的，至少還有周作人
這裡所說的同樣高標爲人生的別林斯基等俄國革命民主主義文學批評家。雖
然茅盾對後者的選擇接受不像他接受托爾斯泰那樣情不自禁的聲明發揚，然
而卻也不是無迹可尋的。不錯，「五四」時期，俄國革命民主主義者的美學著
作尚未被直接翻譯過來，但間接的譯述、介紹卻是有的。像文學研究會作家
鄭振鐸撰述的《寫實主義時代的俄羅斯文學》，就介紹了別林斯基的美學批評
觀（「認定人生較藝術尤爲重要的前提，而執以爲批評的標準」，等等）；而茅
盾的弟弟沈澤民，還曾在茅盾主編的《小說月報》上，以《俄國底批評文學》
爲題，譯述了克魯泡特金的《俄國文學中的理想與現實》一書中專門介紹別
林斯基、車爾尼雪夫斯基、杜勃羅留波夫等俄國革命民主主義者的美學批評
的篇章，並在同期撰寫了《克魯泡特金的俄國文學論》，予以進一步的張揚發

〔註21〕《列夫・托爾斯泰論創作》第 2 頁，漓江出版社 1982 年。
〔註22〕周作人：《文學上的俄國與中國》，《藝術與生活》中華書局 1926 年版。

揮。這些，對於視野開闊、思想靈敏的茅盾，不能不有所影響。

俄國革命民主主義者強調文學家是自己時代的兒子，要求文學參與社會，為時代現實服務。在他們看來，倘若一個作家或詩人的靴子上不沾有泥土，不在社會革命風雨中經驗現實人生，那他就沒有資格作一個公民，更不要說是文學家了。他們反對純藝術派的文學批評標準，主張文學應當反映、批評和服務於社會，表現社會問題，具有鮮明的思想傾向。別林斯基在揭露「為藝術而藝術」的虛偽時說：「剝奪藝術為社會服務的權利，不是抬高藝術，而是貶低藝術，因為這意味著奪去了它的生命——思想。」〔註23〕此外，俄國革命民主主義批評家還特別重視文學的人民性、理想性和未來意識。像杜勃羅留波夫的著名批評文章《黑暗王國中的一線光明》、《真正的白天何時到來？》等就突出地表現了這一點。恩格斯稱杜勃羅留波夫和車爾尼雪夫斯基為「兩個社會主義的萊辛」〔註24〕，也是就這點而言的。

上述這些方面，我們都能在茅盾的理論批評文字中找到或深或淺的投影與自覺不自覺的對位效應：他從「俄國近代文學」中體悟到文學實在是民族的秦鏡，人生的禹鼎，不但要表現人生，而且要有用於人生，因而迫不及待地向中國的新文學界提出了「表現人生，指導人生」的期冀〔註25〕；他認定「文學是思想一面的東西」，「凡是一種新思想，一方面固然要有哲學上的根據，一方面定須借文學的力量，就是在現實人生裡找尋出可批評的事來，開始攻擊，然後這新思想能夠『普遍宣傳』。」〔註26〕在此價值取向的基礎上，思想性成了他的文學批評的重要標準；他在《文學者的新使命》一文中認為，文學家不僅要暴露黑暗，揭除病根，而且要「隱隱指出未來的希望，把新理想新信仰灌注到別人心中去」，從而使自己的文學啟蒙活動成為創造新生活的一部分。看得出來，茅盾早期以至貫穿一生的這些文學思想主張和批評價值取向，蘊涵了他對俄國革命民主主義美學批評進行價值認同和主動選擇的許多質素，體現了批評家順乎時代發展趨赴，把握文學深在本質的歷史與藝術的必然。

當我們掌握了「五四」時期茅盾對現實主義所作的文學選擇這一歷史特

〔註23〕轉引自《歐洲文學史》下冊，第204頁，人民文學出版社1979年版。
〔註24〕《馬克思恩格斯全集》第18卷第592頁。
〔註25〕茅盾：《俄國近代文學雜譚》，《小說月報》第11卷第1、2期。
〔註26〕茅盾：《對於系統的經濟的介紹西洋文學底意見》，1920年2月4日《時事新報‧學燈》。

徵後，換言之，當我們了解了茅盾對俄國現實主義的親和欽佩與主動選擇以後，便不難理解年輕的批評家為什麼在「五四」初期那幾年，有時大力倡導介紹寫實主義（西歐批判現實主義）和自然主義（如《小說新潮欄宣言》、《〈小說月報〉改革宣言》等），有時（甚至同時）又堅決反對提倡它們（「在社會黑暗特甚，思想錮蔽特甚，一般青年未曾徹底了解新思想意義的中國，提倡自然文學盛行自然文學，其害更甚。」），而認為中國的新文學要提倡新浪漫主義、表象主義文學（如《我們現在可以提倡表象主義文學麼？》、《為新文學研究進一解》等）。具體說來，結合茅盾在俄國為人生的現實主義文學思想影響下形成的積極的參與意識、樂觀的人道意識和文學的思想性、理想性的價值取向，我們就會理解，茅盾在提倡、介紹寫實派自然派的同時又這樣倡導新浪漫主義文學是非常自然的：

> 浪漫的精神常是革命的解放的創新的，……這種精神，無論在思想界在文學界都是得之則有進步有生氣。……能幫助新思潮的文學該是新浪漫的文學，能引我們到真確人生觀的文學該是新浪漫的文學，不是自然主義的文學，所以今後的新文學運動該是新浪漫主義的文學。〔註27〕

畢竟，新浪漫主義文學在積極進取的人生目標和價值方向上是與俄國為人生的現實主義精神一致的。因而，倘若我們將這段文字與茅盾對俄國現實主義文學的選擇比照起來，便會發現新浪漫主義文學與茅盾思想心態的深層契合是不足怪的，同時也會發現茅盾的這個「矛盾」，其實僅僅是一個表層現象，而積極、昂揚的為人生的藝術思想則是兩者共通的精神。循此，我們也不難理解茅盾為什麼選擇了俄國現實主義文學，而未取西歐批判現實主義、自然主義為其思想意識的主導面的深在緣由，同時，我們由此也可以更深一步地認識茅盾的現實主義道路在 1925 年所發生的重大轉換的歷史必然性。

　　1946 年，茅盾在回顧並描述新文學發展的歷史進程時，這樣寫道：

> 從文藝運動方面看，則 1924 年以前，中國文壇上的主力不是一派而是兩派：郭沫若為代表的浪漫主義及魯迅為代表的寫實主義，在 1925 年則合為革命的現實主義。〔註28〕

將這種概括考之以實際情況，便可看出這大體是客觀準確的。而移之以來說

〔註27〕　茅盾：《為新文學研究者進一解》，《改造》第 3 卷第 1 期。
〔註28〕　茅盾：《也是漫談而已》，《文聯》，第 1 卷第 4 期。

明茅盾自己的現實主義道路在 1925 年前後的演變，也是符合實際的。倘若說，茅盾此前高張的是爲人生的現實主義大旗，那麼 1925 年以後，他大力倡導和努力促進的，已是無產階級的革命的現實主義文學了。這種轉換的重要標誌，是他那篇《論無產階級藝術》。在這篇文章及稍後出版的《西洋文學通論》中，茅盾運用馬克思主義觀點，指出並批評了羅曼・羅蘭的「民眾藝術」和「贊頌精神勝利的東方的傾向」，認爲它「究其極不過是有產階級知識界的一種烏托邦理想而已」。同時，茅盾充分肯定了蘇聯無產階級文學家們創作的意義。他說，高爾基是把「寫實主義在新基礎上重新復活了的」，格拉特珂夫、法捷耶夫等蘇聯革命作家的「寫實主義是不以僅僅描寫現實爲滿足，是要就『現實』再前進一步，『預言』著未來的」。茅盾還指出，十月革命的勝利，使高爾基等革命現實主義（「新寫實主義」）作家們的「無產階級藝術」在蘇聯形成潮流，並顯示了「偉大的創造力」。茅盾的這些觀點，標誌著他現實主義文學觀的重大發展，反映了他的理論批評向前躍遷推進的理性自覺，並最終成爲他二十年代後半期以降文學批評活動的重要心理基礎與主要價值取向。

茅盾對無產階級革命現實主義的正確抉擇，是有其歷史社會和個人思想發展的深刻動因的。二十年代中期，許多知識分子在經歷了五四運動後的低潮之後，紛紛重新振作起來，將目光投向社會生活和時代現實之中。轟轟烈烈的大革命運動和農民土地運動，給人們帶來了新的希望。馬克思主義作爲一種新型的科學理論學說，逐步在中國得到廣泛的傳播，人們開始認眞地研究它，並努力形諸具體的實踐。在文學領域，不少共產黨人，像惲代英、鄧中夏、沈澤民等人，借助馬克思主義的理論和方法，率先倡導了普羅文學、革命文學。在這樣的時代社會和文化氛圍中，一大批知識分子在投入實際社會運動的同時，開始了對無產階級革命文學的全面倡導和深入討論。創造社的前期成員郭沫若、郁達夫和成仿吾等人以及太陽社的蔣光慈等就是在這種情勢和氣氛之下，情不自禁地滙入這時代的無產階級革命文學的大合唱之中的。

以茅盾這般審愼的偏重理性的個性，當然不會像創造社、太陽社的成員們那樣，一味直捷地表白，快速、匆促地轉變方向。茅盾論無產階級藝術，走革命的現實主義之路，從「爲人生的藝術」進到「爲無產階級的藝術」，從「舊寫實主義」向「新寫實主義」的轉換與發展，都是有自己個性化的內在心理發展機制的。首先，茅盾早就開始接觸馬克思主義了，而且在二十年代

初便明確表白了自己對馬克思主義的「確信」。毋庸置疑，茅盾革命現實主義文學觀的形成，是與他一貫所受的深厚的馬克思主義影響分不開的。其次，對蘇聯的革命現實主義文學的長期重視，並從中獲取重要啓示和借鑑，也是一個重要原因。十月革命，不僅使他將目光投注到托爾斯泰等俄羅斯現實主義文學家身上，而且，也促使他特別地關注革命成功後的蘇聯無產階級文學運動和蘇聯革命現實主義文學創作。這些，對修正他舊有的文學觀念，發展革命的現實主義文學觀，無疑起了重要作用。再次，批評家早先的現實主義文學觀所包孕的俄羅斯現實主義文學的優秀品格，像倚重文學的思想意義和未來意識，像積極的人生態度和參與意識，等等，都爲茅盾朝革命現實主義道路邁進提供了必要的心理準備和價值意向。

　　其實，雖說茅盾的革命的現實主義文學觀已拋棄了原先文學觀念中的一些普泛以至抽象的人性論和人道意識，但茅盾這時期的文學思想（如強調世界觀和生活經驗）與早期的現實主義文學觀卻不乏相通相似之處。誠然，茅盾這時所倡導、指涉的是「能夠表現無產階級的靈魂，確是無產階級自己的喊聲」，亦即具有無產階級思想意識和世界觀的藝術，並且指出這種無產階級藝術應當向社會主義、共產主義方向努力，「以助成無產階級達到終極的理想」〔註29〕，但其內在精神卻仍然是與茅盾重思想、重理想的一貫文學傾向一致的，只不過更爲具體並且已經全然階級化罷了。同時，我們又看到，茅盾重階級論、世界觀和無產階級藝術理想，卻並未忽視強調創作中的生活實感和現實經驗的重要。而在許多評論文字中，茅盾往往還將生活的邏輯和現實的法則置於最重要的位置。他二十年代末三十年代初的理論批評文字和文學論爭，就鮮明、突出地體現了這一點。

　　1928 年和 1929 年發生的革命文學論爭，有其深刻的歷史背景。當時，第一次國內革命戰爭失敗，中國社會階級關係發生新的變動，領導中國革命的重任歷史地落在了無產階級身上。在這樣的情勢下，中國的新文化和新文學怎樣爲社會和革命運動服務，怎樣爲完成反帝反封建的歷史任務努力，便也就尖銳而迫切地擺到了新文化活動者和革命知識分子們的面前。創造社、太陽社的年輕的革命知識分子們，就是在這種情況下，舉起馬克思主義的思想文化啓蒙的旗幟，盡力從事於辯證唯物論和歷史唯物論的闡釋、倡導工作。然而，他們對於馬克思主義和革命理論理解、掌握得並不十分準確，也欠深入，同時受了世

〔註29〕茅盾：《論無產階級藝術》，《文學周報》第 172、173、175、196 期。

界無產階級革命文學運動的左傾思潮（如蘇聯「拉普」與日本福本和夫主義）和國內左傾思想路線的影響，因而存在著教條化、公式化等脫離實際的理論與創作傾向。茅盾（還有魯迅）帶著對中國革命的深刻而清醒的認識和對蘇聯革命現實主義文學的真確把握，從強調生活實感和藝術規律的重要性出發，批評了創造社、太陽社的標語口號式的公式主義文學偏向。茅盾多次介紹蘇聯革命現實主義文學家們的寶貴創作經驗，指出具有豐厚生活閱歷經驗的高爾基的生平也就等於一篇小說。他在日本寫的一篇論文《關於高爾基》，其目的就是針對國內文壇缺乏生活實感、圖解生活的概念化傾向，意在表明：真正的普羅文學應該像高爾基的作品那樣有血有肉，而不是革命口號的圖解。在當時，茅盾所寫的一系列理論與批評文章，如《王魯彥論》、《從牯嶺到東京》、《讀〈倪煥之〉》、《魯迅論》，等等，結合蘇聯文學經驗（俄國未來派的「標語口號文學」的反面經驗教訓）、創造社與太陽社的「革命文學」創作的社會效果和「革命文學」的讀者對象等三個方面，深入而切實地論述了「革命文學」缺乏生活實感、太多宣傳大綱式的教訓主義色彩及其導致的讀者接受的失敗，從而正確地貫徹了現實主義的文學精神。茅盾後來說：

> 對於 1928 年開始盛行的這種「革命文學」的公式，我一直是不遺餘力地加以抨擊的，……我的這種態度很引起一些同志不滿，認為我是從「右」的方面來貶低和否定「革命文學」（普羅文學）。不過，我認為我是在堅持現實主義的傳統。〔註30〕

不難看出，茅盾這裡說的他所堅持的現實主義傳統，既包蘊著他在「五四」時期倡導的現實主義的理論原則，也涵括他 1925 年轉換以來的革命現實主義的方向和精神。這種對現實主義傳統的維護和堅持，是茅盾文學批評的社會選擇與個性選擇的具體表徵，也是批評家的價值信仰、人文心靈、科學態度和現實主義精神的高度統一的集中體現。

茅盾現實主義理論批評的發展，至抗戰（三十年代後期以至整個四十年代），又是一個新的高峰、一個新的里程碑。抗戰期間他的文學批評的主旋律，就是現實主義。不拘是信息式的作家作品評論，還是宏觀綜論式的文學思想評論和文學創作活動的歷史經驗總結，抑或參加文藝大眾化和民族形式的討論文字，都直接間接地指涉他所一貫堅持的現實主義精神，關乎新文學中的現實主義的成長與發展。早在 1937 年「八·一三」上海抗戰期間，茅盾就敏

〔註30〕茅盾：《亡命生活》，《新文學史料》1981 年第 2 期。

銳抓住文藝如何為抗戰服務的主題，響亮地提出了「我們目前的文藝大路，就是現實主義」的口號。茅盾在《還是現實主義》這篇文章中，還指出，歷史上不少戰爭文藝，就因為沒有把真實的現實反映出來，所以背離了現實主義。茅盾呼籲作家們：「遵守著現實主義的大路，投身於可歌可泣的現實中，盡量發揮，盡量反映」，做一個大時代的現實主義的文藝工作者！

為什麼抗日烽火剛剛燃起，茅盾便毫不猶豫地向作家們傾全力倡導並著意堅持強調「還是現實主義」呢？從客觀的歷史需要而言，這是社會的選擇，同時也是民族的和時代的選擇。「五四」以來現實主義文學發展的精神歷程，就在於它有一定的社會思想基礎、價值意識目標和時代文化氛圍。而這些思想文化意識與價值目標，是與現代社會反帝反封建的歷史任務緊緊相聯的。「五四」以來，「其間雖因客觀的社會政治形勢之屢有變動而使寫實文學的指針也屢易其方向，但作為基礎的政治思想是始終如一的，——這就是民族的自由解放和民眾的自由解放」〔註31〕。到抗戰爆發，這種現代的政治思想和精神文化要求，在外辱內患的特殊情境下，又一次變得急迫而突出了，因此，茅盾對現實主義的再次的張揚、倡導，也就變得很自然了。歸根結底，這是一種為現代中國歷史和民族現實所規定了的必然的社會選擇和文化選擇。

再從批評家的個性意識心理來看，茅盾當時對現實主義的高度重視，還與他關於「五四」以來中國新文學走過的道路的評價與認識有關。1941年初，他在題為《現實主義的道路——雜談二十年來的中國文學》一文中，開篇一句「中國新文學二十年來所走的路，是現實主義的路」，就具體地反映了他對新文學發展的歷史認識。在這篇並不長的新文學史論中，他由作為新文學進軍號角的《狂人日記》，穿了林譯長袍大褂的狄更斯等人的現實主義文學作品之被引進，以及俄國現實主義文學對中國文壇的影響入手，指出，二十年來的文壇雖然也曾出現過唯美主義、象徵主義等各色主義與旗號，然而，「現實主義屹然始終為主潮」；而「五四」以後的「人生與藝術」的論爭也罷，「文藝自由」的論爭也罷，「大眾化」的論爭也罷，反「公式主義」也罷，總之，一切都圍繞著一個軸，「而現實主義便是這軸」！

除了這種逐漸形成的現實主義主潮論的固有觀念，茅盾這時倡導並堅持現實主義，還與他抗戰後期呈露出來的關於民主與科學的現代價值意識和文化取向緊密相聯。他這樣精闢地指出：

〔註31〕茅盾：《浪漫的與寫實的》，《文藝陣地》第 1 卷第 2 期。

民主與科學，是新文藝精神之所在，同時，發揚民主與科學也
就是新文藝的使命。而民主與科學表現在文藝思潮上，我們稱之爲
「現實主義」。〔註32〕

這種爲民主與科學昇華起來的現實主義，顯然是一種包含著現代意義的進步的
現實主義。比較茅盾「五四」時期的爲人生的現實主義和二十年代後期至三十
年代初期的爲無產階級的現實主義，可以看出，茅盾這裡對現實主義的把握和
理解，已然更具有自覺的現代精神和現代意識。面對抗戰和抗戰後的社會現
實，茅盾以此來思考新文學的歷史發展，便不只要聲明目下「還是現實主義」，
也不單單簡單地要求人們承繼「五四」新文學的傳統，而是具體地要求廣大的
文藝工作者，既要暴露現實中的醜惡與黑暗，同時又要表現光明和希望，即要
求作家們全面地眞實地歷史地反映現實，從而獲致深厚的現代精神和科學品
格。茅盾深信：「朝眞理走的人，敢於正視這樣的現實，而且一定歡迎有這樣
表現了現實的文學。」〔註33〕——而這，正是現實主義生命力之所在。

還在抗戰勝利前夕的四十年代中期，茅盾就不無欣喜充滿信心地在眺
望、憧憬著五十年代以後的現實主義的前景了：

新文藝今天已進入了成年時期。一向是多災多難的，受慣了風
吹雨打，受慣了摧折幽閉，然而終於成年了，腳踏著實地，面向著
光明。它的前程是無限的，只要能夠堅持一貫的奮鬥不屈的精神，
發揚光輝的傳統。五十年代是「人民的世紀」！〔註34〕

這裡所表示和希冀要發揚的「光輝的傳統」，是指「五四」以來的，滲透著現
代意識，包孕著民主與科學精神的現實主義傳統。然而，令人遺憾的是（想
必四十年代的茅盾也沒想到），五十年代，尤其是五十年代下半期以後，由於
過分強調「要用階級和階級鬥爭的觀點，用階級分析的方法去看待一切、分
析一切」，於是在思想、政治、經濟等領域，都日益爲「兩軍對戰」的模式所
規範和統治。而文藝，則被簡單地歸納爲現實主義與反現實主義的「兩軍對
戰」。而文藝上的這種觀點的主要代表，乃是茅盾自己。

歷史使任何人都超越不得。社會現實的選擇和時代文化的制約，又一次
規定著茅盾現實主義文學觀的發展走向。在他那篇發表於 1958 年年初的長篇

〔註32〕茅盾：《五十年代是「人民的世紀」》，《新世紀》第 1 卷第 1 期。
〔註33〕茅盾：《從百分之四十五說起》，《中原》第 1 卷第 4 期。
〔註34〕茅盾：《五十年代是「人民的世紀」》，《新世紀》第 1 卷第 1 期。

論文《夜讀偶記》中，茅盾提出了「中國文學發展的規律是現實主義與反現實主義的鬥爭」的觀點。作爲文壇權威人士的茅盾的這篇論文發表在權威性雜誌《文藝報》上，因而影響廣泛而深刻。此後不久，北大、復旦和北師大的師生便用這個論點編成了三、四部文學史，並且文壇上就茅盾的觀點還展開了長時間的劇烈的論爭。考慮到如上所述的五十年代後的政治空氣和文藝界的實際情況，我想，將問題提到一定的歷史範圍之內來作歷史的考察，自然不難理解茅盾在當時作出這種選擇的深刻的社會、文化與心理背景。然而，儘管如此，卻也不可簡單地視茅盾的這種選擇僅僅是一種社會的規定、消極的適應和被動的選擇。不消說，這種選擇烙有時代的印記而呈示出主要受社會選擇規定的文化特徵，但是又必須看到，茅盾關於現實主義的選擇，乃是他在特定的社會情勢規定下所進行的一種主動選擇的結果。據茅盾的文章自述，他對於現實主義與反現實主義的鬥爭這個公式，「本來也抱懷疑態度的」。在蘇聯學術界就此問題展開討論時，他一直注意著而且倒是站在反對這「公式」這一邊的。然而，就在寫作《夜讀偶記》之初，他改變了主義，作出了自己的抉擇。那麼，爲什麼要改變自己的主意，作出這樣的抉擇呢？茅盾說了這樣的兩個原因：第一個原因是他重新研究了我國文學史上的重大事件的歷史意義，認爲現實主義與反現實主義的鬥爭這個事實是不容抹煞的客觀存在；第二個原因是他在盡可能地閱讀了蘇聯對此問題的正反雙方的論述後，認爲「現實主義與反現實主義的鬥爭是文學發展的規律」這個公式在階級社會的特定歷史條件下是對的，只是不能走得太遠，作簡單化、絕對化的理解罷了〔註35〕。

　　這是茅盾對自己的這個選擇的解釋。然而在我看來，茅盾於大的社會、文化選擇之中作出這樣的個性化的主動選擇，卻更有屬於他自己的心理機制：其一，對現實主義的執著以至偏愛。自「五四」新文學運動以來，幾十年的現實主義道路，養成了他以現實主義爲中心考察文藝現象的思維習慣和潛在意向。而四十年代初期不少理論批評文字（《現實主義道路》及稍後的《也是漫談而已》等）中張揚的現實主義主潮論，更強化了他一貫的現實主義思維模式，增強了批評家原先「長時間潛伏的張力狀態」，而一旦遇到特定的歷史契機，這種爲現實主義中心論所不斷強化起來的內部張力狀態便會「迫成

〔註35〕《茅盾文藝評論集》下冊，第 887 頁。

意向的執行」〔註36〕。因此，茅盾的「文學發展的規律是現實主義與反現實主義的鬥爭」的觀點，正是他數十年來現實主義思維心理運動發展的結果。其二，階級論、政治意識與價值信仰。階級論是茅盾接受馬克思主義的主要內容和標誌。本來，階級論屬社會政治意識範疇，而並非馬克思主義世界觀所單獨保有。然而，自近代以降，中國社會的政治性質和政治氣氛特別濃厚（在這一點上解放前、後相似而共通），因而使得不少文化思想啟蒙者、進步的革命知識分子和文學理論批評家們都受此浸淫濡染甚深，而自覺不自覺地傾向於用階級論的視角來作自己的社會文化批判和文學理論批評的基礎。這樣，當他們一選擇、接受馬克思主義理論，便也就很自然地倚重其階級論的內容了。茅盾就是如此。隨著自己所受馬克思主義影響的深入，他的階級論的觀念漸臻強化。《夜讀偶記》中這個文學「公式」的形成，就正是他的階級信仰方面的虔誠態度的無意識流露，反映了他的階級論思維邏輯的內在的因果關聯：既然階級的對立和矛盾是產生現實主義的土壤，那麼階級鬥爭的發展，當然促進了現實主義的發展；既然階級社會中存在著剝削階級與被剝削階級的鬥爭主流，而被剝削階級中產生了現實主義的創作方法，剝削階級中形成了各色各樣的反現實主義的創作方法，那麼，文學發展上自然也就存在著「長期而複雜的現實主義和反現實主義的鬥爭」了。其三，心理平衡的歷史運動。在當時的社會氣氛中，像茅盾這樣的職務和身份都不一般的人，既要堅持現實主義的文學原則，又要能適應時事、政治的近距離的功利要求；既要服從社會選擇、接受時代規定，又要不失自己的獨立個性和人文心靈，實在是不容易的。茅盾通過對文學史的考量研究和多方面的參照比較，得出這個今天看來至少並不準確而讓人不無遺憾的「規律」和「公式」，是他在自己現實主義道路上跨出的頗為自然的一步，又是他並沒有意識到的內在心理平衡的一個重要標誌。也就是說，茅盾的這種現實主義的文學選擇，實際上也是他心理平衡的歷史運動的結果。為什麼這樣說呢？我們不妨看一下茅盾的《夜讀偶記》一文所反映出的一些具體矛盾。在這篇長篇論文中，批評家一方面強調現實主義與反現實主義的鬥爭，另方面又指出除此之外文學流派還存在著一種「非現實主義」；一方面嚴屬地批判了西方形形色色的現代主義，另方面又說「我們也不應該否認，象徵主義、印象主義乃至未來主義在技巧上的新成就可以為現實主義作家或藝術家所吸收，而豐富了現實主義作

〔註36〕《西方心理學家文選》第 352 頁。

品的技巧」〔註37〕。……像這樣的兩極價值取向與不無矛盾的見解，向我們透露了茅盾心理平衡的文化欲求的消息。這裡，政治熱情與大家風範、現實取向與開放心態、社會價值與藝術視界，等等，都在批評家心理平衡運動中得到了協調的整合。聯繫茅盾在《夜讀偶記》中對當時文壇上的簡單化的方法和過左情緒所提出的嚴肅批評，以及五十年代他所孜孜以求的大量的藝術（包括技巧的）評論，我們可以清楚地看出，正因為茅盾的這種現實主義文學選擇中，蘊涵有巨大而深沉的歷史與心理平衡感，所以，他在五十年代的理論批評，儘管未能臻於現實主義文學批評的較高境界，但卻仍不乏積極的意義和價值。

　　著名神經心理學家魯利亞指出：「腦皮層的各種不同的區，其中也包括著彼此間相距很遠的區，都參加在心理活動的積極形式的實現，這些積極形式不僅接受信息，而且要將這些信息與過去的經驗相比較。」茅盾的現實主義文學選擇與接受，正是在自己的多種心理經驗、思維範式的交織和比較中完成的。他數十年的現實主義理論批評的歷史運動和精神歷程，就說明了這一點。茅盾就是這樣，在複雜多元的社會與個人的心理經驗、文化背景、歷史情境中實現自己的文學選擇，在社會選擇與規定下尋求一種積極意義上的個性選擇，從而使他的現實主義批評於文學選擇意識的昇華中，成了社會歷史發展和自己心理進程的重要表徵。

〔註37〕《茅盾文藝評論集》下冊，第 836 頁。

第六章 群體心理、人格心理與形式心理的演變軌迹——論茅盾文學批評的發展心理(二)

　　我說茅盾文學批評的心理發展和歷史運動,是在一種社會選擇與個人選擇的複雜的層面和機制中歷史地完成的,這是不是意味著將這種文化與心理機制視作一個簡單化的心理運動,把這種選擇意識看作自然而然的單向發展呢?或者說,我將茅盾的選擇意識作為他的現實主義理論批評歷史運動的內在機制,是不是就將茅盾文學批評的心靈發展道路和動態心理內涵囊括無遺、全都探得描摹出來了呢?回答是否定的。儘管實際上茅盾正是在一種社會選擇與個人選擇中,歷史地繪製了自己作為現實主義的文學批評家的時代肖像,但是,我仍然不能僅僅停留在這個多少有些籠統的命題上,而要進一步探入茅盾文學批評的深在心理世界,具體而深入地探討、剖析茅盾文學批評中發展著的矛盾心態、心理走向和複雜的角色身份與人格特徵,同時,我還要進而申述、揭示茅盾文學批評形式心理所涵蘊的深刻動因與豐厚內容。惟有如此,才有可能較為完整地把握茅盾文學批評的發展心理。

一、群體心理生成的四個原因。由「人的文學——真的文學」到「階級的文學——革命的文學」的轉換。群體心理中的逆向發展。民族解放與大眾文學倡導。對於個性與民主的呼喚。在全新的價值規定和社會必然中尋索內心的自由與平衡。

　　矛盾是茅盾文學批評發展心理的歷史特徵,群體心理則是茅盾文學批評與選擇的價值取向的歷史內容。因此,我首先從茅盾文學批評群體心理結構中的矛盾運動與歷史發展談起。

我在前面已經指出，由於客觀歷史和批評家本人的個性氣質方面的原因，茅盾文學批評的群體心理和社會取向是異常突出的。而正是在這種突出的群體心理結構中，茅盾文學批評呈示了自己的歷史形態與運動特徵。

茅盾的這種群體心理結構形態及其歷史運動形成的原因，首先是由於批評家作為社會存在物，處於文學與社會、創作與接受的中介位置，他的文學批評活動自然便也成了社會時代心理反映的緣故。馬克思說：「甚至當我從事科學之類的活動，即從事一種我只是在很少情況下才能同別人直接交往的活動的時候，我也是社會的，因為我是作為人活動的。不僅我的活動所需的材料，甚至思想家用來進行活動的語言本身，都是作為社會的產品給予我的，而且我本身的存在就是社會活動；因此，我從自身所做出的東西，是我從自身為社會做出的，並且意識到我自己是社會的存在物。」〔註1〕從事「在很少情況下才能同別人直接交往的活動」尚且帶有群體的社會的心理意向與質素，更不用說是從事作為藝術文化的審美調節機制、處於複雜的社會與文化網絡關係系統中的文學批評了。正是在這個意義上，我以為，茅盾的新文學批評及其心理發展之成為現代中國社會歷史運動和文化心理衍變的反映，留有現代中國特定的時代、民族以至階級心理的印記，是很自然的，也是不言而喻的。劇烈動盪、複雜多變的社會心理流向，變動不居、生生不已的時代現實生活及其多重文化取向和價值認同主題，紛繁迭起、多元多向的社會關係、階級結構和使命目標，等等，都在茅盾的文學批評世界裡留下了或重或輕、或清晰明朗或模糊不定的投影，而使之成了一幅由種種矛盾的、複雜的社會聯繫和相互心理作用無窮無盡交織起來的生動形象的圖畫。第二，批評家的闡釋、判斷本身，既是某一時代社會集團、階級階層的行動，又是某種文學群體、文學思潮或某種審美趣味的代表。時代心理與文化主題、民族社會的要求與藝術規律的發展，等等，這兩類心理背景所造成的雙向發展軌道，為文學批評家複雜的矛盾心態和獨特的歷史面目提供了生成前提與條件。我下面即將描述的茅盾在社會取向與文學抉擇上存在著的多向的群體心理發展，就是這種社會與文化的二重心理背景的反映。第三，茅盾文學批評中的多向群體心理的矛盾發展與歷史構建，也與群體心理結構本身的多重層面存在著很大的關係。一般而言，群體心理的發展運動，標示了人們個性化的複

〔註1〕《馬克思恩格斯全集》第 42 卷第 122 頁。

雜過程與多重形態。這種個性社會化的複雜進程，由大大小小的層面組成。具體說來，大體可分爲：1.普泛群體——指人性化、人類化意識等普泛性抽象性的心理層面；2.大型群體——指整個社會、整個時代、整個民族的宏觀社會共同體的心理層面；3.中型群體——指較爲具體明確的階級、階層，某一社會發展階段，某種時尚等的心理層面；4.小型群體——指某種社團、心理氣氛、某類社會角色等微觀社會群體的心理層面；5.個性心理——這是群體心理的一個極端，某種意義上已成爲群體心理的對立面，只是從群體心理的發展過程和個性與群體關係而言，又可將它視作群體心理中最小的、特殊的心理層面。茅盾的文學評論，就是在這種相對而言的不同心理層面中矛盾運動著的批評活動。第四，傳統無意識內部的矛盾及具有集體主義傾向的傳統文化與具有個性主義傾向的西方文化的撞擊，也是茅盾文學批評群體心理及其矛盾運動的生成原因之一。文學批評作爲人的一種精神活動，無可避免地打上了文化的烙印。茅盾的文學批評，就是在特定的文化背景，在「五四」以來中西文化大交匯和傳統文化與現代文化的離析、整合之中進行的。因而不僅帶有一種濃厚的社會氛圍，也浸染著一種強烈的文化色彩。大家知道，中國人的群體心理是異常突出的。在中國傳統思想文化和集體無意識中，國家、民族、社會，通常被人們放在第一位。同時，傳統文化又強調修身養性，善養浩然之氣，重視「內聖」之學。但這種矛盾的解決，在於「內聖」爲了「外王」，修身養性目的是治國平天下。也就是說，前者僅止於手段，而價值目標仍然在後者。因而群體心理、集團與社會傾向成了傳統文化的重要標誌，而與以個性主義爲標誌的西方文化有著鮮明的分野。所以，「五四」時期，當西方文化被介紹、引進來以後，自然會遇到以積澱形式轉化爲文化心理結構的傳統無意識的抵拒。這樣，在意識與無意識、集體主義與個性主義、群體心理與個性心理等等之間，無可避免地會給人們造成許多思想裂變、文化陣痛，以至種種矛盾的心態。茅盾文學批評中的許多矛盾，複雜以至交叉的心理思想與目標取向（並不僅僅止乎這裡所說的群體心理結構），都可以說是在這種文化心理背景與心態結構中產生的。

在上面討論了茅盾文學批評的群體心理傾向及其矛盾運動的生成原因之後，我們來具體地考察一下茅盾的文學觀念及其申發規定下的理論批評中反映出來的群體心理的發展走向和矛盾形態。

茅盾剛剛步入文壇，一個強烈的意識便是要在「五四」思想解放的浪潮中，

一方面，打破「偏枯的社會」裡的「偏枯的道德」，而創造新的合理的現實，構建進步的現實的社會思想；另方面，要在改造社會的同時，改造自己，「力排有生以來所薰染於腦海中之舊習慣、舊思想」，使自己成為一個真正具有現代意識的現代人〔註2〕。在這種社會背景、心理狀態和文化欲求之中，茅盾構建了自己新型的思想文化系統，倡導了為人類——個性文學和為人生——寫實文學，從而形成了自己由「五四」到「五卅」的文學批評群體心理的最初的歷史形態。

英國文學批評家阿諾德指出：「批評的任務是……創造出一個純正和新鮮的思想潮流。」茅盾文學活動伊始，正是懷著這樣的一種價值目標與文化使命。年輕的茅盾當時的氣派確實很大。他說：「中國文學家應當有傳播新思潮的志願，有表現正確的人生觀在著作中的手段。」因為，在他看來，「自來一種新思潮發生，一定先靠文學家做先鋒隊，借文學的描寫手段和批評手段去『發聲振聵』」〔註3〕。茅盾的這種思想氣度和價值目標，在他自己的以倡導、發軔為己任的文化活動和批評活動中得到了充分的貫注和體現。這種貫注和體現，主要反映在他對文學新思想、新潮流的倡導與創造上。而茅盾當時所積極倡導的「發聲振聵」的思想與文學潮流，便主要表現為在人道主義基礎上形成的互有聯繫、交互佔據主導地位的為人類——個性文學與為人生——寫實文學。開始，茅盾受西方人性論和生物學、進化論的影響，認為新文學應當「擴大人類的喜悅和同情」，「促進人類感情相互間的了解」，「更能表現當代全體人類的生活，更能宣泄當代全體人類的情感，更能聲訴當代全體人類的苦難與期望，更能代替全體人類向不可知的命運作奮抗與呼籲。」〔註4〕——這種文學理想和價值目標，因其以人性論和生物學觀點為基礎，而帶有明顯的普泛性的群體心理傾向和抽象化的超階級論的色彩。但是，茅盾當初的文學理論批評，卻又總是有意識地或下意識地向著重人、重個性的目標運動。他說「創作須有個性」，「大文豪的著作差不多篇篇都帶著他的個性」〔註5〕，等等，就表明了這種文學價值取向特徵。在《雜感》、《告有志研究文學者》等文章中，他甚至明確地

〔註2〕參見茅盾：《男女社交公開問題管見》，《婦女雜誌》第6卷第2期；《一九一八年之學生》，《學生雜誌》第5卷第1期。

〔註3〕茅盾：《現在文學家的責任是什麼》，《東方雜誌》第17卷第1期。

〔註4〕參見茅盾：《文學和人的關係及中國古來對於文學者身份的誤認》、《創作的前途》、《新文學研究者的責任與努力》。

〔註5〕茅盾：《新文學研究者的責任與努力》，參見《關於「創作」》等文。

將「個性」作為賞鑑、判斷文學作品的重要原則。在這種重人的個性化的文學批評觀的基礎上，茅盾還曾聲明：「我雖然反對那類乎鼓吹盲動的『自由創造』說，而對於眞有天才並研究了文學的作者的眞正『自由創造』都是十二分的欽佩和歡迎。」〔註6〕像這樣尊重人的個性，尊重作家的創作自由的取向原則，實際上成了茅盾這個時期以至其後一生文學評論取得成功的或直接或間接的原因之一。

　　與此同時，和這種為人類——重個性的文學觀念緊緊相聯、交織一體並逐步明朗與突出的，是茅盾的為人生——寫實（或曰「寫眞」）的文學觀。這種文學觀的形成，既與他接受的「老老實實表現人生」並且「不但要表現人生，而且要有用於人生」的俄羅斯現實主義文學的深刻影響有關，又與他受西歐現實主義（包括法國自然主義）、東北歐現實主義文學影響有關；同時，也與他批判傳統的封建載道文學和遊戲文學存在著密切聯繫。要窮新極變，改革社會，否定舊思想、舊文化，傳播新觀念、新思潮，就必須堅持為人生的嚴肅態度，徹底批判並摒棄「文以載道」的觀念和「遊戲人生」的思想，堅決杜絕主觀嚮壁構造與瞞和騙的文學作法，從而構建一種以為人生做價值指向、以眞實為價值尺度的現實主義新文學系統。茅盾這種為人生——寫實的現實主義文學觀與他的為人類——個性文學觀，具有普泛化和個性化的兩極群體心理取向，卻在「五四」時代精神、文化意識氛圍及構建其中的「人的文學——眞的文學」的新型文學體系與審美追求中達到了統一，而具體地融滙於文學研究會的現實主義文學標幟之上。或許是因為這個散漫的文學集團的精神結構與「為人生」的普泛文學傾向契合了茅盾當時的這種群體心理結構的緣故吧，茅盾成了文學研究會的主要理論批評家和傑出代表，而在「人的文學——眞的文學」的理論批評視界和文學觀念系統中，最大限度地釋放了自己的人文心靈，展露了自己的理論雄風和批評身姿。

　　然而，茅盾這期間（「五四」到「五卅」）的現實主義理論批評，實際上卻涵孕著多樣化的發展勢態和趨向。為人類重個性、為現實人生重寫實與寫眞等固然是其發展取向，而為階級的革命的現實主義文學觀念，也在萌蘗之中。事實表明，隨著時間的推移，社會歷史的變化與發展，前者正逐步在向後者轉換與嬗變。這種流衍與轉換，早在 1922 年《自然主義與中國現代小說》

〔註6〕茅盾：《自然主義與中國現代小說》《小說月報》第 13 卷第 7 期；參見《自由創作與尊重個性》，《小說月報》第 13 卷第 9 期。

一文中就有些許顯露和呈示。在這篇文章中，茅盾倡導的「為人生」，已然不僅包含有關注社會問題、憎惡黑暗現實的涵義，並且更指涉同情於第四階級，描寫無產階級的窮困的新內容。而在 1924 年，他則明確奉勸文學青年，要創造真正的「為人生」的現實主義文學，就必須走出七寶樓台、象牙之塔，從凌空蹈虛的夢幻中，回到現實社會裡來，切實地努力奮鬥〔註7〕。到 1925 年發表的《論無產階級藝術》和《告有志研究文學者》兩篇文章，茅盾已明確地指出了文學是有階級性的，是為一定的階級服務的，而與原先堅持的現實主義文學的核心（無論是「為人類」抑或是「為人生」），有了明顯的區別。

倘若說，茅盾在前一段時期的「為人類」、「為人生」的主張多少有些抽象化和普泛化的心理傾向，而文學所表現的人生乃是一社會一民族以至全人類的人生的話，那麼，在這時，茅盾已經將自己的主張修正為：「文學應是一階級的人生的反映，並非是整個人生」，而且，這個人生「實在是經過作者個人與社會意識所揀選淘汰而認為合式的」〔註8〕。稍後一段時間（1928 年前後），茅盾在和創造社、太陽社論爭時，還曾一度強調新文學的主要對象和表現內容是小資產階級及其生活。然而儘管如此，除了因此強化了對藝術的重視以外，茅盾前段時間就已形成的階級的革命的現實主義文學觀，並沒有發生根本轉變，相反，卻在某種意義上得到了進一步的加強。這種由為人類、為普泛人生的文學觀到為無產階級（或小資產階級）、為特定階級的人生的文學觀，由「人的文學——真的文學」到「階級的文學——革命的文學」的方向轉換與觀念演進變化，反映了茅盾文學理論批評的群體心理的雙重發展趨向：從文學觀念上而言，由寄寓著普泛群體心理傾向的為人類、為人生的文學觀具體到了為特定階級的群體取向之上，因而可以講是將原先的群體心理予以明確並縮小了；而從理論批評而言，由倡導個性文學，並主要為具體社團（文學研究會）裡的作家作品張揚鼓吹、搖旗吶喊到為某個階級的文學和整個革命現實主義發出熱情呼喚，卻又標示著茅盾群體心理結構進一步開擴並發展了。不難看出，茅盾在這樣的逆向心理發展和複雜變化中，一方面強化了自己的社會、階級心理，明確了自己的現實主義文學批評的宏觀走向和追求目標；同時另方面，也是更重要的，剔除了前段時期理論批評中的抽象空泛的毛病，保留了其中的合理成分（重視個性，倚重真實，強調人的文學觀念等等），並將其有機地融匯在階級

〔註 7〕茅盾：《對於泰戈爾的希望》，1924 年 4 月 14 日《民國日報·覺悟》。
〔註 8〕茅盾：《告有志研究文學者》，《學生雜誌》第 12 卷第 7 期。

分析、馬克思主義理論批評原則與革命的現實主義文學觀念和群體取向的豐富實踐之中。而正是因乎此，在這段時期（「五卅」到抗戰），茅盾文學批評發散出蓬勃的生命氣息，取得了眾所矚目的傑出成就。像那些著名的作家論（如《徐志摩論》、《落花生論》），眾多的新人新作論評（如《一個青年詩人的「烙印」》、《〈法律外的航線〉讀後感》），出色的氣勢宏偉、視野開闊的綜合性批評文字（如《〈中國新文學大系·小說一集〉導言》、《論初期白話詩》），以及革命文學論爭期間的反公式化概念化的理論批評（如《讀〈倪煥之〉》、《〈地泉〉讀後感》），等等，都是那個黃金季節收穫的碩果。可以肯定，茅盾創造、構建的這些令人神往的批評境界，絕然不是僅僅出於一種單一的階級意識和孤立的群體心理，而是在一種動態的群體心理發展中，在不斷地揚棄更新並融匯、保有多元心理內容與價值取向之中歷史地、也是藝術地完成的。

　　抗日戰爭掀開了中國新文學史的新篇章。茅盾在《向新階段邁進》一文中，滿懷為時代所高揚起來的激情，高聲預言道：

　　　　中國文藝的前途將隨民族解放運動的展開而展開，我們正走上
　一個新階段了！

在這種非抗爭即滅亡的民族鬥爭的緊要關頭，歷史和時代為文學藝術家們提出了不容置疑的明確任務：表現民族解放鬥爭的英勇壯烈的行動，推動民族解放鬥爭的進行。這樣的目標和任務，在與作家批評家們的神聖的民族感情交匯、融合與撞擊之後，自然便會凝聚起整個文學藝術界以至文化思想界的或隱或顯的群體心理趨赴，並形成整個時代與民族所共通的心態特徵。在這種群體心理情境與氛圍之中，茅盾的心理走向也隨之發生轉變。他意識到：一個民族的前進活躍的藝術，必然是此一民族的整個心靈所要求所爭取的偉大目標以及在此爭取期間種種英勇鬥爭的反映，一個進步的藝術家在民族的英勇鬥爭中的切身體驗，包括他的喜悅、他的悲憤、他對於最後勝利的確信，是他個人的，然而也就是全民族的，他由心靈的激動而來的吶喊也就一定成了時代精神的集中反映〔註9〕。

　　在這樣滿貯濃烈的時代與民族感情的意識觀念和群體心理導引下，茅盾的文學批評價值取向由為階級一變而為為抗戰、為民族，同時，由為人生、為無產階級而藝術的文學選擇，轉而變成對大眾文學、民間文藝與有中國作風和民族特點的新型時代文學的呼喚了。

〔註9〕參見茅盾：《向新階段邁進》（《文學》第 6 卷第 4 期）等文。

　　當時，茅盾認為，最迫切地要求解放，最勇敢地站在前線，忍受困苦磨難而支持抗戰到底的，是人民大眾。而抗戰的現實，不能不說是中國人民大眾的覺醒、怒吼，血淋淋的鬥爭生活。——這是一個中心，一切須依此作基礎。文學創作和理論批評須以此為尺度。舉凡能夠助長民眾的覺醒，培養民眾的力量，加強人民大眾對抗戰的信心和勇氣，並且具有為中國人民大眾所熟悉、所感親切的藝術形式的文學作品，都要發揚光大，不斷地予以鼓勵倡導〔註 10〕。茅盾抗戰期間的文學批評，可以說就是基於這樣的社會、文化心理和群體價值取向之上的一種現實的行為方式。他用這些批評文字，適應著民族鬥爭與藝術大眾化的新型時代要求，自覺地為抗戰民族感情所鼓舞，為偉大的時代所擁抱，以耳目所接，心靈所感應，發自心聲和深在心靈世界底裡，為抗戰文藝吶喊助威。他的許多短小的評論文字，以傳播抗戰文藝動態和文壇信息為目的，雖然從嚴格意義上的藝術批評來要求，較之他早先的文學評論要遜色一些，但是考慮到社會的特殊情勢和批評家本人為抗戰所高揚起來的民族情緒以及自覺將自己的整個身心融化在民族解放的偉大鬥爭中的使命意識，我們便不能不對茅盾的這些成功地完成了自己時代賦予的歷史使命的信息批評，致以深深的敬意。

　　抗戰期間，尤其是抗戰的序幕剛剛拉開，當文學家、批評家們滿懷著愛國的情熱和民族的時代的群體心理取向，投入到抗戰的洪流和亢奮的情緒大潮中去的時候，他們的清明理性往往會為歷史社會的劇烈動盪和民族解放的熱情所遮掩，而忽略了在爭取民族解放的同時，也要爭取繼續完成打破封建思想禁錮的個性解放的歷史任務；在頌揚抗戰民眾與社會群體時，也要努力於清醒的批判。這種情況，在茅盾這樣的批評家身上也有所反映。抗戰初期，茅盾曾熱情預言：「在長期抗戰的火焰中，我們社會中封建勢力的殘餘將必淨除，在發動民眾力量以保障長期抗戰的最後勝利的過程中，社會的主要矛盾很可能自然而然消解去。」〔註 11〕茅盾於此表述的願望確乎是美好的，然而卻也未免過於天真了。其實，負載著千百年的封建沉疴與文化幽靈的古老民族，不要說在當時並不能僅憑戰火的冶煉便在歷史的瞬間獲得徹底的更生，而且即便在九十年代的今天，也難以在這方面作出樂觀的估計，以為我們已經「淨除」「社會中封建勢

〔註 10〕 參見茅盾：《抗戰期間中國文藝運動的發展》，《中蘇文化》第 8 卷第 3、4 期合刊。

〔註 11〕 茅盾：《還是現實主義》，《戰時聯合旬刊》第 3 期。

力的殘餘」，完成了文化批判和思想啓蒙的任務。在抗戰剛剛結束的 1946 年，茅盾便認識到了他當時的這個帶有普遍性的失誤。他在《抗戰文藝運動概略》一文中，尖銳批評並深刻反省了抗戰期間「強調了對外的反抗而疏忽了對內的民主要求」的偏頗，同時也檢討了當時的文學批評界對於抗戰的民眾「頌揚多於批判，熱情多於理智」的傾向。在這種反省與總結教訓的基礎上，批評家結合抗戰以後的現實情況，在多篇文章中，提出了爲反對並推翻專制統治，建立民主自由的新中國，在文學界重構以民主與科學爲精髓的現實主義的口號。他的談趙樹理、論《白毛女》等諸多評論民主文藝運動的文字，就是在這種文學口號與藝術方向之下，經過對社會政治與文化思想的深刻反思，隨著人民精神的覺醒和解放而進行的新型的文學批評。

建國後，茅盾文學批評的群體心理與價值取向，是在爲社會主義的文學方向上進行的。在這裡，茅盾的文學選擇與批評所之，自然也就相應的是一種全社會的文學——社會主義現實主義的文學了。

回顧茅盾文學批評的歷史進程及其涵括的群體心理流向，其實不難發現包蘊其中的連續性的發展環扣與隱顯、對立的矛盾形態。第一期（「五四」到「五卅」），批評家張揚文學「爲人類」的普泛群體目標，實質上內含一種尊重個性的「人」的文學批評觀；茅盾倡導「爲人生」與「寫眞」，其意則在高揚現實主義文學，反映和代表著文學研究會這樣的具體文學社團的群體心理傾向，而生成一種「人的文學——眞的文學」的新型文學觀念系統和批評價值目標。第二期（「五卅」到抗戰），茅盾將「爲人生」的口號具體化爲「爲階級」，其要義在於爲自己提供一個無產階級的（或小資產階級的）文化、階級分析的批評視角而已。在這種由「人的文學——眞的文學」向「階級的文學——革命的文學」過渡、轉化同時也是融合的過程中，茅盾迎來了自己的輝煌時期，獲得了眾所矚目的批評的成就。第三期（抗戰期間），由「爲階級」歷史地轉換成了「爲抗戰」，而其理論批評的群體取向，則由階級的視角發展爲「爲大眾」與信息批評的新路。這期間，由於抗戰的迫切和峻急，茅盾的群體心理幾乎占了自己的整個心靈空間，而這種「爲抗戰」的近距離的現實取向，與此前的「爲人生」、「爲階級」和此後的爲社會主義等，在本質上是一致的。第四期（抗戰後到建國），隨著抗戰的全面勝利，茅盾的價值方向由「爲抗戰」轉到「爲尋求民主政治」方面，理論批評與文學選擇則在一種放大了的現代思想（科學與民主）和文學職能（歌頌與暴露）之中走到了一條頗具現代精神的現實主義大道上。第五期

（建國後），社會主義社會重建了每個人（包括我們的批評家）的生活秩序和社會目標。茅盾的價值方向因之明確、具體了，文學的選擇與取向則由現實主義一變而爲全社會性質的社會主義文藝（或曰社會主義現實主義文藝）。靠著他文學選擇的群體心理取向中的睿智與銳敏，批評家在明確的價值規定與社會必然中尋得了他的那份自由。在五十年代，他的藝術的批評，技巧的分析，顯得特別的精彩和爲人矚目，就與他的這種心態有關。（同時，也因爲在當時，稟具這種心態，獲得這份自由，寫出這樣的文字的評論家實在太少了。）然而，儘管茅盾的這種努力是可貴的，所取得的批評成就是突出的，但是，我又不能不強調指出，批評家並未達到自己應達到的最高成就。或許，這乃與茅盾歷史地發展著的矛盾的群體心理的過分強化，以至壓迫、排擠著自己文學選擇心理結構中的那個自由的心靈空間有關吧？

馬克思、恩格斯曾指出：「一個人的發展取決於和他直接或間接進行交往的其他一切人的發展」，「單個人的歷史決不能脫離他以前的或同時代的個人的歷史，而是由這種歷史決定的」〔註12〕。茅盾文學批評發展的歷史進程，就是和他那個時代的歷史同步進行並爲其所決定的。看得出來，他的文學批評一變一動一姿一態無不與特定的文化、文學與社會、民族的群體心理的整體態勢和內在精神相聯繫。反過來說，他所趨求的社會與文化方面的群體心理（從爲人生、爲階級、爲抗戰到爲民主與科學、爲社會主義），正與他所鼓吹、倡導並自覺代表的新文學發展中的群體心理的精神結構（由文學研究會的現實主義文學、無產階級的藝術、小資產階級的文學、中國作風的大眾文學到革命現實主義、社會主義現實主義）形成對位效應。這種在動態的群體趨赴中產生的異質同構的心理效應，形成了茅盾文學批評心理運動的重要特質。

二、茅盾的人格心理、角色身份與二重人格分析。「五四」時期的人格個性與角色身份的正向與負向運動。《從牯嶺到東京》一文的心態管窺。由抗戰到建國時期的人格轉換：內傾與外傾。

嚴格說來，茅盾的文學批評，雖然深受上面所述的群體心理價值取向與對位效應的制約，但另一方面，卻也在更深的個性心理層面上，受了自己的人格心理和角色身份的限制和規定。人格，是人的基本的、穩定的心理結構

〔註12〕馬克思、恩格斯：《德意志意識形態》第505頁，人民出版社1961年版。

和過程，它組織著個體的經驗並形成個體特有的行爲和對環境的反應，是個
體與其所處的社會生活與具體環境在交互作用的過程中所形成的一種獨特的
身心組織。人格涉及到個人所有的行爲，無論是外顯的還是內隱的行爲。它
的最外在的層面是人格面具。這是一個人在他跟別人交往時所戴的面具，當
他要在社會上露面時，人格面具代表著他；人格面具可以同他所包裹與代表
的眞正的人格一致，也可能不一致。人格面具在社會心理學中又可以稱之爲
角色身份，或角色扮演，意指一個人按照他所認爲的別人或特定群體希望他
那樣去做的方式行事〔註13〕。而當特定的個體在一定的社會政治環境、時代
生活風尚、歷史文化積澱以及知識結構、個性素質等諸多因素的影響下，表
現出眞正的人格與人格面具、內在個性心理與外在群體趨赴相悖離的特性和
現象，心理學上便稱之爲二重人格。茅盾在六十多年的文學生涯和理論批評
道路上，確實扮演了不少角色，代表了特定時代的社會集團和文學潮流傾向
的群體心理，因而呈示出豐富的人格心理內容，同時，也存在著內在人格與
群體心理、角色身份相分離的二重人格的心理現象，從而使得他的文學批評
的發展心理顯現出矛盾複雜的運動形態。

　　特定的時代要求每一個人都必須分別扮演一個社會、文化所必須具備的
擁有的不同角色。尤其像「五四」這樣熱騰騰的社會變革、思想啓蒙與文藝
復興的大時代，更要求每一個人（特別是敏感而又多思的文化人和智識者們）
尋找、挑選自己的最佳位置，以一定的角色身份在這歷史的大舞台上演出時
代的活劇。以批評家和大編輯嶄露頭角的茅盾，在這新舊交織、中西匯合的
多元化的大時代的活動舞台上，一方面以其《小說新潮欄宣言》、《〈小說月報〉
改革宣言》而成爲改革後的《小說月報》的發言人，並進而以其倡導現實主
義文學的大量理論批評文字，而成爲文學研究會群體心理的反映者和理論
家，另方面，他又以自己那顆躍動的心靈和對新文學的熱望，倡導現實主義
文學，鼓勵開放視界，弘揚寬容精神與多元取向，從而自覺不自覺地成了整
個新文學的代表與旗幟；一方面，他在「五四」前後積極地開展社會政治活
動，參與黨的最初建設，並於二十年代初迫不及待地宣告自己確信了馬克思
主義，找到了馬克思主義的路，另方面，他又並沒有能夠很快將馬克思主義
的科學理論原則與方法，融進他的文化啓蒙和文學理論批評的具體實踐中
去，而繼續高唱表現全人類共通的情感、申訴現代人的煩悶，強調幫助人們

〔註13〕杜・舒爾茨：《現代心理學史》第 360～361 頁。

擺脫幾千年歷史遺傳的人類共有的偏心與弱點，「使人與人中間的無形的界線漸漸泯滅」這樣的抽象的文學論調；一方面，他順應時代，主動與過去對立，堅決、無情地猛烈攻擊封建的「文以載道」的陳腐文學觀念，而追求一種堅實的文學爲人生的現代觀念，另方面，批評家又自覺不自覺地陷入文學「載道」模式，儘管「道」的涵義已具有歷史的進步內容，然而還是讓人覺出，傳統無意識的沉重投影使我們的批評家的批評心理多多少少、或明或暗地作了些負向運動。

如前所述，從「五卅」到抗戰這段時間，茅盾的群體心理指向，曾發生了由爲無產階級藝術張揚到爲小資產階級文學申辯的表層心理轉換，但是，因其蘊滿複雜的深刻動因和多重的角色心理，所以我們仍需要對此進行具體的考量分析。在 1928 年寫的《從牯嶺到東京》一文中，小資產階級的代言人，就是當時當地茅盾扮演的一種表層性、暫時性的角色。這角色他本是並不情願扮演的——他心嚮往之的是《論無產階級藝術》所標示出來的恢弘氣派和無產階級的角色意識。因而在《從牯嶺到東京》中發散、流露出來的心態是心感委屈，卻又不得不然，同時，還隱約存有一種逆反心理，讓人覺得，他是在受到「左」的批評之後，不但有所申辯以至辯難，而且反而更加冷靜、更加客觀地考察與研究新文學的創作與接受方面存在的種種問題了。顯然，由《論無產階級藝術》到《從牯嶺到東京》，茅盾的這種角色身份轉換是異常眞實的。然而，儘管如此，卻並不意味著這是一種退步，更不意味著批評家放棄了無產階級藝術論的主張，而僅僅說明，茅盾批評創造社、太陽社成員的小資產階級的狂熱性及其在文學上的公式化概念化，完全是比較充分地貫徹了馬克思主義文藝的科學原則與方法論，並且顯得清醒、堅實、科學而漸臻成熟。同時也表明，茅盾並沒有在一夜之間由小資產階級變成爲徹底的無產階級，而批評茅盾的創造社、太陽社的成員，倒眞是一夜之間變成的「無產階級分子」了。畢竟，亮出招牌、張揚身份是次要的，關鍵要看其思想實質、思維範式是否浸入了馬克思主義的啓蒙思想與科學精髓。而正是這一點，適才是一個革命的批評家眞正成熟與進步的主要標誌。

在抗戰爆發一直到建國的這一段時期裡，茅盾的文學活動和理論批評所折射出來的人格心理動態系統，呈示了由外傾到內傾的過程。抗戰爆發把中華民族生死存亡的愛國大主題一下子推到了批評家的面前，構成民族、社會的個體不見了，民族的群體的心理引力彌漫、盈溢在社會形上形下的每一個

空間、每一片土地。這裡不是一個沒有航標的河流，更不是缺乏社會、文化
焦點的雜亂、散漫而不規則的現實圖畫，一切是那麼明朗、單一，一切又是
那麼激烈而又峻急迫切。在這種情勢下，茅盾以其明確的「外傾」類的人格
心理，頗爲主動、自覺而積極地讓主體服從客體的要求，使個性選擇消融於
社會選擇之中，甚至有意無意地讓「五四」以來的反封建的重任弱化、淡化，
而把反帝的文學、文化取向作爲整個社會、整個新文學、整個現實主義的全
部價值取向。隨著抗戰的進行，隨著民族鬥爭的漸趨勝利，文學貼近了人民，
並且「全心靈和人民合抱」，「眞正和人民的脈搏一齊跳動」〔註 14〕。這時，
批評家開始張揚文學上的「自由精神」：

> 　　創作的自由是包括在現實主義的創作方法中的一個條件。沒有自
> 由精神的作家不可能是一個健全的現實主義者；創作的自由受了桎梏
> 和壓迫的時代，也就很難使現實主義的文學得到高度的發展。……創
> 作不自由在一個作家就是精神上最大的桎梏和壓迫。〔註15〕

在茅盾看來，作爲一個公民，作家當然應以民族利益爲前提，當然要以服從
最大多數民眾的要求爲任務，在這裡他沒有「個人的自由」；但是作爲一個作
家，而以擁護民族利益、反映民眾要求爲前提進行創作的時候，他應當有自
由，而且必須有自由。不自由是作家精神的桎梏，也是現實主義文學發展的
障礙。在這樣的價值意識和心理傾向的基礎上，茅盾表現出了對文學「自由
精神」的熱切呼喚，而以其大量的理論批評實踐，切實地努力爲作家爭自由，
爲文學爭自由的空氣。這種意識與呼聲，在抗戰結束、國民黨專制統治的黑
暗與腐朽日趨明顯的情況下，表現得特別強烈與急促。要自由，要科學與民
主——這些浸透著現代意識精神的口號，不僅反映了茅盾的那種固有的蓬勃
的個性意識與情熱的再次自覺與重現，而且也體現了批評家「通過主體有意
識的與客體的要求和主張相對立的目標來堅持主體」〔註 16〕的人格心理的內
傾趨赴。不難看出，茅盾這種人格心理的既外傾又內傾的複雜的矛盾交織與隱
顯轉換，是其這段時期（抗戰後期到建國）的文學評論既出現了像《論魯迅
的小說》、《論地山的小說》、《抗戰文藝運動概略》等優秀篇章，也出現了像
《關於〈呂梁英雄傳〉》、《關於〈蝦球傳〉》這樣的質量平平的文字的重要心

〔註 14〕茅盾：《論所謂「生活的三度」》，《中原》第 1 卷第 2 期。
〔註 15〕茅盾：《生活與「生活安定」》，1944 年 4 月 16 日重慶《大公報‧文藝》。
〔註 16〕榮格語，轉引自《文學評論》1987 年第 5 期。

理原因。建國後的茅盾並沒有理會自己早先批評心理的正向、負向運動的歷史經驗。他一方面兢兢業業、謹小愼微地從事著黨和政府的文化工作，審愼而又眞誠地宣傳黨和人民政府的文藝政策；另方面，卻又面向藝術與文學，全身心地浸入到美文學的評論和藝術技巧的分析中去，從而以此讓自己傾斜的心理獲得一種暫時的平衡。不僅如此，而且實際上，他的這種在五十年代文壇上異常突出的藝術評論與分析，加之他在文學創作上不遺餘力地獎掖後進，扶持新人，等等，內中所涵括、包孕的，又並不單單是一種平衡心理，也不僅僅是一種高級關係上的感覺的熱情，而更是一種發散和釋放著審美誠意和憧憬希冀的人文心靈！

三、批評形式心理的歷史軌路。現代精神和印象感覺批評、創作個性批評。社會與文化背景批評及其產生機制。馬克思主義批評模式：論爭批評與思想批評。民族意識、使命感與信息批評。現實批評——對民主政治的呼喚。

「批評是一般文化史的組成部分，因此離不開一定的歷史和社會環境」〔註17〕，離不開其賴以生存，根植的時代生活、群體心理和文化土壤。然而，社會時代和文化現實及其延展生成的群體心理取向，總「有一股不可抑制的渴望，要把所有外界感覺經驗同化爲內在的心理事件」〔註18〕，在犬牙交錯、異態紛呈的人格心理結構層面中，演出一幕幕時代的悲喜劇。不消說，茅盾新文學批評實踐的動態過程，就是在這樣的心理發展軌道上演變著的歷史活動。他的文學批評，作爲這樣的一種歷史活動，帶有複雜而獨特的文化意向與心理特徵。這種文化心理的意向特徵，至少表現在下面這些方面：在文化與文學的群體溝通網絡系統中努力呈示出群體凝聚力的心理效應（如文學研究會的代表，新文學現實主義的中堅）；在錯綜繁雜的社會心理事件中探求和建立文學價值目標導向的歷史邏輯和因果聯繫（如「五四」時期的科學主義與人文心靈的發揚，抗戰時期大眾文學的倡導）；在由外部與內部力量的綜合作用而顯現出的複雜的非恒定心理結構狀態中，貫徹自己執著的追求體系和價值信仰（如現實主義的文學觀念，社會的文學批評模式）；在傾斜發展、層

〔註17〕雷納・韋勒克：《近代文學批評史》第 1 卷第 10 頁，上海譯文出版社 1987 年版。

〔註18〕轉引自《讀書》1987 年第 10 期第 10 頁。

累遞進的批評心理進程中構建多元化的批評範式，追求動態的心理平衡，灌注熱蓬蓬的審美情緒。……不難看出，正是在這種多元化的批評範式的歷史構建中，茅盾更加具體地透示與反映出了自己的複雜的批評心態，更加清晰地展呈了自己以至整個現代中國新文學（創作與批評）艱難選擇的歷史進程。

下面，我將按照客觀時序發展和批評家主體心靈歷程的雙重線索，從茅盾這種多元、多向、多質的豐富的批評範式和模式的歷史構建中，選擇幾種主要的批評形態，來具體探討茅盾文學批評結構模式是如何既適應於外部的客觀世界，又適應於內部的主觀世界的，並由此窺探茅盾文學批評形式心理的發展軌路，同時進而闡述茅盾的現代文學批評與選擇的艱難歷程和對於中國新文學批評現代化的歷史貢獻。

「五四」時期，社會革命和思想啓蒙的兩大歷史主題同時呈諸人們的思想視界之中。伴隨著這種歷史的要求，文學觀念的現代化的進程便也開始同步進行。而這種現代化進程的第一部曲和伴生現象，是形形色色的鮮亮活躍、形態各異的外來思潮、主義在新文壇上匆忙倉促地登場、下場。李何林在《近二十年中國文藝思潮論》中談到這種情況時說：

> 中國的文藝思想，或多或少的反映了歐洲各國從十八世紀以來所有的各文藝思想流派的內容，即浪漫主義、自然主義、寫實主義（現實主義）、頹廢派、唯美派、象徵派……但是，人家以二、三百年的時間發展了的這些思想流派，我們縮短爲二十年，來反映它，所以各種『主義』或『流派』的發生與存在的先後和久暫，不像歐洲各種文藝思潮的界限較爲鮮明和久長；或同時存在，或曇花一現的消滅。

這種紛然雜陳的文學思想流派和意識觀念，無疑向新文學活動家們提出了文學選擇的重大問題：新文學從哪裡來，又朝哪裡去？新文學的內容範疇和觀念系統區別於舊文學（封建文學）系統的核心標誌是什麼？1918 年 12 月，周作人連續發表的《人的文學》、《平民文學》等文字，把「那個時代所要提倡的種種文學內容，都包括在一個中心觀念」〔註 19〕亦即「人的文學」裡面，因而應合了歷史的要求，爲新文學尋得了一種新型的發展流向，從而在整個社會文化領域和新文壇上產生了強烈的震蕩和回響。一時間，讓人覺得，在整個中國歷史上，還沒有一個時代像現在這樣關心人自身的問題。在這種時

〔註19〕胡適：《〈中國新文學大系・建設理論集〉導言》。

代社會文化的歷史性震盪中，茅盾帶著一顆躍動著的蘇醒了的人文心靈，將現代人的平等意識和自由感帶進了他的文學活動之中。臚列他早期的大量文學批評，我們便可以窺及內中涵蘊的這種散發著強烈現代氣息的思想觀念與文化意識的深厚精神，同時，我們也不難在他早期所擅長的主體化的個性批評模式中看出，正是這種稟具新型的「人」的文學觀念、平等意識和富有自由感的現代精神，滲透、充盈於他文學批評的字裡行間，而成爲他這期間批評形式心理的一個重要基點。

茅盾「五四」時期的這種主體化的個性批評，可分爲印象與感覺批評和創作個性批評兩種具體模式。印象與感覺批評倚重批評主體，是批評家充分發揮自己主體的能動性、主動性和積極性的一種個性批評。茅盾的不少作品評論，就屬於這種主體化、個性化的印象與感覺批評。像他早年評魯迅《阿 Q 正傳》的文字，像《彭家煌的〈喜訊〉》以及《〈水星〉及其他》、《給一個未會面的朋友》等等，都是這類批評的具體實踐。在這些評論中，批評對象（文學作品）通體處於批評家的主觀光照之下。茅盾於描述闡釋與評價判斷時，是以感覺到的東西作依據的，因之評論所發散出來的，就不僅僅是批評家面向美的時候所受的感動，也不僅僅是內中所包蘊的批評家的明敏眼光，而且也是其飽和並蘊蓄著的一種平等的意識觀念與心理意向。而這種平等意識，因其代表了現代觀念的核心內容，所以反映了批評與時代的緊密關聯，以及更深層的自我與社會之間的深刻契合。

當然，與此同時，隨著「人」的文學觀念的強化和現代思想文化精神的深入，茅盾那與美建立聯繫的批評方式，卻又並不僅僅止乎印象與感覺批評。創作個性批評，就是茅盾早期新文學批評中的另一重要範式。大詩人海涅說過這樣的話，確乎是有道理的：「每一個時代，在其獲得新的思想時，也獲得了新的眼光。」〔註20〕茅盾的這種創作個性批評，便可以說是「五四」思想文化的新型流向提供給他的新的眼光。如所周知，中國的文化與傳統，歷來「尙同」，重「天人合一」、「物我交融」，強調同一、共性而忽視個性。我們的這種傳統無意識，被德國哲學巨匠黑格爾說得非常清楚：「在中國只認爲自在的本體是眞實的，與本體對立的個體無價值，也不能取得任何價值。只有與本體合二而一即個性融化在本體之中，如一滴水消失在大海中變成無我、

〔註20〕轉引自柏拉威爾：《馬克思和世界文學》第 310 頁，三聯書店 1982 年版。

變成大海，個體已無主體性，消失了。」〔註21〕可以肯定，在「五四」那樣
的年頭，重人的覺醒、人的價值，肯定、張揚個性，本身就是順應歷史而對
這種傳統無意識的一種自覺反動。茅盾的文學批評，作爲一種文化活動，無
論是印象感覺批評，還是創作個性批評，正是在這樣的歷史潮流中的同向運
動。以創作個性批評而言，批評家對這種批評形式的把握與運用，對創作個
性的研究與分析，容或並沒有達到上述那樣的哲學自覺與歷史自覺，然而，
他之申明並肯定大文豪的個性和作家們的自由創造的精神，他之重視作品中
蘊含的創作個性與獨特風格，以及他的《魯迅論》、《王魯彥論》、《女作家丁
玲》、《盧隱論》、《冰心論》等出色的作家創作個性批評，就都充分表明，批
評家在推呈作家的完整的自我，將新文學的創作者們個性的獨特之處展現出
來的同時，也最深刻地體驗到了創造感和自由感，並最大限度地展示、釋放
了自己的個性意識和自由意識。

　　與這種主體化的個性批評不同，社會與文化背景批評在茅盾當時的批評
心理進程中，幾乎是完全朝著相反的方向運動的。倘若說主體化的個性批評，
是建立在人的覺醒和現代的平等意識、自由意識的意識心理結構系統之上的
一種具有主觀傾向的「人」的批評的話，那麼，社會與文化背景批評，則是
構築在社會文化選擇的心理基礎和科學化的價值參照系之上的一種客觀的社
會批評模式。

　　如我前面已經指出，茅盾在人的覺醒的時代社會的思想文化氛圍中生成
的對「人」的問題的關注和對人道、人性及主體的自覺，在二十年代初期，
由於受托爾斯泰等人的建立在自然人性論基礎上的人道主義思想的影響，表
現出抽象化、普泛化的理論取向。而實際上，從二十年代初期到二十年代中
後期，尤其是到三十年代以後，茅盾有關「人」的文學意識，發生了重大的
轉換與明顯的變化。我們不妨將「五四」期茅盾的「人」的意識觀念與三十
年代中期的有關觀點作一對照。在《〈小說月報〉改革宣言》、《新文學研究者
的責任與努力》等文章中，批評家心目中的「人」，是「不願爲主義之奴隸」，
「尊重自由的創造精神」，「必須先有了獨立精神」並「能表見他的個性」的
具有自主獨立的品格與個性意識的所謂「眞人」。這種「人」，多少有些面目
模糊，甚至帶有些許形而上的味道。而到1936年年初發表的《談我的研究》
一文，儘管批評家在以作家的身份講述自己的研究「對象就是『人』」，並申

〔註21〕轉引自《關於人的個性問題》，《光明日報》1987年12月10日。

明「我以為總得先有了『人』，然後一篇小說有處下手」，但他卻已認為，人是群體和集團生活中的一員，是複雜關係網絡中的一個環節，因此——

> 要研究「人」便不能把它和其餘的「人」分隔開來單獨「研究」，不能像研究一張樹葉子似的，可以從枝頭摘下來帶到書桌上，照樣的描。「人」和「人」的關係，因而便成為研究「人」的時候的第一義了。

也就是說，單有了一個孤零零的個體的「人」還不夠，必惟有了「人」和「人」的關係方才可以成為文學創作與批評的思維材料與思想核心。

茅盾的這種關於「人」的涵意觀念的變化，反映了他的文學選擇深在心理傾向與機制（群體心理與個性心理）的重要轉換，有著許多社會、文化與思想方面的心理動因。這種心理動因，首先與茅盾在大革命期間的革命活動的浸濡影響有關。他後來回顧道：「一九二五——二七年，這期間，我和當時革命運動的領導核心有相當多的接觸，同時我的工作崗位也使我經常能和基層組織與群眾發生關係。」〔註 22〕經過了大革命失敗後退潮期的短暫徘徊彷徨以後，茅盾的這種社會取向與群體心理更加突出。他的長篇小說《虹》，寫女主人公梅行素這樣的從小嬌生慣養的小姐，在時代社會與思想革命的大風暴中，擺脫封建家庭束縛，衝出夔門，投身革命解放運動和社會鬥爭事業，從而獲得了新生。這個故事，其實正是當時的茅盾自身心理結構的一個形象闡釋與生動寫照。由此可見，茅盾的心理轉換不但與他的社會群體心理突出相契合，而且和他日趨強化的現實意識也並無二致。還在 1925 年的前一年，茅盾就對當時來中國的高唱東方文化論調的泰戈爾，提出了嚴正而熱切的希望：「希望泰戈爾認知中國青年目前的弱點正是倦於注視現實而想逃入虛空，正想身坐塗炭而神遊靈境，中國的青年正在這種病的狀態，須得有人給他們力量，拉他們回到現實社會裡來，切實地奮鬥。」〔註 23〕在同期寫成的《文學界的反動運動》、《現成的希望》等文章中，茅盾還諄諄告誡文學工作者們，不能把歷史的重任交給「時代先生」，自己做個旁觀者，相反，要站在時代的潮流前面，做自己時代的弄潮兒，而真正成為推動現實社會向前發展的助力與先導。

在這種發展著的社會的「人」的文學觀念和時代現實與群體心理取向的

〔註 22〕茅盾：《〈茅盾選集〉自序》，《茅盾論創作》第 19 頁。
〔註 23〕茅盾：《對於泰戈爾的希望》，1924 年 4 月 14 日《民國日報・覺悟》。

基礎上，茅盾採用並倚重社會與文化背景的批評模式，便也就顯得很自然了。
況且，當時的茅盾對西方藝術社會學批評家丹納一度曾是那麼心馳神往，對
其理論批評（特別是文學三要素說）是那樣大力的張揚紹介，因而，他自己
的理論批評中留有丹納重環境、時代、種族等社會文化背景的深厚影響是不
言而喻的。這種文學影響，在社會取向、現實意識都比較突出的茅盾那兒，
確乎獲得了深刻的共鳴和契合。二十年代初，茅盾在《社會背景與創作》一
文中就指出：「我覺得表現社會生活的文學是眞文學，是於人類有關係的文
學，在被迫害的國裡更應該注意這社會背景。」在他看來，有什麼樣的社會
背景，便會做出什麼樣的文學來：是怨以怒的社會背景，便產生出怨以怒的
文學；被迫害的民族的文學則總是表現殘酷的怨怒等一類的病理的思想。像
果戈理等俄國作家的作品，就幾乎全是描寫黑暗專制、同情被迫害者的怨怒
文學；而波蘭的顯克微支，因爲連祖國都沒有了，天天受強民族的魚肉，所
以他的作品更有一種特別的色彩；匈牙利的裴多菲，處於他民族的侵凌之下，
因而反映出了鮮明的愛國主義思想來。在諸如此類的文學尋繹、考察與檢視
之下，茅盾便很自然地將文學的社會背景與爲人生的文學觀念聯繫起來了。
這樣，茅盾文學批評中，重視文學的社會背景，關注文學的時代思想空氣和
文化環境，實質上也是他所一貫重視的文學爲時代現實和社會人生的價值觀
念的體現。換言之，社會與文化背景批評，非特是茅盾的文學時代性理論的
具體體現，同時也是他的「爲人生」的現實主義文學觀的自然流露。早年，
茅盾有篇題爲《「大轉變時期」何時來呢？》的文章，是一篇出色的關於社會
背景與文化背景的理論批評文字。文章中，他在指出了文壇發生的反對「唯
美的」文學現象的必要性之後，著重分析了這種唯美現象泛濫，以及對之予
以必要的攻刺剝露的政治社會、文化心理和文學現實等方面的深刻原因和歷
史必然性，從而顯出了敏銳的批評眼光、獨到的思維方式和理性的思辨力量。
茅盾早期的一篇宏觀創作評論文章《評四、五、六月的創作》，也是一篇典型
的社會與文化背景批評。開篇，批評家便聲明他相信「有什麼樣的社會背景
便會產出什麼樣的文學」，因而，他特別地指出，這篇文章的批評方法，與他
前些時候寫的《春季創作壇漫評》不一樣，而別出機杼，另用一種批評的方
法來做這一篇批評文字——「這方法就是先來類別這三個月裡的創作，顯出
他們各所描寫的社會背景的一角，然後再去考察同屬於一類的創作，有什麼
共同色彩與中心思想，描寫的技術又有幾種不同的格式。」本來，在茅盾看

來，以中國當下的社會背景而論，便有數十種不同方面的創作來描寫社會的各個方面，也還怕不夠。然而經過歸納、分類與比較，批評家發現這三個月裡的百數十篇的東西「竟可說描寫男女戀愛的小說占了百分之九十八呢」。他分析了這種創作態勢的深刻的社會文化心理背景：一是知識階層和城市勞動者之間還是隔膜得厲害；二是一般青年作者對於社會上的各種問題還不能予以充分的關注和深入的思考；三是社會上充貫著一種強烈的享樂主義傾向。在這種分析的基礎上，茅盾接著指出，由於創作者們不是直接從複雜紛繁的人生中提取思維材料，思考社會現實問題，因而其作品便只是成了為創作而創作的「摹擬的偽品」了。茅盾在這裡表現出的批評分析的謹嚴、縝密與科學，顯然與其對社會與文化背景的審視論評的邏輯基點是分不開的。除了早期的這類批評文字，反映了茅盾的社會背景批評取向以外，他在三十年代寫的不少評論，像《王統照的〈山雨〉》、《〈西柳集〉》、《詩人與「夜」》，以及《關於「創作」》、《「一‧二八」的小說》等等，都可以說是社會背景與文化背景批評的優秀篇章。寫於 1934 年的《詩人與「夜」》一文，抓住兩位青年詩人（林庚與蒲風）詩作中「夜」的主題，進行了生動而又深入的比較論評。林庚的「夜」是「像海一般的深」，「滿天的烏雲悄悄」「黃月如鉤」；蒲風的「夜」卻不似這般寂寞，這樣淒冷，而是充滿了風雨、雷鳴和閃電的夜。林庚的《夜》有其纏綿憂悒，有如蒼黃暮色中「一縷青煙飛蕩」；而蒲風的《茫茫夜》則是剛健而樸質，恰似閃電雷鳴。為什麼兩位詩人的取材、興感與構思、描寫表現出這樣的差異呢？茅盾在充分分析、剖釋的基礎上，一言以蔽之地指出：「這不同，是根源於各人的生活背景。」

　　像這類社會背景批評，在三十年代茅盾文學批評活動的高峰期中，是很多的。即如他的一些作家論（如《女作家丁玲》、《廬隱論》、《冰心論》），雖說是一種創作個性批評，但仍是將作家的個性心理發展，放在特定的社會文化的歷史進程中來進行切實的品評論析的。所以，這類批評實際上也可以謂之社會與文化背景批評。較之二十年代茅盾的社會與文化背景批評，三十年代與此相似的評論模式，呈示出更加確定突出的時代發展的反射與投影，同時，也映照出批評家的主觀世界與批評意識的蛻變與更新。因而，這些批評，不僅表現出了新型的審美趣味與美學尺度，而且也寄寓、蘊示著一種全新的思想取向與價值目標。而這種批評意識與文學價值信仰的具體化和集中表現，便是茅盾的馬克思主義批評模式的實踐。

　　茅盾在 1925 年談到無產階級藝術與藝術批評的關係時，曾這樣中肯地指出：「我們知道文學的作品與批評常相生相成的，某一派文學之完成與發展，固需要批評以爲指導；但是反過來，亦必先有了多了某一派的文學作品，然後該派的文學批評方才建設得起來。譬如好手的廚子果然應該常聽吃客的批評以改良他的肴饌，但是吃客先須有好肴饌來嚐，方才能夠做出一本『食譜』來。方今無產階級的文學作品既寥寥可數如上所述，我們對於無產階級藝術的批評論便也不能存了太大的希望，妄冀無產階級藝術的批評論已經怎樣的圓滿。」〔註 24〕這番話，其意在於由批評對象之於文學批評本身的制約與規定，來說明無產階級藝術批評尙有待於發展與弘揚。這對尙處於萌芽發展的初級階段的無產階級藝術而言，確是不無道理的。然而，這卻並不意味著不對馬克思主義文藝批評抱著熱烈的追求與希冀，也不意味著不對馬克思主義文藝批評作出自己的努力與貢獻。事實上，茅盾的這篇《論無產階級藝術》，就是一篇較爲成熟的論無產階級藝術的馬克思主義文藝批評。這篇文章，在二十年代革命文學倡導期，無論是與此前的早期共產黨人寫的有關文字比，還是與此後的創造社、太陽社成員寫的大量文章相較，都要成熟得多。針對無產階級文學運動中出現的虛無主義傾向，該文的最後，一針見血地指出：

　　　　無產階級作家應該了解各時代的著作，應該承認前代藝術是一
　　份可貴的遺產。果然無產階級應該努力發揮他的藝術創造天才，但
　　最好是從前人已走到的一級再往前進，無理由地不必要地赤手空拳
　　去幹叫獨創，大可不必。

很明顯，這段話滲透著一種比較科學的精神，反映了茅盾馬思主義文藝批評觀的日趨成熟與正確。爲了進一步說明這一點，我還可以引出列寧的話來加以印證。列寧對虛無主義的文化取向，曾發表過這樣的比較深刻的見解：「無產階級文化並不是從天上掉下來的，也不是那些自命爲無產階級文化專家的人杜撰出來的，如果認爲是這樣，那完全是胡說。無產階級文化應當是人類在資本主義社會、地主社會和官僚社會壓迫下創造出來的全部知識合乎規律的發展。」〔註 25〕儘管上面所引的茅盾的話出自一篇譯述性的文章，然而，他所融合、體悟出來的意思卻與列寧的思想爲同一機杼。這表明，茅盾的馬

〔註 24〕茅盾：《論無產階級藝術》，《文學周報》第 172、173、175、196 期；參見《關於「創作」》，《北斗》創刊號。
〔註 25〕列寧：《青年團的任務》，《列寧選集》第 4 卷，第 348 頁。

克思主義的文學批評已達到一種理性自覺，同時也寓示著批評家在稍後的「革命文學」論爭和反對公式主義的標語口號文學時的理論取向和批評態度，不但是比較科學的，而且並不缺乏馬克思主義的思想方法與理論原則的質素。

茅盾二、三十年代的馬克思主義批評，大體可分爲論戰式批評和思想批評兩類。前者像《「民族主義文藝」的現形》、《歡迎〈太陽〉！》、《從牯嶺到東京》、《讀〈倪煥之〉》等等，後者如《封建的小市民文藝》、《關於「文學研究會」》、《杜衡的〈懷鄉集〉》、《讀〈上沅劇本甲集〉》等都是。早年，茅盾在《文學與人生》、《文學家的環境》等文章中，竭力倡導丹納的藝術社會學的批評法，而當他一旦掌握了馬克思主義的批評原則與方法，則毫不猶豫地予以摒棄與超越。寫於 1931 年的《「民族主義文藝」的現形》一文中，他就明確認識到，丹納的種族、環境、時代的三要素說已經失去了它的理論光彩，因爲，「自從馬克思主義文藝理論發展以後，泰納這理論早已被駁得體無完膚。」在這種認識基點上，茅盾運用馬克思主義的理論方法，深入批判了有著國民黨的金錢武力做後盾的「民族主義文藝運動」的反動本性，並從具體創作方面，有力地揭露了「民族主義文藝」作爲「屠殺文學」的本質內容。文章最後，批評家表示堅信：滔天的赤浪必將掃除這些文藝上的「白色的妖魔」！——「民族主義文藝運動」鬧劇的很快收場，表明了茅盾預言的正確。茅盾的這類批評（包括與創造社、太陽社的許多論爭文字）所透示出來的力度、深度和正確性，不僅展示了批評家的馬克思主義理論水平已達到相當的高度，也不光說明了茅盾所自覺運用的馬克思主義文藝批評的蓬勃的理論活力和科學性質，而且也充分表明，茅盾的馬克思主義批評範式，較之當時（二十年代後期到三十年代）的許多批評家（包括左翼批評家們）的批評，確乎是顯得成熟一些。

這種成熟，還突出地體現在茅盾的大量的倚重社會意義與現實價值的思想批評上。在這些思想批評中，茅盾主張作家要努力使自己的思想貼近生活，並成爲藝術作品的重要構成，從而既爲文學增加價值，追加影響，又替自己的時代確定新的思想秩序和價值規範。其實，藝術的因素確乎並不限於藝術的世界，這是爲無數的事實所屢次證明了的。同樣，中國現代新文學的全部構成，也確乎不是抽象的「藝術」或純粹的「文學」所能囊括、涵蘊得了的。因此，現代新文學批評，也就並不能僅僅止乎藝術形式的抉精發微和文學元素的闡釋尋繹，而要進而探入藝術的深在意蘊與思想堂奧之中了。對此，茅盾早就有所認識和自覺。他二十年代初寫的《讀〈吶喊〉》，就著意分析了《狂

人日記》最刻薄地攻擊傳統舊禮教和《阿 Q 正傳》中的思想革命與社會革命
的內容，而僅以文章最後一段的極小篇幅指出了魯迅是創造新形式的先鋒，
從而顯出了批評家對思想分析的熱心、擅長與自覺。早年他在一封通信中這
樣說：「我固不主張教訓式的小說，但總以爲翻譯外國文學應注重該文學作品
內所含的思想。」〔註 26〕這裡談的是翻譯，但卻同樣反映了批評家在文學選
擇中倚重思想的價值取向。隨著馬克思主義批評意識的強化，茅盾的這種思
想批評更趨自覺。美國著名的文藝批評家韋勒克曾頗具眼力地指出：「馬克思
主義最卓越的一點，就是將文藝批評視爲揭示一部文藝作品潛在的社會和思
想含義的方法論。」〔註 27〕而早在二十年代，對馬克思主義文藝批評較有研
究的左翼文學理論批評家馮雪峰也曾指出：「馬克思主義批評家的特質」，是
「依據社會潮流闡明作者思想與其作品底構成，並批判這社會潮流與作品傾
向之眞實否，等等」〔註 28〕。茅盾二十年代後期至三十年代的不少評論，正
是貫之以這樣的思想原則與歷史原則，積極聯繫作品所依存的與社會、文化、
歷史、現實諸方面的關係，深入考察作品意識形態方面的意蘊思想，從而在
一種歷史的觀照下，達到對作品的思想的剖露、社會的評價與價值的判斷。
這一切，一般都是籠罩在一種或沉重或平易或峻急或熱切的情味之中的，因
而全然沒有乾巴巴無血無肉無生氣的簡單化的說教毛病。茅盾在《魯迅論》
中，對魯迅的《吶喊》和《彷徨》中的關於「老中國的兒女」的思想分析，
就是這樣。當我們讀了魯迅的許多小說，接觸到了那些思想態度、生活方式
與我們迥異的人物，我們會怎麼樣呢？批評家說，我們會跟著單四嫂子悲哀，
我們會愛那個懶散苟活的孔乙己，我們會忘記不了那負著生活的重擔麻木著
的閏土，我們的心會爲祥林嫂而沉重，我們會以緊張的心情追隨著愛姑的冒
險，我們會鄙夷然而又憐憫又愛那阿 Q，……總之，這一切人物的思想生活所
激起於我們的首先是情緒上的反映，同時我們會覺出，「這正是圍繞在我們的
『小世界』外的大中國的人生！」在這種悲劇性的眞實感受與認識的基礎上，
茅盾深刻地指出：

這些『老中國的兒女』的靈魂上，負著幾千年的傳統的重擔子，
他們的面目是可憎的，他們的生活是可以咒詛的，然而你不能不承

〔註 26〕茅盾：《答靜觀》，《小說月報》第 13 卷第 1 期。
〔註 27〕雷維‧韋勒克：《二十世紀文學主潮》，《中外文學》1987 年第 3 期。
〔註 28〕馮雪峰：《〈社會的作家論〉題引》。

認他們的存在，並且不能不懍懍地反省自己的靈魂究竟已否完全脫
卸了幾千年傳統的重擔。我以為《吶喊》和《彷徨》所以值得並且
逼迫我們一遍又一遍地翻讀而不厭倦，根本原因便在這一點。

這裡，批評家的眼光是犀利的，感情是沉重的，而思想剖析則是相當深刻的。
潛藏於作品及其人物背後的民族文化思想積澱物、傳統集體無意識得到了探
究與考索。不僅如此，其中無疑還寄寓著批評家關於思想啓蒙和社會革命的
熱切的期望。像這種深刻的思想評論、歷史觀照，在茅盾嗣後撰寫的《徐志
摩論》以及《一張不正確的照片》、《封建的小市民文藝》等篇章中，也有出
色的展呈和表露。

批評家一旦同時也是思想家，那麼，他的文學批評就一定會在思想啓
蒙、推動民族的進步和歷史的發展的進程中產生較大的影響和作用。過去，
人們總認為茅盾既是文學家，也是政治活動家、革命家，或者至多同時也
是經濟學家，卻難稱思想家，但我們由茅盾的許多頗具深刻的意蘊思想和
社會價值意識的評論中，尤其是從他融進社會科學理論之後的大量文學批
評（如評論魯迅、評論徐志摩等的文字），就可以清晰地看出，茅盾是批評
家、革命家，同時也可說是思想家。固然，與魯迅比起來，作為思想家的
茅盾有遜色之處，然而，在新文學批評史上，茅盾所呈示出的思想家形象
與價值，卻是毋庸置疑、不容遮蔽的。思想家、尤其是大思想家（如魯迅）
的創作及其涵蘊其中的思想，當然是彌足珍貴的。而肯定、發現這種思想
家的價值，並且掘發、昭告以至於申明其表現於作品中的深刻思想的批評
家，沒有邃密的思想和正確的理論方法，則是不可思議的。因此，我們說
魯迅是現代中國思想史、文化史以至文學史上的偉大思想家誠然正確，而
說茅盾是現代中國新文學批評史上的出色的思想家，怕也絕然不算說錯
罷。大批評家必然也同時是思想家。而這一點，正是茅盾能夠在中國新文
學批評史上引領風騷、執掌牛耳的原因之一，同時，也是他作為一個大批
評家的品格特徵的標誌之一。

1936 年 8 月，茅盾在《需要腳踏實地的批評家》一文中，說了這麼一段
意味深長的話：

不看看此時此地的需要而一味放言高論，在目今已成為「手握
批評」者之風氣，這一種風氣所產生的結果是文藝批評的公式主義
化；這在文藝批評本身上的惡果是空洞，高調，貌似「前進」而實

　　迴避現實，而因爲是空洞，高調，迴避現實，結果自然就使得作家
　　們得不到創作問題上的具體指導而只感到迷惘。〔註29〕

這話提出了批評的實踐性與批評的作風問題，將它放在今天來讀也不乏現實
意義。而在當時，不僅具有強烈的針砭評壇不良風氣的效能，而且也透露了
茅盾感應時代，應合現實，在批評心理和批評模式上的重大轉換的信息。茅
盾在此後、亦即抗戰這個非常的歷史時期裡，雖說長長短短、各色各樣地寫
了大量的文學批評，然而，認眞地梳理和考量一下，我們便不難發現這些批
評文字，其實大都是屬於一種類型（或曰形態）——信息批評。這種批評形
態產生的原因，似乎是不言而喻的。如所周知，當時的情況是，抗日救亡的
主題，壓倒了一切。全國籠罩在戰雲裡，人人生活在戰爭中，自然對戰爭最
爲關心了。人們都要知道戰爭的詳確的實際情況（抗戰在怎樣進行，又將如
何繼續進行，等等），要看描寫戰爭、描寫士兵勇敢的血與火凝成的文字。在
這樣的情況下，我們的文藝工作，無論是文學創作抑或是文學批評，萬般趨
向於一個總的目的，就是加強人民大眾對於抗戰意義的認識，對於抗戰最後
勝利的確信，以及更迫切的，時時刻刻將抗戰的發展情況，眞實而迅捷地傳
達給社會、傳達給人民大眾。——這種目的意識、價值取向，實際上也是歷
史、時代和整個中華民族賦予的神聖使命與職責。別林斯基說過，文學這個
字眼的準確的和明晰的意思，應該指的是歷史地表現在文學作品中的民族意
識——「意識既然是民族生活的最高表現，所以，文學必然應該是民族的共
同財富，是同樣涉及一切人，同樣使一切人感覺興趣，同樣爲一切人所能理
解的某種東西。」〔註30〕更何況，中國的新文學是處在中華民族生死危亡的
歷史關頭呢？社會的變動既快又複雜（往往是寫作未半，生活便已大變），以
致使茅盾老是覺得「文藝落在現實之後」〔註31〕。在這種情況下，滿懷時代
使命感的作家要趕上去，批評家們自然更不會甘居落後了。茅盾的信息批評，
便構建、產生於這種特定的社會心理與時代文化心理背景之中。

　　那麼，在這種心理結構與背景之中產生的創作與批評，會不會影響它們
的水準與質量呢？茅盾當時曾從質與量的關係角度，作了頗有意思的否定的
回答：「我們要知道文化和文藝絕不像機械那樣的，一架抽水機抵得住數十架

〔註29〕　在稍後的《大題小解》一文中，茅盾曾又一次地申述了類似的看法。
〔註30〕　《別林斯基選集》第 3 卷第 123 頁。
〔註31〕　茅盾：《關於「出題目」》，《茅盾論創作》第 449 頁。

水車。文藝的量的發展，即可達到質的提高。假使一個民族單是靠少數人來幹閱讀和寫作的事，那末偉大作品的產生恐怕是很難的吧。所以，我們眼前只求文藝運動能發展得普遍，近十年來文藝作品能源源的大量生產，確是可聊以自慰的。即拿當前的抗戰文藝說，一時不必苛求其質精，但求其量多。這樣日積月累，文藝的芽苗遂普遍的潛滋暗長著，一待成熟的時機到來，『偉大』的果實就必然會產生的。」〔註32〕這雖然主要是談文學創作，但我們卻可以由此窺及批評家對自己孜孜以求、勤勉筆耕的信息批評的自信與樂觀。這種樂觀，這份自信，毫無疑問是有其歷史的合理性的。黑格爾在他的《歷史哲學》中說過這麼一段話，頗有道理：

> 每個時代都有它特殊的環境，都具有一種個別的情況，使它的舉動行事，不得不全由自己來考慮、自己來決定。當重大事變紛乘交迫的時候，一般的籠統的法則，毫無裨益。〔註33〕

現在我們來看這些信息批評，自然也不能一般地籠統地來審視、繩度它，更不能用普通的文學批評定義與規律來衡量、規範，而要將它們放在一定的歷史範圍之中，考察它們生成的歷史必然性、和深刻的心理基礎與發散出的時代、社會價值構成、效應，等等，由此從根本上對這種批評模式達到歷史的把握和公正的評價。

抗戰全面爆發之前，茅盾所寫的《「九·一八」以後的反日文學》一文，帶有從馬克思主義批評模式到信息批評的過渡的痕迹，因而可以稱之為信息批評的發端。在這篇文字中，作者貫注了馬克思主義批評的原則與方法，分析了三部「反日」作品的前進意識（肯定「作者的目標是前進的」），並從「階級意識」和「民族意識」的角度剖露了三部作品各自的缺失。到1937年以後，像《〈春天〉》、《〈煙苗季〉和〈在白森鎮〉》、《〈中華女兒〉》、《〈八百壯士〉》、《〈戰地書簡〉》、《〈祖國在呼喚〉讀後感》等等信息批評文字，出現了許多。這種帶有噴射狀的高產的批評文章，大都是沿著導言，抓主題思想，述故事情節，析人物形象，論技巧成敗這樣的程序去寫的。作者在寫作過程中，首先注重信息傳達，從而以簡潔明快而又頗具明敏眼光和豐富信息的評論，受到了當時的作家、讀者們的廣泛歡迎。顯然，這種故事敘述和信息傳播加上畫龍點睛式的點評，既契合了特殊情境下的讀者文化接受心態，又應合了抗

〔註32〕茅盾：《問題的兩面觀》，《文藝》第 3 卷第 1 期。
〔註33〕黑格爾：《歷史哲學》第 45 頁。

戰時期的歷史要求，因而在反映了批評家的深厚而激越的民族感情，體現他貫穿始終的強烈的社會責任感和時代使命意識的同時，也映照、透示出了整個民族與社會的眞實的心理態勢。

自然，茅盾的信息批評，也並非全然沒有缺失和遺憾。事實上，情緒化、時效性以至程式化、簡單化的作法，往往也會使一個生氣勃勃的客體變成一個簡單的實用品，信息式的批評也可能成爲一種純粹廣告性的文字。只是，民族戰爭的爆發，改變了批評家心中的天平。面對著時代的選擇，民族的選擇，歷史的選擇，我們又能說什麼呢？

然而，值得注意的是，即便在茅盾自己，也不是沒有看到這種信息批評模式的弊病和缺憾。抗戰後期，茅盾就認識到這一點，從而由對這種批評模式實踐的熱衷而趨於冷靜，由凌厲峻急一變而爲審愼多思了。在這種心理背景之中，茅盾一方面減少了信息批評的實踐，另方面又發展了其中的時評的效能，而開始了他的現實批評。

這種現實批評的時代社會心理背景，是隨著抗戰的逐步勝利並行將宣告結束，隨著國內政治鬥爭的劇烈展開和文化思想鬥爭的轟轟烈烈而逐漸明朗化起來的。在 1944 年寫的《如何擊退頹風？》一文中，茅盾就敏銳指出：「今天作家們的共同立場是堅持民主，堅持反法西斯戰爭以求建立獨立自主的民主國家。」在這一大的目標下，歌頌與暴露、光明與黑暗的問題，就變得非常突出和明確了。「歌頌的對象是堅持抗戰，堅持民主，爲抗戰和民主而犧牲私利己見的，是能增加反法西斯戰爭的力量及能促進政治的民主的；反之，凡對抗戰怠工，消耗自己的力量以及違反民主的行動，都是暴露的對象。同樣的，凡對抗戰有利對民主的實現有助的，就是光明面，反之，就是黑暗面。」——茅盾在這裡談的是文藝上的歌頌與暴露問題，關注的卻是現實社會中的反民主的思想逆流。在國民黨的專制政治統治的形勢下，茅盾用自己的現實批評，率先對「政治上的民主」作了熱情呼籲，同時強調了「現實主義文藝的科學精神」和「現實主義文藝的民主精神」，並明確指出：不民主，中國就沒有前途。因而，現實主義文藝，要配合當前的民主運動，要做新時代的號角！茅盾的現實批評，在這種呼喚民主政治的心態背景下，確乎是可以視爲一項切實的工作和現實的行爲的。以評論干預社會，用批評介入現實，這在當時，實際上也是一種人民性思想的自然表露和折射。在《民間、民主詩人》一文中，借評論民間詩人與民間歌謠，批評家指出：「人民的嘴巴是封不住的。」

人民民主已成爲歷史、時代發展的必然。雖然歷史上的專制魔王，曾經用盡方法不許人民發表意見，不許人民「誹謗」，豢養了大批鷹犬，監視人民的一言一行，然而，人民的聲音是不會絕響的。「時日曷喪，予及汝偕亡！」——人民以其不可摧毀的天才的創造力，用歌謠的形式喊出了他們的決心與憤怒，而專制魔王的末日也終於到了。茅盾在文章中，清醒地指出：中國的民主運動還有一段艱苦曲折的路必須通過，因而需要我們共同做韌性的努力與鬥爭。由這樣的批評，以及寫於這期間的《魯迅是怎樣教導我們的》、《論趙樹理的小說》、《再談「方言文學」》等批評文字，我們不難看出，茅盾是自覺地將自己的現實批評融匯進了時代社會的民主化進程中去，並且著意向人們昭示，在當時，需要樂觀與信心，也需要清醒與冷靜，需要理性的自覺，更需要現實的熱情和對人民的感情。麻木、冰冷，脫離時代使命，失卻社會思想與時代政治、文化的參照座標，文學批評便難以充分發揮自身的社會效應與文化職能，也難以很好地完成自己的文學選擇使命。這種心理，不僅構成了茅盾現實批評這一具體模式的心態基礎，而且也是茅盾整個新文學批評獲得成功的基本原因之一，因而是值得我們深思的。

　　歷史地看，茅盾的文學的選擇與批評，是伴隨著中國近現代以降的文化衝突、民族衝突和政治衝突一起產生發展的。從上面描述的茅盾文學批評形式心理的歷史發展軌迹裡其實就可以看出，批評家以其深厚的現代意識精神、浩然博大的人格才情，滿懷對社會現實與時代要求的深刻感應，運用自己鮮明而獨到的批評模式，最深刻地順應並反映了現代歷史、社會、文化的理想、矛盾與衝突，從而爲現代中國思想文化的精神歷程留下了一長串的歷史印記。儘管茅盾多元的文學批評模式並不僅僅止乎上述的幾種（還可歷數出情緒批評、心理批評等），然而，這幾種模式卻都是茅盾文學批評發展中最主要與最基本的。茅盾正是以這些基本的批評模式，來構塑現代中國的社會、思想、文化發展的時代主題的。倘若把「五四」期「個性自由」的時代主題（批判封建傳統，主體意識覺醒）與茅盾的本體化個性批評模式，「五卅」以後的「階級自由」（張揚階級個性，爲階級確立歷史地位）與茅盾的馬克思主義批評模式，抗戰時期的「民族自由」（擺脫、抗擊異族侵凌，爭取民族獨立）與茅盾的信息批評，抗戰勝利後的「政治自由」（推翻專制統治，建立民主政治）與茅盾的現實批評放到一起，作一簡單的比照，我們便會明白，茅盾這些文學批評的形式心理所包蘊的豐厚內容，本身就是一部歷史，一部極具現

代文化意識與現代價值心理的發展史。換言之，茅盾的這些發生發展、遷延迭現的文學批評模式，實質上不僅是批評家自己的思想與文學道路上的一座座紀念性的界碑，並且也已經成了中國現代化歷史進程中的一種獨特的心靈記錄。

結　語

　　在橫向與縱向視角上，沿著一個批評家的心理歷程，匆匆地瀏覽、掃描、探尋，於此就算暫告結束了。此時，一個並不十分清晰的問題，仍在纏繞著我：對茅盾和他的文學批評，以至二十世紀中國文學的歷史進程中的許多創作與批評現象，究竟該作怎樣的歷史把握和心理剖視，才算公正、準確、科學？

　　說茅盾存在於對茅盾的閱讀之中，除了閱讀，沒有茅盾，一味強調主觀尺度，丟掉客觀標準，我們的批評與研究怕難免會走向人言言殊，主觀臆測的境地，而導致相對主義以至神秘主義；然而，要完全排除先入之見和複雜的主觀因素，不唯心，沒有自我意識，大概也實在沒法做到，而且，研究與批評者的主體色彩、獨立個性和創造性的思想識見，在大一統的客觀性的要求下，勢必也會被磨平、窒息和抹煞……。在這樣的二律背反式的情境之中，我當然心馳神往於個性化的思維觸角和創造性的理論闡釋與判斷。只是這種批評理想和研究範式，究竟能在多大程度上現實地實現，究竟能在什麼樣的意義上克服自身的不確定性，卻是不能迴避的問題。

　　無疑，我們首先是文化的生產者，但是，由於一種反作用的結果，文化也生產並塑造了我們。作爲研究者和作爲我們筆之所之的研究對象，其實都是如此。茅盾和他的社會的文學批評，處於一個頗爲廣闊和複雜的文化選擇與選擇文化的大時代，自然可以說是文化的塑造者，同時也爲文化所塑造，通過塑造文化，間接地塑造了自身。想來茅盾在其批評運作過程中，一定體驗到了文化對自己的強有力的塑造和決定，否則我們就很難解釋他大量的批評文字中蘊含的巨大的歷史意識和鮮明的價值趨求，也難以理解、評估他在

中國新文學的現代化進程中的歷史作用和重要影響。茅盾及其文學批評（茅盾現象，或者說茅盾傳統），作爲中國現代歷史文化的塑造者、保存者和傳遞者，由過去相應地伸展到了現在，讓我們無法迴避，漠視不得。然而，我們卻也並不能因此就說，茅盾和他的文學批評沒有屬於自己的深在本性，只有一部歷史。誠然，茅盾現象融解在現代中國的文化與歷史的進程當中，我們唯有通過歷史，才能把握並詮釋「茅盾是誰」；唯有堅持歷史的證明，才能勾勒、描畫出其在歷史上被規定的確切的輪廓與身影，但是，在茅盾現象的背後，必然有將各種歷史樣式與文化質素整合、集聚在一起的某種心理基礎和確定的不可更改的歷史本性。而正是這種在變化的可塑的現象之中持續存在的確定本性與心理特質，構成了一種色彩豐富的「精神個體性」。這便是茅盾，一個批評家的心路歷程的歷史的文化的同時也是個性的心理基礎與文化本相。也正因乎此，對茅盾的心理研究與個性展呈，相應地也就成了一種文化的心理的探詢。

這是對不確定性的尋求，是一種開放的過程性的探索，因而，沒有結束，也不會結束……。

後　記

　　看完校樣，才眞正意識到，這部書稿，就要和讀者朋友見面了。我想，我把這種見面視作一種對話，一種精神交流。作爲作者，我希望這是有益的愉快的對話和交流。平等地交換看法，眞誠地切磋琢磨，坦率地談心對話，是有助益的，也是我所神往和衷心期待的。

　　茅盾是現代中國文化史和文學史上有影響的人物之一。他是作家，更是批評家。我選擇他的批評心理進行研究，最初僅僅是想破除浮面的研究作法，嘗試深一層來探尋這位批評家的個性特徵，然而，在深入探索的過程中，我覺得這種研究形式與探尋方向，其實還有更爲豐富的意味和價值。至少，在某種意義上，我還可以借這樣的心靈探險，來透視中國整整一代以至幾代知識分子的心理歷程和選擇心態。由於有了這樣的自覺意識，我便努力將茅盾置於動態的現代社會背景和文化背景之中來揭示他的文學批評的個性風貌和深刻涵意。同時，我還有意識地使各種視角交互作用，從而使茅盾批評心理的研究有了一個縱向與橫向交叉，歷史、現實、未來交織的立體座標系，研究視點也一變而爲心理的文化的歷史的探詢了。

　　現在，書已印出，這樣的目標指向和具體努力究竟實現了多少，只有請讀者朋友來說了。這裡我只想對讀者朋友說，這本書，和我的其他文字一樣，缺失自是難免，而言不盡意、言難盡意之處更多，何況，歲月不居，書中某些觀點在現在的我甚至也有了變化呢。總之，希望讀者諸君明察並有以教我。

　　最後，我要向林非老師、蕭風老師和林愛蓮老師致以最深摯的謝意。記得那是書稿剛寫了一半的時候，我冒昧將寫作提綱投寄給素昧平生的林愛蓮老師，不久便接到她的來信。她在表示可以接納的同時，鼓勵我把書稿寫好。

書稿完成後，林非老師、蕭風老師曾抽暇閱讀一過，並提出了寶貴的修改意見。我設想不出，倘若沒有他們的熱誠幫助和支持，這部書稿的命運該會是怎樣。我想，我要永遠珍藏這份美好的情誼，同時，我該好好努力，不辜負他們的拳拳之心和殷殷期望，寫出第二、第三本著作來。

丁亞平

1990 年 3 月 20 日